曼陀罗悬疑馆
给您最好看的原创悬疑小说

梦行者

洛小宸 著

贵州出版集团
贵州人民出版社

图书在版编目（CIP）数据

梦行者 / 洛小宸　著—贵阳：贵州人民出版社，2019.9

ISBN 978-7-221-15614-3

Ⅰ.①梦… 　Ⅱ.①洛… Ⅲ.①长篇小说 – 中国 – 当代　Ⅳ.①I247.5

中国版本图书馆CIP数据核字（2019）第218845号

梦行者

洛小宸 / 著

总 策 划	陈继光
责任编辑	陈继光
特约编辑	陈胤凡
装帧设计	陈　晨
封面设计	源画设计
出版发行	贵州人民出版社有限公司（贵阳市观山湖区会展东路SOHO办公区A座）
印　　刷	北京中科印刷有限公司
版　　次	2019年11月第1版
印　　次	2019年11月第1次
印　　张	19.5
字　　数	225千字
开　　本	710mm×1000mm　　1/16
书　　号	ISBN 978-7-221-15614-3
定　　价	42.00元

目　录

·生·
赤子不朽

第一章
｜ 荒山婴 ｜

你一定见过我。

也许你已经不记得了，但你一定见过我。

因为你一定经历过黑暗、痛苦、沮丧、绝望、生生死死、爱恨别离……也许，还不止区区一次。

当然不止区区一次。

所以，我们的相见，也不止区区一次。

可惜，你都忘了。

幸好，那些糟糕的感觉，也都逐渐淡去了。

你总觉得自己被烦恼包围，总觉得周围的人都莫名其妙，总觉得大家都笑里藏刀，总觉得人们在互相算计……你要被它们压垮了，你要被生活逼疯了，你要尖叫，你要毁灭，你要逃离，你要理解，你要体谅，你要治愈……但是没有，什么都没有。

你拼命追寻温暖的、带颜色的、鲜活的东西……什么都没有。

我这里有。

我叫陆修。

我是灵魂修补师。

灵魂修补师是被冥主选中，从幽冥降生人间，带着使命成长，也带着使命消亡的。只是，冥主虽给了我们使命，却没给我们工资。

她只给我们一句话，在人世，尽人事。

于是我们只好自力更生。

不过，我的运气还不错。我降生的家庭虽然非富非贵，却有一座祖传老宅，虽然阴气重了点儿，却依山傍水，似极公馆，富丽堂皇，隐蔽清静。于是，在成为家族里最后一人后，我便将这里收拾一下，改作办公地点。

我是心理咨询师。

我最擅长催眠。

我懒。

对，最主要的都是因为我懒。

如果我不懒，不会放着繁华的市中心不待，甘愿委身于市郊老宅；如果我不懒，不会放着众多职业不选，只随便做个心理咨询师；如果我不懒，也不会不宣传，不推广，只靠患者互相介绍，口耳相传。

倒不是说做心理咨询师容易，只是说，身为灵魂修补师，做心理咨询师几乎是水到渠成的事。因为灵魂修补师平时做的事，就是进入人们的梦中，在梦里修补他们的灵魂。

我的领路人，冷炎就比我上进得多，他是刑警队长。

冷炎是最早的那批灵魂修补师，这么多年以来，他始终勤勤恳恳、兢兢业业，只是由于太过理性，他几乎没什么个人情感。对人、对事，他都没什么喜欢，也没什么不喜欢。

但是，昨天，他忽然联系我，说要来这里吃晚饭，说只吃西红柿，还特意嘱咐，让我把厨房都弄成红色，所有的元素，都要是红色的。

我虽然很疑惑，却没有拒绝他。

对于他的要求，我从来都没有拒绝过。我的朋友不少，但能让我做到这种程度的，只有他一个。

他是我最好的兄弟。黑猫警长，我总是这样叫他。因为他肤色偏黑，还总是黑着一张脸，不过，那两只眼睛倒是随时随地都显得炯炯有神，哪怕是刚睡醒的时候，一睁开眼睛，便会立刻神采奕奕。

陆一休，他总是这样叫我。好像我真的是那个机智的小和尚。

我正在准备一场宏大的西红柿宴。

西红柿，总是西红柿。今天上午接待的那位叫胡狸的病人也特别喜欢西红柿。她已经怀孕了，肚子很大，估计要不了多久就会生。她脑中的美好比我见过的任何人都多，可她面临的问题也比任何人都严重。

我不知道为什么我会有这么强烈的感觉，整个过程中，她表现得还算正常，至少比我见到的很多病人都正常得多。可是，不管她怎么表现，我就是固执地觉得她的问题特别严重。

最严重。

也许是因为那些美好……那些美好特别奇怪，它们只是一缕又一缕的感觉，而不是任何具体的事件。这是前所未有的事情，也是违背客观规律的。人的感觉总要依托某些载体才能存在，不会毫无原因地产生或者消亡。如果她真的记得那么多美好，又怎会反映不出到底是因为什么。

然而没有具体的问题和事件，一个都没有。她脑子里唯一具体的东西，只有西红柿。一个又一个的西红柿，各种各样的西红柿。她把它们放在最珍贵而隐秘的角落里，好像有了那些西红柿，她的生命就可以延续下去，好像有了那些西红柿,她就可以对抗一切的邪恶和不堪。

西红柿是红色的。

花瓣、晚霞、火焰、血液……都是红色的。

热烈，喧闹，侵占。

红色的标志。

西红柿的标志。

夜即将降临，天也红得可爱。从远处收回目光，看着面前堆成小山似的西红柿，我低下头，熟练地下刀，熟练地分解，任凭汁水飞溅到雪白的围裙上，又被夕阳浸润、反射，直把整个空间都映得鲜红。

距离我和冷炎约定的时间，已经过了十分钟。

这不是他的风格。他向来控制欲超强，忍受不了任何计划外的事情，包括别人，更包括自己。

门铃终于响了。

但绝不是他。他不会这样按门铃。

果然，门外站着一个穿黑色衣服的女人，一身皮衣皮裤，扎着利落的马尾，气质干练。她的腰不算细,却没有一点赘肉,她的腿修长紧实，曲线相当完美。

"冷炎让我带你去见他。"为了看着我的眼睛，她微微地仰头，气势却依然爆棚。

"你是？"

"你可以叫我师师。"

我没再问什么，我知道冷炎这么做一定有他的理由，否则他不会失约，更不会让这女人来——她不是警察。刑警队里的人我都认识，她不在其中。而冷炎的社会关系向来简单，除了同事，他从不接触别人。

冷炎之所以这么做，一定是因为遇到了不小的麻烦。考虑到这一点，我马上解下围裙，往地上随便一扔，就想跟她走。

"等等。他说要给你戴上这个。"她拿出一副亮闪闪的手铐，拎到我眼前，晃来晃去。

这倒是有点奇怪，他真是遇到麻烦了？我疑惑地想着，却脱口而出这样一句："他什么时候好这口了？"

"你可以戴，也可以不戴。不过，如果不戴，也就不用走这一趟了。"

于是我还有什么话说。

师师比大多数警察更加训练有素。不仅英姿飒爽，脑子也好用得很。一路上，无论我怎么旁敲侧击，她始终没有吐露任何有效的信息。

车窗外的景色越来越荒凉，很快就到了远郊。

"冷炎就在上面。"她一路飞驰到海边，停下车，指着一个山头对我说。

"你不上去？"

"他想见你，不是见我。"

"这手……"

"他没说开。"她下车为我打开车门，示意我下来。

"你倒真是听话。"我若无其事地笑了笑，下了车，飞快地反手一抓，扭过她两只胳膊，直接把她整个人按在挡风玻璃前，慢条斯理地把手铐转移到她那一双纤细白嫩的手腕上。

"你……你早就打开了？"她气结。

可也只是气结。

"说吧。"

"没什么可说的。"

"哦，看来你之前说的都是真的？"我一手揽过她，把她推到前面，"那就确实没什么可说的了，带路吧。"

山不高，风却不小。我和师师一路相对无言，直到看见冷炎。

冷炎像往常一样穿着一尘不染的白衬衫和笔挺的警裤。这本来没什么不对，可是在齐膝高的荒草中，他这样一副打扮，又笔直地靠着一棵细弱弯曲的小槐树，手里拿着铁锹，面对一个大坑，脸上没有一丝表情……就有些奇怪了。

"你是打算过植树节吗？"我一边扶着师师的肩膀，一边对冷炎调侃着。

冷炎却前所未有的严肃。他一个字都没说，一直等到我和师师走到离大坑不远，才突然大步向我走来，挥起铁锹，只一锹就把我砸到了坑里。

扬锹落土，一气呵成。

没有疼痛，因为神经根本来不及作出反应。冷炎出手向来都是这样稳准狠，没什么值得奇怪的。如果说奇怪，也只是——无缘无故，他为什么要这样对我？

然而我也不需要问。因为就在落土的同时，甜美的红色铺天盖地地包围了我。确切地说，是包裹了我。从头到脚每一处毛孔、每一寸神经的那种包裹。是的。红色，全是红色。如玫瑰般甜香，如鲜血般甜腥。我完全没有挣扎或者反抗。这不仅是因为，没有人比我更清楚，在冷炎面前，所有的反抗都是没用的，更因为，这味道我再熟悉不过。

这就是胡狸思想中的味道。在我脑子里弥漫了一上午的味道。

光亮越来越少，空气越来越稀薄，就在我快要窒息的时候，终于在纯净的黑暗中看到了一个初生的婴儿。她一点一点从黑暗中爬出来，浑身沾满了黏液和污秽，肚子上连着一长串渗血的脐带。

她浑身都在发光。

血光。

她长了一张和胡狸一模一样的脸。

但胡狸明明不是婴儿。

"你终于来了……"她带着一脸诡异的笑容，咯咯地笑着，一摇一摆地爬向我，用一种成年女人的声音不停地重复着这样一句话。

第二章
| 第一个生魂 |

夕阳完全落下的时候，房间开始慢慢地闪出奇异的光芒。一开始，那光线很微弱，逐渐地，所有被装饰上了红色的地方都变得如星辰般闪亮，就连那铺天盖地的西红柿，也一个接一个地变得像无数个挂在天上的太阳。

强光，却每一处都带着血，强烈的血光。

和地下那个初生婴儿一样的血光。

"春天真是个适合吃西红柿的季节。"冷炎半挽了袖子，露出顾长结实的手臂，津津有味地啃着熟透了的西红柿。汁水从西红柿的身体里源源不断地涌出，沾到他茂密而漂亮的小胡子上，又滴滴答答地流到白衬衫上，像开了一朵又一朵新鲜又腐败的花。

这本来不是他的风格。作为一个有着轻微洁癖的刑警，他向来连吃西瓜都只会把它们削成一小块一小块的，然后用牙签斯斯文文地扎着吃。

太反常了。

从他要来我这里吃晚饭，到师帅的出现，再到那个恐怖的婴儿，还有病人胡狸……一切的一切，都太反常了。

"这到底是怎么回事？"我盯着他问。似乎如果他不把真相告诉我，我就会一直这样看着他，决心用目光把他钉穿一样。

我确实会。

谁要是有我这样的经历，谁都会。

刚才发生的一切已经让我难以判断，那到底是真实存在的，还是冷炎故意为我造的一场梦境。我实在不能相信它们真的发生过，可是那感觉还很新鲜，不过，如果那都是真的，我又是怎么回来的？为什么浑身上下比任何时候都要干净？为什么会躺在厨房那张冰冷的不锈钢案板上？最奇葩的是，我为什么还会戴着那副闪闪发亮的手铐？

手铐的末端拴着一根不长不短的铁链，连在刀架上。刀架铸在案板上，一体化，够结实。我当初之所以这么设计，本来是因为方便做饭，没想到便宜了这衣冠禽兽。

撕咬、咀嚼、吞咽……在满房间的血光中，冷炎竟然显示出了前所未有的贪婪，像一只嗜血的猛兽，又像一只冷酷的吸血鬼。看着他的眼睛和牙齿，我一点都不会怀疑，也许下一秒，他就要从琳琅满目的刀架上找出最满意的一把，然后认真考虑一下，怎么把我漂亮地分解开，哪一部分要怎么样做才最好吃。

可是他终归还是回答我了。

可是这和不回答也没什么区别。

"没什么，别太在意。"一连吃完三个西红柿，冷炎才对上我的目光，慢悠悠地开口，"你要知道，从来没有一个灵魂修补师可以背离契约，否则冥界的平衡就会被打破。可是你不一样，因为我是你的领路人。我知道你多么热爱自由，所以我愿意让你试一试。只是，在那之前，你需要独立修补八个生魂。胡狸就是第一个。"

"胡狸……原来是她。她很奇怪。说不出的奇怪，我甚至怀疑她是不是人。"

"只要有灵魂，就都在我们的管辖范围内。她是不是人，都没什么关系。"

"那，师师呢？"鬼使神差地，我竟然想起那个黑色的女人。

"她存在。不过跟你也没什么关系。别问太多。"

"好，我不问。只是……你为什么要把我弄成这样？"我晃晃手铐，锁链哗啦哗啦，响得悦耳。

"你不知道我一直好这口？"他似笑非笑地看着我，说得耳熟。一瞬间，师师的形象竟然和他重叠起来。还没等我想下去，他忽然又变得正经，"不开玩笑了。我之所以这么做，就是因为想和你痛痛快快地喝场酒，断片儿的那种。"

"不可能。"我干脆地回绝，"这是禁忌。"

修补灵魂几乎就是在刀尖上跳舞，还是被架在高空钢丝上的那种，稍不留神，不仅会毁了别人，自己也会被消耗殆尽。所以，无论在什么时候，领路人和修补师之间都不能走得太近，平时能不接触尽量就不接触，不然徒生感情，牵绊太多，早晚有一天会出事。这也是冥主严令禁止的。

"没什么禁忌不禁忌的。从你想要自由的那一刻起，一切规矩就都和你没关系了。虽然只是我说的没关系，但我说没关系就是没关系。所以，这顿酒，你必须喝。区别只在于，是被放下来自己喝，还是我帮你把酒倒进嘴里。你自己选。"冷炎一边说着，一边指着墙角那个我从来都没有用过的酒柜。

这酒柜本来就是给他准备的，因为他很少来，所以也很少用。现在上面密密麻麻，从上到下摆满了酒。全是用透明玻璃瓶装的，瓶子上印着好看的花纹，看起来复杂而神秘。瓶口是清一色的鲜红。瓶身上没有标签，也没有任何能被辨认出来的标志。不过，无一例外，每一个里面都满满地装着我从来没有见过的红色液体。

浅红、桃红……深红到发黑……各种各样的红。只是，那肯定不是任何一款红酒，也不是任何一款预调酒。

"真是霸道的警长呢……不过，你觉得你能拴得住我？"我嘴角向上，魅惑一笑，"你是不是忘了，这是我的房子？"

"我拴不住你，谁都拴不住你。但这是我的最后一个愿望。"冷炎淡淡地笑着，目光中竟然闪着一丝悲伤。

窗子是大开的，晚风偶尔吹进来，纯白而半透明的窗帘随风拂动，暗香徜徉。清透的月光下，血红的蔷薇沿着已经被风化的砖墙用力地攀爬，有些已经悄悄地开了花，只是因为花朵太过稀疏弱小，明显不成气候。

可是一切都不一样了。

当冷炎说出"最后一个愿望"的时候，一切都不一样了——蔷薇的藤蔓就像一瞬间吸收了月光的精华，像猛兽的爪子一样疯狂地一路向上疯长，很快覆盖了所有的叶子，开出猩红色甜美的花朵。

"最后一个愿望？为什么是最后一个？"我的心里忽然涌出一种不祥的预感。

冷炎没有说什么。

他肯定是不会说什么的。

声音却替他解了围。

楼上的房间里，"哗啦"一声脆响，似乎整扇玻璃都碎了，紧接着是一声震人魂魄的巨响，一个一百多斤重的东西重重地砸在钢琴所有的黑白键上。

我从来都没有盖钢琴盖子的习惯。毕竟钢琴也是有生命的，需要时常呼吸一点新鲜空气，否则就会沉闷得像一口棺材。

不过，现在，我倒是有点后悔了。

因为钢琴肯定被砸出了问题。

胡狸也被砸出了问题。

没错，那一百多斤重的东西，正是胡狸。

我和冷炎跑上来的时候，她已经失去意识，正仰面朝天，歪歪斜斜地躺在钢琴上。她身上什么都没有穿，只被半透明的窗帘包裹着，露出脸和脖子，远远看去，像一只巨大洁白的蛹。地面上散落的全是碎玻璃，上面却没有任何血迹。

看样子，她一定是从附近的山崖上跳下来的，然后顺着山坡一直滚，因为坡度太陡，滚得太急，才会最终撞破窗户，压掉窗帘，被窗帘包裹着掉到了钢琴上。

可是这很奇怪。深夜，一个即将临盆的孕妇独自走上山崖，不着寸缕，跳崖自杀？我疑惑地看着冷炎，冷炎却专心地侧耳聆听着什么，表情越来越凝重。

我也听到了。

一开始，那声音很微弱，但是，自从我们走进门以后，它就越来越嚣张地在房间里回荡。它很像心脏跳动的声音，但又绝不可能。因为它跳得很快很重，与其说是心脏，还不如说是被擂响的战鼓。

没有一个人的心脏能跳到这种地步。这是违反医学规律的。

也许那东西也不是人。

它就在胡狸的肚子里。

苍白的月光下，胡狸的肚子高高隆起，哪怕是隔着几层窗帘，也能看到明显地一跳一跳，就好像原本有人被禁锢在里面，现在随着禁锢被解除，那个人又激动又兴奋，正在拼命往上蹿，想把她的肚皮捅破，重获自由一样。

"她不会怀了什么不该怀的东西吧？"我问冷炎。

"我怎么知道。"冷炎实在地答，然后蹦出来没头没尾的一句，"不过，我记得那山崖上好像有座塔，里面专门埋葬一些死去的婴孩。"

"确实不错。那座塔没有名字，大家都叫它葬婴塔。不过，葬婴塔的设立纯属好意。几百年来，从没出过什么不太好的事情。就算她肚子里的东西有问题，应该和葬婴塔也没什么关系。只是，深更半夜，胡狸一个要临盆的孕妇，为什么要去那种地方？"

"别问我，去她脑子里看看就知道了。"冷炎说得轻松极了。

"你不和我一起去？"我很意外。

"你忘了是要独立修补八个生魂吗？还是不知道独立是什么意思？"冷炎眯着眼看我，言辞忽然变得尖酸起来。

第三章
| 感灵而孕 |

　　既然他已经把话说到如此地步，我也就没有必要强求。当然，我是很不开心的，我也知道，他心情也很差。我们都知道这是为什么，可是又都没法做点什么。

　　我进入了胡狸的意识。

　　笑声，笑声，笑声，到处都是笑声。孩子的笑声，少女的笑声，女人的笑声。这简直是我见过的最破碎最疯狂的灵魂。生，生，生，一切都是为了生。

　　生命，生存，生活。

　　众生皆苦。

　　这和我上午见到的那个人，她们的灵魂，简直就是判若两人。

　　这里面也有西红柿，各式各样的西红柿。长的、短的，大的、小的，青的、红的……却完全不在珍贵而隐秘的角落里，而是像恶兽一样横冲直撞、张牙舞爪，然而它们嚣张不了多久，就会在空中绚烂地爆裂，变得像血一样浓厚，肆无忌惮地铺了一地。

　　西红柿没法延续她的生命，西红柿本身就是生命；西红柿没法对抗邪恶和不堪，西红柿本身就是邪恶和不堪。

它们像火焰一样席卷一切，它们像血液一样污染一切。

在一片血红而污秽的世界里，我看到成堆成堆未成形的胎儿被无数只沾满血迹的手毫不留情地扔进垃圾箱。它们陷到各色各样的医疗废品中，又一起被扔到更多的生活垃圾中。垃圾们五颜六色，热闹非凡，统一散发着难闻的气味，却和生命的气味没什么两样。两者相较之下，生命反而显得是更加苍白而廉价；我看到成排成排的婴儿被用各种各样的方式从他们该在的地方拿走，被一张又一张猥琐的笑容明码标价，买来卖去。和谐的是，婴儿的脸上也是笑着的，那么纯洁而无邪，却又那么无知而卑微；我看到无数中阴身围着交媾的男女，你争我抢，希望得到一具温软的身体，我又看到它们胎死腹中，半路夭折。我看到它们和自己的兄弟姐妹争抢，我看见它们在毫无意识的时候就可以杀戮。我看见它们杀死自己，也看见它们杀死母亲、父亲、全家。

杀。

生杀予夺。

爱。

爱恨无边。

生，一个又一个生命诞生，大哭大喊，大笑大闹，它们在这个世界上拥挤，肆虐，延续。它们不知道为什么存在，也不知道为什么消失。

生育机器。

这才是真的生育机器。它没有开始，也没有结束。它根本停不下来，只能一直程式化前进，每一处前进，不过是一个循环。每一个循环，都终将回到原点。在这样的境遇下，谁都清楚，连灭亡都是一种恩赐，因为循环的本质，是连灭亡都无法灭亡。

承载这一切的，是胡狸。

她就躺在她自己的意识里，像我刚才在钢琴上见到她的那样，浑身上下一丝不挂，只是裹着白色的窗帘，一动不动地躺在那里，而她的肚子依然在猛烈地跳动着，好像下一秒，好像只要再多一秒，她的肚皮就会被里面那个不知道是什么东西的东西彻底戳破。

随着肚子的跳动，这整个世界，她的整个意识都在跳动。我甚至已经有些站不稳。震荡得厉害，而下一秒就是彻底的坍塌和毁灭。

我走近这个胡狸。

我走近下一个胡狸。

下一个。

再下一个。

一样的。

完全是一样的。

每一个的肚皮都在跳动，每一个的世界都在震颤。到处都是红色，到处都是血。我的眼睛已经出了毛病，我的呼吸愈加粗重。我想走出来，我想离开这里，可是我已经走不出去了。我回头看向来路，全是红色，什么都看不见。满眼的红色，全是红色。我已经忘了自己走了多远，我也记不清自己到底见了几个胡狸，可她们都是一样的。所有的东西都是一样的。

一层一层，没有尽头。

我想修补她们，却根本无从下手，我一定要修补她们，可是我又要拿什么修补。她的灵魂就像一块深埋在地底的钻石猛然碎成了漫天星辰，再也没有转圜的余地。当然，如果想有余地，也许还是有的。这世上不存在修补不了的灵魂。冷炎说的。我应该相信冷炎。可是眼前的状况让我怎么相信他。这完全就是一个死局。这根本就是不可能完成的任务。

胡狸的灵魂，看起来已经碎得体无完肤，却又明明是一个整体。看起来似乎只有一个主人，却又好像各自为政，互不干涉。

然后每一个胡狸都对我说话了。

"我在生我自己。"

她们这样清晰地对我说。

"我在生我自己。"

周围的空旷引起声音的回响，硬生生地钻到我的脑子里。她的声音很好听，尤其在这样的状况下，简直宛如天籁。我忽然感到无比通透，急躁的心情也逐渐平复下来。我竟然觉得，就算永远留在这里也不错。我知道这种思想很危险，可是胡狸，她是胡狸，她值得这种危险。

我抓起身边一个最大最饱满的西红柿，像冷炎那样大口大口地咬着。吹弹可破，原谅我用这么不恰当的词汇去形容一个西红柿，可是它的确像任何最嫩的皮肤一样吹弹可破。

接下来就是血的味道。腥甜的，新鲜的。

这到底是西红柿，还是人类最初的形状？

"你终于知道唤醒我的方法了。"胡狸慢慢地从地上站了起来，优雅地披着白纱，款款向我走来。我瞄向她的身后，那里正飘舞着八条洁白无瑕的尾巴。

"你是真的狐狸？"我不由自主地问，问完又觉得很没必要。又没意义又没必要。

可她大大方方地否认了。

"我和狐狸没有一点关系。在你眼中，我可以是狐狸，也可以是别的什么。"就这么说着，她的手里忽然凭空多了一杯酒。酒杯是圣杯的样式，拿在她手里也确实显得很神圣。

她整个人都很神圣。她的皮肤白皙而细腻，她的额头光洁而饱满。她的眼睛大而有神，她的下巴玲珑而小巧，她的身躯光滑而曼妙。因为怀孕的关系，原有的女性生理曲线被稍稍地破坏，可是这让她有了另外一种柔和而圣洁的美。

这种美，任何曲线都无法替代。

"你的肚子……"我忽然注意到她的肚子，那里很平静，那个急躁地想捅破她肚皮的东西，似乎从来就没有存在过一样。

"我已经说过了，我在生我自己。"她走过来，双手轻轻环上我的脖子，我能感受到她的呼吸，温热的，清香的，我闭上眼睛，我为此沉醉。

然后就是满满的红色液体——和冷炎的酒一样的红色液体。它们从胡狸的酒杯中倾泻而出，像一泓源源不断的清泉，又像一道狭窄却热烈的火焰，从我的头顶一直流下去，流过鼻子，流过喉咙，流过胸膛，流过小腹，一直流到生命最初的地方。

"她已经说过了，她在生她自己。"冷炎慵懒而邪气的声音不合时宜地响起。

"你不是说不来吗？"我脱口而出。

"没错，所以我在喝酒。"冷炎晃了晃手里的酒杯，那正是圣杯的形状。

我猛然直起身来。原来我正蜷缩在墙角的阴影中，胡狸，她斜靠在墙上，就坐在我的身边。她紧闭着眼睛，可是呼吸很急促，微弱而急促。

我知道刚才发生了什么，然而我已经不想再揭穿冷炎。没错，刚才我已经陷进了胡狸的灵魂，并且有即将被吞噬的危险。如果不是他，我根本不可能安全地回来。

冷炎的酒杯是空的，酒已尽数洒在我的身上。而他见我醒了，就像什么都没发生一样，若无其事地挺直了腰身，坐在那里开始弹钢琴，缓慢而沉重的调子。

他的手指骨节突出，细长灵活。他的表情扑朔迷离，难以捉摸。

安魂曲。脑海里忽然蹦出这样一个念头。因为随着冷炎的动作，胡狸本来稍有扭曲的表情竟然慢慢放松，到了最后，还渐渐地笑起来，呼吸也变得平稳。她甚至睁开眼睛，紧紧地抱住了我，然后泪如雨下。

我能感受到我身后的布料已然变得温热，那源于液体的浸润。

"我不想生孩子，我不想生孩子，我不想生孩子……"她一遍又一遍地重复着，伴随着沉默无声的哭泣。

"为什么？"我问。

"我不知道。我真的不知道。"胡狸双手捂着头，拼命回想着什么，可是什么都想不起来，"我只能感觉到那很痛苦。我好像经历过很多次，因为这种痛苦很强烈，似乎已经深深地烙在我的灵魂里，可是我什么都记不起来了。我只知道我不想把它生下来。"

"既不愿生，又何必孕？"之前我也遇到过情绪失控的孕妇，可是没有一个是这么奇怪的，也没有一个感情是如此强烈，"你没有和丈夫说过这些吗？"

"我没有丈夫……"

"那你的孩子是怎么回事？"这倒真是大大出乎了我的意料。难道是未婚先孕，或者是出于意外？

"我也不知道。一切都是突然发生的。某一天早晨，我的肚子无缘无故就大了起来，而且越来越大。一开始，我还以为是最近吃得太多，变胖了，也就没注意，可是后来越来越不对劲。我很害怕，只好去医院检查，医生说确实是怀孕了，我特别惊讶，因为我什么都没有做。我真的不知道是怎么回事。"

第四章
| 夜探葬婴塔 |

"你家住在哪里？你现在愿意回去吗？"我忽然觉得有点烦躁。其实就像冷炎说的那样，我本身就灵魂不稳，这样的体质，不是很适合做灵魂修补师。

每次执行任务后，我本身的灵魂都会经受很大的动荡。有冷炎和我一起还好一点。这次没了冷炎，又遇见胡狸这种千疮百孔的灵魂，我的感觉比任何一次都要强烈。

然而我不能显露出来。作为心理咨询师，我需要在病人面前保持基本的职业道德；作为灵魂修补师，我也要让受体保持安宁而不是混乱。我努力控制自己，可是这很难做到，我整个人都要憋炸了，我浑身上下每一个细胞都在燃烧。我希望胡狸尽快离开。如果她愿意，明天再来找我也没关系，什么时候再来找我都没关系，只是现在她要离开，她必须离开。

可是她竟然给了我以下的答复。

"我家就住在附近，但我不愿意回去。那里静悄悄、冷冰冰的，那不是家，只是个房子，一个连洞穴都不如的房子。我不喜欢那里。

我也不知道自己为什么要住在那里。我害怕。我害怕一个人待着。尤其怀孕以后，我越来越不愿意回去，每次一回去，就像走进了一个怪兽的嘴里，那怪兽张着血盆大口，好像随时都会把我吞噬掉，连骨头都不剩。我每天都睡不好觉，一闭上眼睛就会做噩梦，所以我才会去葬婴塔。"

"你去那里干什么？那里能让你安神？"我的呼吸愈加急促，声音好像也是从牙缝里挤出来的，我看向冷炎，目光却已是涣散，"冷炎，给我酒。"

空中飞起一瓶酒，它本来就堆在冷炎脚边。他弯腰的样子很好看，脊背上的肌肉线条明显而硬朗，就像一张紧绷着的弓。他抬起头看我的时候，也确实就像一张紧绷着的弓，一张脸上满是悲悯和担心。他应该知道我现在的状态。他怎么可能不知道，他比我自己更了解我的身体。他更是清楚，这些年，无论发生什么，我从来都没有直呼过他的大名，从来都没有。

我和胡狸说话的时候，他一直安静地坐在琴凳上。他之所以这样表现，也许是因为他什么都知道。也许没有任何原因。

"是的，在那里，我会感觉好一点，至少每晚能稍微睡几个小时。但是今天我去那里以后，感觉却比不去还糟糕。我觉得山崖好像在召唤我，生，生是罪恶；死，死是解脱。山风中飘着一个声音，那声音这样说。那声音还告诉我，我现在虽然是活着的，可是和死了也没什么区别。也许死了反倒好些，那死亡比任何东西都要甜美，那流淌着奶和蜜的圣土。"

接下来的事情也就不用她说。她走了过去，然后掉了下来，滚到了这里。

　　我抓住冷炎扔过来的那瓶酒，打开瓶盖，大口大口地喝起来。那酒液鲜红，就像流经我心脏最初的血液。不到三秒钟，瓶子便空了。我开始笑，无声地笑，我看着胡狸，我觉得她简直是又圣洁又龌龊。她是那么可怜，可又是那么活该。修补，我应该怎么修补，本来就是一片残破，为什么不去毁灭，为什么还要修补？

　　钢琴声又响了起来，更加纵深的空间。每一个音阶都可以让我深陷其中，却已经安不了神。他从来就没法让我安神。我径直走向钢琴，我听着古老的钟摆在摇动，叮叮当当打出午夜的暗影。我看着冷炎毅然决然地站起来，用一双有力的手托住我的后颈。

　　"你干什么？"我拧着眉质问他。

　　是的，我需要他，可是我不想在胡狸面前展示这一切。

　　"她已经睡着了。"冷炎附身在我耳边轻声说，"你也需要休息了……"

　　不知何时，外面淅淅沥沥地下起了雨。雨点顺着受损的窗框打进来，阴暗而凉爽。我盯着冷炎，像从来都没有见过他一样。本来，我应该说点别的，或者什么都不说也好，可是我忽然想起这样一个非常现实的问题："你明天不用上班？"

　　"我请了长假。"他躲闪着我的目光，似乎想掩饰什么。

　　"那就好。"我展颜一笑，指了指地上的酒瓶，"既然如此，我就来满足你的最后一个愿望吧。"

　　他诧异了一下。而我早就拿着几瓶酒，纵身一跃，穿过破碎的玻璃，走到满缠着蔷薇的矮墙上，肆无忌惮地靠在上面。

　　蔷薇有刺，但我不在乎。为了那甜美的芬芳，我不在乎。

　　"你真的这么喜欢流血？"冷炎皱着眉，打量我早已被碎玻璃和蔷薇划破的棉麻衬衫。上面染着斑斑血迹，被雨水一浸，红得好看。

"生，岂非都要流血？就像自由。"

"你真的这么喜欢自由？"

"我喜欢你。"我把喝完的空酒瓶朝天接着雨水，等快满的时候，又尽数倒到自己身上，"冷炎，我喜欢你。你是个好领路人。然而生命太过无趣，傀儡更是如此。只要还被束缚，哪怕是被自己束缚，也是无趣的。"

"好，我知道了。"他笑得很难看，"话说回来，你要不要去葬婴塔看看？"

"你也觉得胡狸肚子里的东西和那里有关系？"

"不一定。我其实是这样想的——她肚子里不一定真有东西。怀孕总要有精子和卵子的结合。她说她自己什么都没做。在这方面，她没必要骗我们。不过，我还是认为，她会变成现在这样，和那里一定脱不了关系。"冷炎说着，忽然提出了非常重要的一点，"也许，你也已经注意到，她的身体和常人不一样。"

"没错，就像被什么护体了一样。那山崖有几百米高，一路情况那么复杂，她又撞破了玻璃，可是身上一点伤痕都没有。"我回忆着，忽然觉得应该和冷炎说说，"也许，这是因为她本来就不是人？我进入她意识的时候，看到她长了好几条狐狸尾巴。我问她是怎么回事，她却说她和狐狸没有一点关系。"

"除了她奇怪的身份，她说的那些话，真假也是值得推敲的。她说她住在附近。你就是在这附近长大的，这鸟不拉屎的地方，方圆十几里，除了住着你们一家，哪还有过别人？"

"这么说来，一定要去葬婴塔走一趟了。"我喝完最后一口酒，晃了晃脑子，擦了把脸，"看来，我们这场注定要断片儿的酒，这次是没机会喝完了。不过，来日方长，我一定会补给你。"

冷炎什么都没有说，只是默默地跟在我身后。出门前，他劝我换身衣服再去，毕竟天气凉，葬婴塔阴气又重，我也就当没听见。

远方的风带来大海的腥咸，确实有些凉，里面又夹杂着一丝奇怪的温热，像生命最初的结合。我和冷炎一前一后地爬着，举步维艰。

没错，是爬，不是走。

货真价实的那种爬。

"你确定真的要像正常人一样，从山脚一步一步去山顶？"当冷炎看到路况的时候，非常惊讶地问我。

其实这不算是一般意义上的山，因为它并不高，也就不到五百米，与其说是山，更像是丘陵，不过坡度很陡，有将近五十度，并且完全没有路，从山脚到山顶，每寸土地上都长着密密麻麻的槐树，有高有矮，枝条纵横，上面全是狰狞的小刺，最麻烦的是，还有很多齐腰高的，就像荆棘丛一样。

"我总觉得路上有可能会遇到什么。"我在雨帘中仰望山顶，"就算遇不到，只是去看看那些可怜的孩子，也总要虔诚些的。"

冷炎没有再说什么，可是我知道，他已经在心里暗暗地悼念他那件一尘不染的白衬衫了。

这些槐树都是山顶那棵老槐树的孩子。那老槐树已经活了好几千年，具体有多久，谁也说不清楚，它高高地矗立在山顶上，高大无比，枝繁叶茂，十几个人都合抱不过来，葬婴塔也正在它的树荫下。每到春末夏初的时候，花开满树，数里飘香。

只是从来没人去。真不知道胡狸是从哪里知道有这么个地方的。

葬婴塔本来就是濒临废弃的存在，随着医学的发展，社会的进步，人们观念的转变，几十年来，它"葬婴"的职能已经不存在了。除了一些年纪特别大的老人，很少有人知道它，就算知道，脑子正常的人，肯定也不会闲着没事往这种地方跑。

"这旁边应该原本有寺庙之类的地方吧？"爬着爬着，冷炎忽然问我。

"没有。严格说来，这个塔不算佛塔。五代十国的时候，天下大乱，战火频仍，有个云游僧人来到此地，感慨生灵涂炭，婴灵遍野，便捡了一点砖瓦，花了一点时间，收集了孩子们的尸体，修了这么个东西，把他们葬在这里，也许是因为之前懂点书画建筑，这塔修得还挺像那么回事。"

"后来呢？"

"没有后来了。从那以后，附近有孩子夭折的，或者生了孩子不想要的，就都把尸体送去那里。天长日久，塔一层一层地垒起来，也就越来越高。一直到废弃之前，千百年时间里，前前后后，一共垒了十好几层。"

第五章
| 生命之初的西红柿 |

"听上去有点惊悚，不过仔细想想也正常，佛教里的塔本来就是墓的变种，就算传到了中国，有些不一样，不过里面还是会供奉舍利之类的东西。"冷炎草草地说了一句，似乎就是在没话找话。

他当领路人这么些年，如果连这都不知道，可就真该汗颜了。

越往上，尸骨越多，几乎是令人匪夷所思的程度。盛大的雨水毫不留情地冲刷了山坡上本来就不是很厚的土层，把下面藏的东西完完全全展示到了我们眼前。

毫无例外，每一棵槐树下都长着一颗雪白的骷髅。无论大小，无论角度。它们盘曲错杂的根系从每一个骷髅的孔洞里伸出来，牢牢地抓着山石，紧紧地团结在一起。雨水哗哗地流着，冲刷过闪光的白骨，汇成一条条暂时的小溪，像极了骷髅的眼泪，也像极了胡狸的眼泪。

如果不是冷炎一直跟在我旁边，我几乎要怀疑，这一切仍然就是幻象。

红了。忽然就红了。

闪电划过，炸雷响起，就在头顶的位置。闪电照亮山坡，雷声穿透耳膜。身下剧烈地晃动起来，好像有什么东西马上就要破土而出。如果不是长期以来出生入死，练出了一身坚韧的神经和肌肉，我几乎要被掀得一个不稳，栽下山去。

这不是正常的雷声，也不应该在这里出现。我扭过头，担忧地看了冷炎一眼，他却气定神闲，面色如常。

马上要到山顶了。

似乎是受了炸雷的影响，流水逐渐变红。一开始是很淡的水红色，只出现在水流与骷髅撞击出的白浪尖端，后来，绚烂的颜色逐渐染红全部的白浪，吞没清澈的流水。

越来越红，越来越红。一切都越来越红。包括流水，包括山石，包括每一棵槐树，红色的流水逐渐倒流到树干上，似乎它们平生了一群血管。每一滴水都是有生命的，生机盎然。也许这座山也是有生命的，它安静地躺在这里，一言不发，可是没有声音不代表已经死亡。

每个骷髅的眼睛里都冒出了莹莹的绿光，它们发出笑声，似乎笑声又不来源于它们。笑声在山的周围悄悄响起，若有似无地回荡，像一个早就设好了的牢笼。

笑声，笑声，笑声，到处都是笑声。孩子的笑声，少女的笑声，女人的笑声。

西红柿，各式各样的西红柿，长的、短的，大的、小的，青的、红的……每一个西红柿都和眼前的骷髅重合到一起，又新鲜又鲜艳，像血一样浓厚，肆无忌惮地铺了一地。

我们终于爬到山顶，带着一身泥水和血迹站起来。脚下总算稍微平坦一点，眼前正是老槐树和葬婴塔的所在地。

"也许，这一切和胡狸都有关系。"我忽然没头没脑地对冷炎说了这样一句。

其实这根本是不用说的事情。这附近绝对住不了人，胡狸的家又怎么可能在这里？可是她为什么要骗我们？而我们竟然也真的鬼使神差地来了。

也许，她根本就不是从这里滚下去的。她说她在这里睡得安稳，但她根本不可能睡在塔里，因为葬婴塔不是木质中空塔，而是实心的。之前，我一直以为她是在老槐树下睡觉，然而现在，眼前的一切把我的幻想打得粉碎。

老槐树下，竟然有一个足够埋得下两个人的大坑。和冷炎给我制造出的幻境中一模一样的大坑。

"有没有想起什么？"冷炎看着紧盯着大坑的我，似笑非笑。

"我只希望这次你不要把我拍到坑里。"

"不需要了。"冷炎微微抬头，仰望天空。

这家伙似乎和雷公电母有一腿，还没等他仰头三秒，一阵足以把人晃瞎的亮光就从天上鱼贯而下。我的感觉，就像被数千个强光手电同时照了双眼，什么都看不见了。

然后雷声响起，比上一次还要惊人而清脆，"咔嚓"一声，似乎是天柱折了一根，天变得更黑，老槐树被炸雷毫不费力地削去了所有的枝丫，只剩下一根光秃秃的主干，就像一个矗立了千年的墓碑。而葬婴塔更是倒霉，已经被从上到下直接劈成了两截。

它的内部结构，就像新鲜的竹子，一节一节，它的外貌，也像刚被劈开的竹子，正在不停地向外流血。一股又一股的血把本来藏在塔中的碎骨冲到树前的大坑中，无休无止，可是坑依然没有被填满。

如玫瑰般甜香，如鲜血般甜腥。

在纯净的黑暗中，一个又一个的婴儿面无表情地从坑里爬上来，排成整整齐齐的两行，一点一点地围向我和冷炎。它们的身上都沾满了黏液和污秽，肚子上连着一长串渗血的脐带。

它们都在发光。

血光。

每一个婴儿，都长了和胡狸一模一样的脸。

"你们终于来了……"它们带着一脸诡异的笑容，咯咯地笑着，一摇一摆地爬过来，用一种成年女人的声音不停地重复着这样一句话。

"我们来了。"我也笑着看向它们。

"我在生我自己。"每一个婴儿都这样说着，她们爬着，她们长大，她们变成少女，她们的肚子隆起，她们变成孕妇，她们痛苦地躺在地上翻滚，每一个的肚皮都像胡狸那样，里面藏着一个跃动不安的生命。

然后我们终于看到了胡狸恐惧的事情。

她们在生西红柿。

她们的肚皮高高地鼓起来，被藏在里面的东西猛烈地敲击，一下比一下重，一下比一下骇人，就像数千人一起在拼命地擂鼓，然后鼓被打破，西红柿冉冉升起，一开始，只是圆圆的一团血肉，之后长出头颅，四肢，而生产过后的孕妇，从鼻子、眼睛……浑身上下所有能流出血液的地方，全都喷出大股大股的血液，她们的血液流尽，她们的生命也流尽，最后只剩一张薄薄的人皮，漫无目的地飘落在地上。

生，一个又一个生命诞生；血，一桩又一桩血债。

拥挤，肆虐，延续，存在，消失……生育机器。

没有开始，没有结束。不停前进，不停循环。每一个开始，都是一次结束，每一次结束，又是下一个开始，每一次前进，都将走进循环，每一个循环，都终将回到原点。

　　"杀死我，杀死我……"每一个西红柿都绵软地悬浮在空中，每一张嘴里都这样拼命地叫着。没错，如果我们现在还不动手，过不了多久，这样的程序就还会再来一次。

　　这就是胡狸真正恐惧的东西。

　　这也是她们真正恐惧的东西。

　　可是我们又怎么动手？

　　灭亡。

　　灭亡根本是得不到的恩赐，因为循环的本质，是连灭亡都无法灭亡。

　　我忽然明白胡狸为什么会滚下去，或者，事情已经到了如此地步，她是不是滚下去的，都已经没什么区别，她遭受如此重创，身上却一点痕迹都没有留下，这只能证明，这个程序是根本不可能被终止的。

　　"没错，是不可能被终止的。"胡狸浑身上下一丝不挂，只披着一身白纱，款款地走上山坡。她的左手里拿着一杯酒，右手拎着那只闪闪发亮的手铐。

　　"你是不是早就知道？"我想起那个让我感到无限压迫的幻境，忽然看向冷炎，"你是不是什么都知道？"

　　冷炎什么都没说，他只是头也不回地走向葬婴塔，走向老槐树，而胡狸见了这样的冷炎，就像被致命的诱惑所吸引一样，毫不犹豫地跟了过去。

　　不用问，根本就是不用问的，如果冷炎不知道，为什么突然想来我这里吃饭，又为什么要说只吃西红柿，最重要的是，他为什么要给我造那个幻境？

　　"这是我的最后一个愿望……"我的眼前忽然浮现起冷炎的笑容，

伴随着一丝淡淡的悲伤和满墙的蔷薇。

自由？难道这就是自由的代价？

我冲了上去，我毫不犹豫地冲向胡狸，就好像自己从来都没有长过脑子一样。确实，就是这种感觉。我的大脑瞬间变得一片空白，浑身的血液和神经都麻木了。

什么都没有了。没错。什么都没有了。没有冷炎，就什么都没有了。

我什么都不记得了。

当我重新恢复意识的时候，只能感受到胳膊被温暖的血肉包围，一双手正轻轻环上我的脖子。那手已经因为失血过多而变得冰凉，可是在雨水的冲刷下，在我的滋养下，它却获得了一种奇怪的温度。耳畔还响着她微弱的呼吸，温热的、清香的……绝望的。

"是不可能被终止的……"这是她对我说的最后一句话，也是它对我说的第一句话。

满满的红色液体——和冷炎的酒一样的红色液体。它们从胡狸的腹腔中源源不断地倾泻而出，像一泓残酷的清泉，又像一道热烈的火焰，顺着我的胳膊一直流下去，流过小腹，流过双腿，流进雨里，渗进土里。

"这……就是你修复她的方式？"冷炎回过头，惊讶而又嘲讽地问我。

"我不想修复她，我想毁灭她。"我缩回胳膊，冷冷地盯着冷炎，"没错，我是和冥主签了契约，可是这份东西，她既然都不遵守，我又何必再做个任她摆布的傀儡。是，我想要自由，然而我要自由的本身，已经就是自由，为什么还要她来规定，我必须要怎么做才能得到自由？"

"这是不可能终止的。"很是让我意外，冷炎走过来，竟然说了和胡狸一样的话。他弯腰捡起地上的酒杯，小心翼翼地捧起它，举高，一饮而尽，然后担忧地看着我。

很奇怪，在如此剧烈的活动下，那酒杯从胡狸的手中跌落之后，竟然还能安稳地落到地上。那里面是鲜红色的液体，正是冷炎那些酒的颜色。迅疾的雨点落到里面，把本来平静的酒面砸得变形。

不远处，或者说，就在我们两个人之间，一团西红柿一样的血肉已经从胡狸的肚子里分裂出来，悬在空中，渐成人形。

"我知道你想说什么。"我看着冷炎，目光中已有一丝轻蔑，"我承认，我终止不了这个循环。可是，你对我说的那些东西，岂不是连你自己都不信。这世上不存在修补不了的灵魂，这是你说的，对吧？那你告诉我，这个渣子，这个已经碎成渣渣沫沫的东西，要怎样才能修补？这样一个本来就不该存在的东西，一个本身就代表邪恶的东西，还有什么修补的必要？"

"邪恶就都应该被消灭是吗……什么是正义，什么又是邪恶，难道和你不一样的，让你恶心的东西，就都是邪恶的，不应该存在的？"冷炎的嘴角印出一个妖异的笑容，衬着那鲜红的酒液，分外迷人，"还是说，这么多年过去，你还是容忍不了自己，一个自以为纯洁的自己，爱上了这样一种邪恶而恶心的存在？"

第六章
| 血染的旧事 |

是脆弱、复杂而恶心。我在心里默念。这几乎是不用思考就反映出来的东西，我不知道自己为什么会这样想。我和胡狸明明只是陌生人，不过最近才见了几面，我为什么会这么厌恶她？

爱上？我为什么会爱上？

"我不是这样的。"我在反驳，语气里竟然带着几分认罪的心虚，"我不是这样的。我以前从来都不会这样。"

"是。你以前从来都不会这样。你是一个多么仁慈的修补师。我做了这么多年领路人，从来没见过你这样的修补师。你做着一个再小不过的螺丝钉该做的事，却怀着再大不过的救苦救难的情怀。幸运的是，你一向如此，也一向做得很好，但你不觉得很奇怪吗？之前，那么多乱七八糟的人都修了，那么多难题都解决了，为什么在这件事上，你会有这么大的反应？你毫无缘由地反感她，你觉得她无法被修补，应该被毁灭，可是你根本就拒绝去想办法。"

"没有办法……"我的脑子里忽然闪过一些模糊的画面，这让我不断地重复这样几个字，机械的，冷硬的，"没有办法……不可能有办法……"

"别说没有办法，与其这么说，还不如说——这件事，你根本不想去处理。"冷炎眯着眼看我，似乎洞察到了我内心最纯粹的绝望，"你应该也依稀地记起了当年的事吧？否则，你为什么明知道她说谎，还要来这里走一趟呢？她不可能住在这附近，你早就知道，她不是从山崖上滚下去的，你也早就知道。"

"对，我知道。"我竟然毫不犹豫地承认了。

是啊，我知道。我怎么可能不知道？我知道她在说谎，我肯定是知道的，我熟悉这方圆十几里的每一根草木，每一处土地，我知道她不可能住在附近，也知道她不可能跳下山崖。

可是我还要来。

因为我必须来。

因为那是她的过去。

因为那是我的过去。

因为那是我们的过去。

忽然，一切的疑惑都有了答案。

我为什么只能感觉到她脑中的美好，却看不清具体的事情？因为那不是她的记忆，或者说，那不只是她的记忆。我在进入她意识的时候，不可避免地将我的意识也带了进去，致使它们产生了奇妙的重叠，只是因为主体不同，才有了强烈的模糊效果，导致我什么都看不清。

我为什么会觉得她的问题很严重，却又找不出来？因为我在下意识地回避，我已经从之前的经验中得出绝望的结论——这件事不可能被解决。

为什么她脑中具体的东西只有一个又一个的西红柿？因为那根本不是西红柿，而是人类的胚胎。

我们的胚胎。

"是啊，你知道。"冷炎满意地笑了，"你当然是知道的，只是记不太清罢了。"

"对，我记不清了。我能意识到好像发生了什么，可是我真的记不清了。"我慌乱地说着。我从来都没有这么慌乱过。

"想想葬婴塔到底是怎么被建起来的吧。而这满山的尸骨又是因何而起，因何而灭？"冷炎的目光里满是悲悯，声音里也满是悲悯，"多么美好的曾经……多么铭心刻骨，又是多么不该发生，它们从始至终都让你感到罪恶，却又让你深深地迷醉其中。一切本不应该发生的，一切也都再回不去了。否则，为什么你在第二次进到她的意识里的时候，会产生愿意永远留在那里，再也不回来的想法呢？你是多么愧疚啊……对对错错，生生世世，你不情不愿地和冥主签了契约，回人间做了修补师，她却不得不变成现在这副样子，永远陷在生的泥潭里，永无休止地被折磨，永远不可能被打破。而你还爱着她，之前不该爱的时候爱，现在不知爱的时候也爱，你爱她，这是一个亘古不变的事实。可是你不敢承认，也不敢面对，因为你根本就没办法解决。之前是这样，现在也是这样。我只是有点意外，千百年过去了你在处理这种问题的时候，竟然还会用这么拙劣而相似的手段——如果一个问题无法被顺利解决，那就干脆毁了它。真是够简单粗暴呢……"

就在冷炎说话的时候，那团酷似西红柿的血肉长出头颅，四肢，已然成了一个白胖的婴儿。因为雨水的关系，她身上的黏液和污秽被冲洗得很干净，就连肚子上那一长串渗血的脐带都已干瘪脱落。现在，她虽然躺在红色的肮脏的泥水里，浑身洁净得却如同白玉雕成的一样，像一团又白又软的棉花糖，蹬着两只白嫩的双腿，举着莲藕般的两只胳膊，用力地挥舞着，用一张和胡狸一模一样的脸看着我笑。

那笑容真纯洁。

圣洁。

没错，那就是她的影子，瞳孔里就是藏着她的影子。

这就是她。

这根本就是新生的她。

她不是人。

原来一开始我猜得一点都没错，她根本就不是人。但她也不是狐狸。很久以前，她确实是做过人的，现在，她不过是一缕意识，或者说，是一个有了意识的身体。没错，她拥有一个不灭不坏的身体。只是这个身体的存在，不是为了让她享受永生，而是为了让她承受罪恶。

我的罪恶。

她之所以会来找我咨询，之所以会在深夜以那种奇诡的方式降临到我的房子里，之所以和我说那么一段鬼都不信的谎话，就是为了把我带来这里，或者说，把我带回这里，带回到我们最初相见，也最终诀别的地方。

如此，也自然不用疑惑她是从哪里知道葬婴塔的，她怎么可能不知道。塔里最初埋葬的，就是她的亲生骨肉。

那时槐树还很年轻，那时葬婴塔还不存在，那时这里不过是一个几十米的小丘陵。那时……战火纷飞，处处生死，处处悲鸣。

国破家亡，草木俱深，舍弃姓名，遁入空门，忘却鲜衣怒马、锦绣荣华，一心云游四海，救世度人。一路走，一路看，不生不死，不垢不净，不在不灭，不离不化。任尸骨成山，血流成河，因贪嗔痴苦，戒定慧难。

我是从不劝善的。

性若善，何必劝；性若恶，无须劝。善恶有道，天生自在。就连枉死之人，流落之魂，也自有循环轮回，为仁得仁。一己修行之人，无所执念，无所必为。

我是从不止恶的。

七情六欲，人之本性，断欲绝情，远非凡人之境，若真如此，不必为人。而由欲生为，由为作恶，足见善恶本属同源，皆出人欲，有何可止？如何能止？

哪怕生死，我也是从不看重的。

生死存灭，定数使然。苟存于世，也只得为可为，顺可顺。须弥芥子，琉璃铁围，生死别离，爱恨浓烈，谈笑一场，不过空虚妄执，骨肉筋皮，珍重执着，乱花徒迷。

如此说来，也不算是救度了。

只是遇见了她。

我已然不记得她的名字，现在想来，其实记不记得，也没什么关系。无论如何，她那一身风韵，半世流离，外加眉眼间满满的风尘，终归是千秋万代，举世无双。

她就站在槐树下，穿着一身原本雪白的薄纱，却被鲜血染得透湿，然而那摇曳身姿，丰满柳韵，在一坑断臂残肢的映衬下，更是妖娆了几分。

她的手也很好看，柔弱无骨，十指纤纤。指甲是被精心修剪过的，每根都露着尖尖的一端，酷似春雨下正在冒芽的嫩笋，而指甲则是鲜红，像盛夏挂在枝头的樱桃。

血樱桃。

大坑。

其实就是大坑。

一直以来都是大坑。

那日春和景明，天气晴暖，我行到此处，只见一路花开，万分慵懒。如此时日，本不该被杀戮血腥浸染，怎奈那喧嚣世人，粗野兵士，只见得满眼荣华富贵，青云升迁，军马呼啸，逐鹿天下，又如何顾得这些虚空？

逐鹿……鹿死谁手？你死谁手？

搏生死，定富贵。千百年前是，千百年后也是。胜的一方席卷而去，败的一方以命相抵。那日也是如此。一方步步紧逼，大肆屠戮，一方无路可退，尽力拼杀，却终是强弩之末，最后不仅全军覆没，连带驻地所有老弱妇孺，尽数殒命，一个不留。

却不知怎就留了她。

她不说，我不问。

铺天盖地的血腥气连带着断剑折戟，未灭的残火，死透的众人……一幕又一幕呈现在我眼前，而她听到芒鞋蹚过血液的声音，蓦然转过身来，安静地冲我笑。

她的头发有些乱，却不是完全披散下来。她的脸很干净，初雨梨花一样的干净。她的声音很好听，在这样的境遇下，更是显得宛如天籁。在听到她开口的一瞬间，我忽然感到无比通透，我竟然觉得，就算永远留在这里也不错，就算自己正躺在坑里也不错。

我知道我这么想很危险，可是她值得这种危险。

"能帮我超度他们吗？"她笑着这样问我，似乎早已见惯杀戮生死，在走一道必须要走的程序。

她问我用的那种语气，就像一个天真无邪的少女在问"能帮我摘一朵花吗"那样自然。

第七章
| 塔陵真相 |

我什么都没有说。在漫长的行走中,我已经越来越厌恶语言的能力。真是很花哨的存在。能做就做,不必说;既不能做,又何必说。

我一步一步地经过她,像一阵路过的风经过一丛细弱的桃花。是的,是桃花。虽然就在我们不远处,那棵槐树已经开了一树的花,艳得晃眼,也香得迷人,可是每一朵花都比不上她,或者说,它们根本没有资格跟她比肩。

没有任何东西会比她更晃眼,也没有任何东西会比她更迷人。

也许风已经足够小心,但还是有几片花瓣被卷落下来,沉到泥土里,带着风掠过树枝的声音。我们擦肩而过的时候,她的目光一下黯淡下来,我甚至清楚地听到了她压抑的喉间滚动的啜泣,她微微低了头,似乎不知道怎么办才好,又似乎只是在面对暂时的绝望。

可是很快就好了。

很快,她就又恢复了甜蜜的笑容。她还是在笑,笑得似乎更开心。她笑着追上我,笑着抖掉那一身白纱。猛然间,她似乎化身为一枝独立于山崖的桃花,峭然怒放,傲然地照着山崖下的深潭。

潭水是深不见底，冒着寒气的，我也是深不见底，冒着寒气的。

随着她的动作，白纱像晚霞那样腾起在半空中，只是晚霞不会带来红色的雨，而新鲜的血滴却洒到我的脸上、身上，带着她的温度，也带着她的期待。

"能帮我超度他们吗？"她还是这样笑着问我。

我看向她，不带任何欲望。

因为她也是没有任何欲望的。

被迫的筹码。

完全错误的筹码。

风继续吹，风当然是要继续吹的。因为它本就无所谓来处，也无所谓去处。我也无所谓来处，无所谓去处。而桃花，应该也还是在开的吧？它生在深潭边，长在深潭边，动不了，走不掉，除了主动或者被迫地开放，又能做些什么？

只是我再也睡不着。

在漫长的行走四方的日子里，我睡过很多地方，更多时候，是没有地方可睡，于是也就边走边睡。就像现在，无处可去，也就睡在尸体堆中。既无来处，也无归处，一副躯壳，当真是怎样都好。

我也不是自小向佛，而是半路出家。在此之前，女色男色，淫靡犬马，无时无刻都泡在其中，感官和思维，也早是经惯了的。

可是我再也睡不着。

那空谷幽铃一样的声音，那完美无瑕的身体，像一朵桃花中那最珍贵的一点嫩黄的花蕊，只要一点微风，就会随风而散，却会永远融合在风中。

融合，消散即是融合。

心中忽然涌起一股热流，一个翻身，我从尸体堆中爬起来，大步冲向丘陵，黯淡的月光下，灰色的僧袍飞舞起来，像阴晴不定的乌云。

风拍打在我的脸上，可是我正在逆风而行。

也许是逆天而行。

她在那里，她当然还在。她的世界都已经坍塌了，她的一切都已经毁灭了，她不在那里，还会在哪里？只是时间在她身上没有留下任何痕迹。白天的时候，她是那样站在那里，现在，她还是那样站在那里，好像我根本就没有走，好像她一直都在等我回来。

我真的回来了。

我不相信，她也不相信，可是，我真的回来了。

我没有超度。

人生一世，功德多少，全靠自己，恶事做多，超度也没什么用，反之，也就无须再多做这一桩。这个道理，我没有对她说。其实，说和不说也没什么分别。因为她这次一见到我，一下子抱住了我。抱得很紧，就像一个溺水的人抓住一根自以为可以救命的稻草。然后她开始哭泣，无声地哭泣。泪像血一样涌出来，我能感受到我身后的布料已然变得温热，那源于液体的浸润。

她的身体也是温热的。在料峭的山风中，那是人间残存的唯一一丝温度。

本来是什么都不该发生的。只怪这世间太过凉薄，这天地太过风尘，走到哪里，才偷得一方净土？寻到哪里，能觅得一段清闲？

生死，是血肉；情欲，也是血肉。

杀戮，是冲撞；新生，也是冲撞。

于是桃花留住了风。她伸出长而复杂的枝条，把风牢牢地困在潭水里，夜夜迷醉，夜夜笙歌。而风，自然也不是完全被迫的。

于是有了西红柿。

"它不应该活着。"她摸着日渐隆起的肚皮，轻柔地对我说，"人间太过罪恶，与其来此受苦，不如另寻他处。"

我依然什么也没有说。

彼时，我早已形销骨立，佛性渐失，陷入深不见底的泥潭。我不想再过之前的日子，不想再漫无目的地走下去，因为我之所以走，不过是想要一方安静的沃土，而她说的是对的，这人间太过罪恶，我想要的那方沃土，哪里都不会有。

所以我开始蓄发，可是又总蓄不成。因为我也不想永远留下来。生存并非易事，如果只是我一人，也还好说，然而留下代表成家立业，代表现实，有了之前那些沉重的经历，我的生命早被磨洗得太过脆弱，无法承载常人之重。

所以我只有沉耽欲望。欲望，只有欲望才是真实的。只有欲望才是能抓得住的。每天太阳东升西落，兵荒马乱，乱了是一天，不乱也是一天，乱与不乱，又怎么能是我们所决定的。只有欲望，只有欲望是可控的，是真正属于自己的。

然后就有了西红柿。

那个小小的人类的胚胎。

它还没有体会到人间真味，就如此被夭折了下来，也正是因为它的存在，葬婴塔才被建了起来。

然后她也消失了。

我不知道她是怎么消失的，也不记得她是哪一天消失的，我甚至不知道她究竟是不是真的存在过。关于她的一切，从某一天开始，就从我的生活中彻底不见。而我带着刚刚长出的发楂，整个人就像一摊湿漉漉的退潮后的沙。

被潮水吞没，一定是真的；潮水的退却，也是真的。

沙子中间会留有一些小贝壳、小螃蟹，那是潮水送给沙的礼物。

我的世界中会留有一个万人坑，一处葬婴塔，一棵大槐树，那是她送给我的礼物。

我重新剃掉那终于尘埃落定的头发，其实没了她，倒是没了许多犹豫和纠结，比如这三千烦恼丝，总不用想着到底是留还是剃了。可是我的生命也就此流失，就像那些被潮水带回海中的沙，一旦流失，也便再也回不来。

我用最后的精力，开始做欲望的愚公。我挑土捡石，把附近的尸体尽数扔到坑中，又从远处运来泥土，让它们入土为安。我添砖加瓦，垒起一层又一层的葬婴塔，让最下面的我们的孩子，可以感受不到孤单，却又感受到最大的孤单。我尽心尽力地滋养那棵大槐树，让它年年开花结果，让它的种子遍布整个丘陵。

丘陵，的确是丘陵的。

葬婴塔，的确是葬婴塔的。

塔，陵，一山尸骨，一世孽缘。

埋的是她，也是我，葬的是婴，也是生。

大雨还是在下，噼噼啪啪，打碎我的记忆，也打碎我的思绪。不知不觉，地上的婴儿早已安然入睡，不仅呼吸均匀，眉眼安详，那一张小小的嘴角，也便是带着笑的。

这笑容让我想起自己，那早已模糊的自己。当年的我也是这样，即便是无处可去，只是躺在瓢泼大雨中，也是能很快睡着的。

无情，无念，无挂。

可是如今，如今，这件事，我到底应该怎么解决？

当年，我不知道她为什么会离开，也不知道她是生是死。是啊，她也许是出了意外，也许只是离开，什么都有可能，谁又能说得清呢？我想问冷炎，我觉得他一定知道，我又不想去问，因为这件事情，就算我有了印象，也并不认为可以解决。

这样的灵魂，到底应该如何修补？

其实真的是毫无必要的事。我看着冷炎，突然也开始笑起来，和她当初一样的笑。也正是在这个时候，我的心中一撞，猛然明白她当初为什么要笑，为什么要那样笑。

她的确是该笑的。她有什么理由不去笑呢？

原来从一开始，结局就已经是被确定了的。

是确定，不是注定。

不是被天注定，而是被她确定。

第八章
血色归来

　　雨水打在身上，流进伤口里，引起轻微的刺痛。已经没有血再流出来了。虽然我看不见自己的后身，但我很清楚，那些细碎的伤口流不了多少血，因为雨水的关系，它们现在应该已被冲得发白。

　　是啊，和她比起来，我的确是没有流血的。

　　"我总觉得路上有可能会遇到什么。就算遇不到，只是去看看那些可怜的孩子，也总要虔诚些的。"

　　虔诚些……我的潜意识倒真是厉害，原来，从决定来葬婴塔的那一刻起，我就意识到了本来就该属于我的结局，并且决定坦然面对。

　　我把手高高地举过头顶，伸向后背，认认真真地撕下已被刮蹭得破破烂烂的衬衫，屈膝跪到泥水中，弯腰小心抱起熟睡的婴儿，用布条把她一道一道地缠好，然后站起来，微笑着，一步又一步，头也不回地走向葬婴塔，走向老槐树。

　　以和冷炎刚才一模一样的姿态。

　　我目不斜视地经过他，像一阵路过的风经过一棵傲然的青松。雨中是没有风的，空气沉闷得压抑。清冽而压抑。可是，当我们擦肩而过的时候，心里却猛然刮起一阵风。

他下意识地闭了闭眼，似乎完全不想见到这一幕，又似乎没什么更多的意思。我知道，他的心里肯定是很疑惑的。他也知道，我之所以做出如此举动，肯定不是因为想把胡狸重新送回到葬婴塔里。可是他不问。

我不说，他不问。

然后他也笑了。

他忽然就笑了，像青松尖顶上那一点最洁净的雪。冷静而圣洁。我已经走了过去，我是看不见他的脸的。然而我知道，他就是在笑。他是应该笑的。

他笑着跟在我身后，笑着望向我。

不远不近，只有两三步的距离，我走一步，他走一步。我不动，他也不动。我们两个人就这样缓慢而机械地移动。脚步留在泥水中，我两个，他也两个，抬起，落下，污浊的肉体溅起淡淡的泥沙，那来自被风化的山岩。远远看去，我们就像一个被拉长了的野兽。一个早就被藏在山腹最深处的野兽。

我是前半身，他是后半身。

同样满身泥垢，同样心向往生。

同样嗜血好杀。

雨还是在下，不紧不慢，不大不小。天没有亮。其实时间已经不早了，可是漫天黑暗，依然一点亮光都没有。没有也是幸运，如此，真的哪怕是一点的光明，都不应该在这个时候降临，因为这里没有任何光明的落脚之处。

我安静而沉默地走着，不再看冷炎一眼，也不再说一句话。本来，我是应该说些什么的，可是到了这种程度，真的不知道应该说什么才好。

语言，真的是无力而苍白的存在。

风，心底的风还在，偶起偶住，无所谓来处，也无所谓去处。正如同现在的我。前面的路，我能看到，后面的路，我不知道。槐树，我的眼中有槐树。葬婴塔，还有那早已残破的葬婴塔。随着我的前进，脚下的水流，山顶上所有的水流也在前进，甚至包括云层中的水流，所有的水流都被染上了红色，就像红色的生命，一束又一束地爬到槐树上，无休无止，无缘无故，却给它新生，也给它未来。

咔咔嚓嚓的脆响中，那早已被劈得像墓碑一样的槐树猛然向上伸出曲曲折折的血红色枝丫，眨眼间开出一树血红色的花。

它当然是要开花的。它在迎接我们。和冷炎一样，它也是笑着的。它当然是应该笑的。她走了，我也走了。只留下它，它守着我们的孩子，它守着我们的过去。它，在这千百年间，该是很寂寞的吧？当风一遍又一遍掠过它的枝叶，当它一年又一年不间断地开花，它会不会也有那一丝惆怅，觉得消散是一种幸运，而生存则是一种深刻的错误？是啊，走，谁都可以走，这老槐树，只有这老槐树，它生在这里，长在这里，等在这里。终归是动不了，走不掉。

我回来了。

我们回来了。

我们总会回来的。

怀中是温热的，前所未有的温热。小小的胡狸睡得很熟。这温暖的感觉连接我的心脏，一直流通到我的四肢百骸之中。这温暖陌生而熟悉，很久都没有体会过。在做灵魂修补师的日子里，正如冷炎所说，我见过很多人，也修过很多人，我做自己该做的，想自己该想的，然而，这么多年过去，我已经没有了我。

那不是我。

我只是一个工具，我自愿把自己变成一个工具。我只在乎道德和责任，我只在乎怎么去做一个好的灵魂修补师。好的灵魂修补师，而不是陆修。也就在这个过程中，那最珍贵的爱和信任，已经如同大漠里被风沙掩埋的古城一般，任凭四季轮转，年华逝去，再没人能够记得。

连我自己都不再记得。

什么，才是我想要的？什么，才是我想做的？

那空谷幽铃一样的声音，那完美无瑕的身体，像一朵桃花中那最珍贵的一点嫩黄的花蕊，只要一点微风，就会随风而散，却会永远融合在风中。

融合，消散即是融合。

消散，融合即是消散。

心中的热流愈发强烈，它翻滚奔腾，无所谓来处，也无所谓去处。可惜今夜大雨，雨中没有月光，然而怀中有她，心中有爱，无光便也无妨。乌云在黑暗中黏稠地翻涌，冷雨从天而降，哗哗地下着，而我皮肤紧绷，肌肉坚实，这副身体，用得真是太久。

周围无风，可是我正在逆风而行。

也许是逆天而行。

她在这里，她当然还在。她的世界都已经坍塌了，她的一切都已经毁灭了，她不在这里，还会在哪里？只是时间在她身上没有留下任何痕迹。千百年之前，她是这样，千百年后，她还是这样。

她一直在这里，好像我根本就没有走，好像她一直都在等我回来。

我真的回来了。

我不相信，她也不相信。

她真的等到了。

虽然有点迟，可是，我总算还是回来了。

只要还在这里，或迟或早，也就没什么区别。

以前，她见到我，就一下子抱住我，像一个溺水的人抓住一根自以为可以救命的稻草。而现在，我见到她，也会小心地抱住她，就像一个坠崖的人抓住自己最后的希望。

她的身体还是温热的。在料峭的山风中，那是人间残存的唯一一丝温度。

本来是什么都不该发生的。只怪这世间太过凉薄，这天地太过风尘，走到哪里，才偷得一方净土？寻到哪里，能觅得一段清闲？

生死，是血肉；情欲，也是血肉。

杀戮，是冲撞；新生，也是冲撞。

兜兜转转，生生死死，风终于还是转了回来，终于还是怀抱桃花，自愿融入潭水，自此夜夜迷醉，夜夜笙歌。而桃花，也终于得以生生世世，怒放无边。

我已经不再走，虽然我依然没有找到那方净土。原来，冥主和我签订契约的时候，说的真是对的。她说，无论走到哪里，那方净土终归是找不到的。因为它早就在了。可我不明白，我一直都不明白她在说什么。

现在，一切都清楚了。

我总是向外去找，向外去求，哪怕走遍四海，看遍众生，到底枉称佛心慧根，终被这万丈红尘迷了眼。

哪里都不会有。

哪里都不会有。

哪里都不会有。

可是它早就在了。

我不想再过之前的日子，不想再漫无目的地走下去，可是也不愿意停。而现在，如果还能再过上之前的日子，如果还能再和她生活哪怕一天，如果还能看到她自在地笑，安然地睡，甚至哪怕能看到她甘愿放下恩怨纠缠，再世为人，我也愿意献出我的身体，我的灵魂，我所有拥有以及从来不曾拥有过的东西。

然而不能。

再也不能了。

葬婴塔被建，葬婴塔被毁。我遁入空门，我陷入无间，她因我而生，因我而死，也因我不得不变成如此模样。我舍弃一世修行，肉身凡胎，舍弃一切也忘却一切，到头来，只能这样看着她，看着她生，看着她死，看着她陷入永远不可能停止的循环，看着她饱尝痛苦，看着她失去灵魂，看着她永堕无明。

修补？

怎么修补？

命。

能以命换命，以魂易魂，已是恩赐。

我忽然明白冷炎为什么要那样吸引胡狸。

他真的是个好领路人。

他不应该为我牺牲。

似乎是感受到了什么一样，当我终于走入一半的葬婴塔，老槐树的红花猛然在雨中飘落，所有的花在一瞬间尽数飘落，乱了天空，盖了地面，像涂了一整个天地的，无处不在的血。

天地间一片血色，可是很香，安魂般的香气。我安然自若地走到已被劈成两半的葬婴塔中，靠在最下面依旧结实的砖块上，那上面也有血，千年前我留在上面的血。此刻当然已经干了，甚至连痕迹都找不到了。然而，当我再次接触到它的时候，它竟也像一条河流一样涌动起来，连接我的心脏，也连接我的四肢百骸。

当最后一片花瓣从老槐树上飘落，所有散落在地上的尸骸、砖块、血流，都被一阵强风席卷而起，飞向它们本来该在的地方。

山石强烈地摇动，笑声，那清脆的笑声重新飘荡起来。笑声，笑声，笑声，到处都是笑声。孩子的笑声，少女的笑声，女人的笑声。

我终于猛然明白，那是胡狸的笑声，那是她，全是她。她在笑，因为我终于回来，因为一切终于要有个了结。

了结，能如此了结，也算幸运。我背靠在砖块中，肆意地享受皮肤被粗糙地摩擦，脱落，直到和葬婴塔融为一体。它在吞噬我，它在融合我，我清楚，但我并不抗拒。

我早就应该如此做的。如今，已算迟来。

我流着满身的血，像一株正在被消化的植物。我勉强低下头，轻轻吻向胡狸的额头。

没有任何欲望。

因为她也是没有任何欲望的。

错了，如今总算对了。

葬婴塔，另一半葬婴塔在迅速地恢复，缝隙逐渐缩小，尘土凝固在我的身上，白骨挤压着我的皮肤，让人痛苦也让人解脱。如果这真的是必须经历的，坦然一点，又有何妨？

随着葬婴塔的自动修复，每一片花瓣所在的地方已然燃起冲天的大火，那火光晃眼，比冥府的业火还要晃眼。当然，也很鲜艳，出奇地鲜艳。红色的，白色的，金色的，却全部没有一丝温度，反而可以让人冷至骨髓。

那是冷炎的火焰。

冷炎就站在漫天的大火中，像一尊真身不坏的神明。

只是神明肯定是不会拿着手铐的。

冷炎会。

可是这和我也再没什么关系，在强烈的融合下，我的意识已经逐渐模糊。一种奇异的幸福感像肥皂泡一样浓烈地包裹了我。原来，结束竟是如此轻松。我下意识地把胡狸抱得越来越紧，眼睛也越来越沉。

"说好的最后一顿酒呢？"就在这一个早已被规定好的归宿中，我竟然听到了这样一句话。

冷炎，这个该死的黑猫警长，此时此刻，真的像一只矫健的黑猫一样，以光速移动到我面前，伸展开四肢，毫不犹豫地献出自己的身体，牢牢地卡在两座一半的塔间。

收缩，闭合，溶解，仍在继续，但是冷炎不在乎，他一点都不在乎。他任由白骨、血迹和污泥尽数被挤压到自己身上，任由那足以开山裂地的巨大压力尽数夹到自己身上，那个人肉千斤顶，贱名叫冷炎的家伙依然气定神闲、谈笑风生。

"说好的最后一顿酒呢？"他微微地皱了眉，看着我已经和葬婴塔连在一起的血脉。那里面浮动着细胞一样的东西，每一个都是胡狸的样子。

"失言了。"

"说好的自由呢？"

"自由……"我轻声而满足地笑，"也许，很久以前，我早就有了……"

"那好吧……"冷炎点点头，长长地叹口气，甩出那副亮闪闪的手铐，一把抓住我的手，牢牢地套了进去。

"这是你对我最后的玩笑吗……"我勉强回应道。

"如果你觉得是，也就是。"冷炎笑了笑，把另一头铐到自己的手腕上，目光中也洋溢着满满的幸福，"陆修，如果你真觉得毁灭就可以解决一切，那么我陪你。"

第九章
| 我只要你 |

　　陆修，我陪你。陪你生，陪你死，陪你禁锢，陪你自由。冷炎在心里默默地这样说。可是也仅是在心里而已。他喜欢沉默，他不得不沉默。

　　他不说，我不问。

　　我不问，我知道。

　　知道也只是知道。

　　哪怕没有胡狸这件事，这世间的一切，我也早已厌弃，冷炎也不过是世间的一个存在，没什么大不了。没错，他不一样。他和谁都不一样。但我是灵魂修补师，他是领路人。我们哪怕走近一点都不行，别的想法，更是奢望。

　　于是散去，便真的是一种解脱。

　　却不能是他。

　　"冷炎，我把自己给你……"就在残存最后一丝意识的时候，我嘴角带着血，也带着笑，尽管我已经看不见他，却还是轻轻地对他说，"我把内魂给你。"

内魂，是修补师灵魂的结晶，也是修补师的力量之源。同冥主签订契约后，我们的灵魂会逐渐消亡，内魂会逐渐长出来，给我们修补其他灵魂的力量。虽然我从来没有亲眼见过自己的内魂，但是，听说，它的颜色就像彩虹一样，一层一层，赤橙黄绿青蓝紫，最里面是耀眼的白。

命魂所在。

冷炎却笑了，轻蔑地笑了。好像我许诺给他的不过是一根随处可见的破烂稻草。他的脸上没什么太大的表情，他只是那么随便地笑了。我知道，他的四肢已经被葬婴塔深深地侵入，就连那一张冷峻的脸也已经被挤压得微微变形。可是他好像根本感受不到痛苦一样。

"我不要它，我只要你。"他一字一句，认真地对我说。

这也是我听到的最后一句话。

黑暗，鲜血，白骨，残花，惊雷，大雨，这无比龌龊却又无比圣洁的世间，真是不知道应该留下还是舍弃。

"陆一休，陆一休……陆一休陆一休陆一休……"耳边响起模糊却急切的声音，我费力地睁开眼睛，终于又看到虚弱却快乐的冷炎。

我又回到了自己的房子里，却不知道是怎么回来的。我已经换上了干净的衣服，浑身上下也都被清洗得前所未有的干净。蔷薇还是盛开，挤挤压压，热热闹闹，爬得到处都是，而我正躺在院子里，身下是满满的无刺的蔷薇。

"你……这是要对我表白吗？"我玩笑般的问着冷炎，撑起胳膊，想要起来，浑身却涌上一种奇怪的感觉，似乎所有的血管都已经消失了。

一阵头疼，不得不又仰面躺下。

我没有问胡狸在哪里。虽然我很想知道，但是，其实知道或者不知道，也没什么区别了。

然后我就看到了师师。

她就躺在我身边，四肢呈现出一种奇怪的角度，好像被严重扭折了一样。她还是穿着那身黑色的皮衣，扎着利落的马尾。只是，她紧紧地闭着眼睛，呼吸微弱到几乎消失，似乎受到了重创，很长时间都不会醒过来一样。

我很疑惑，可是我也不想问。我忽然什么都不想问，只想听冷炎随便地说说话。随便说什么，只要能听他的声音就好。

冷炎竟然不再说话。这也没什么奇怪，他本就不是话多的人。只是，接下来的事情，就有点奇怪了——一连好几天，他完全褪下了黑猫警长的伪装，光荣而自觉地承担了全职保姆的工作，把我和师师照顾得妥妥帖帖。

却不怎么在乎自己，虽然身上还有很严重的伤，他还是越来越多地喝酒。那些他带来的酒，没多久就快全被喝光了。

我也想喝酒。不知道为什么，我虽然不知道应该对他说些什么，和他一起喝酒的想法却越来越强烈。他总是拒绝，说时候还没到，我的身体还受不了那样的刺激。

直到那天晚上。

经过几天的休整，我已经可以勉强站起来，四处走动一下。这几天，我一直睡在蔷薇中，冷炎说我必须那样做，至于为什么，他没有解释，可是，既然是他说的，解释不解释，也就没什么区别。

那天，我实在躺得烦了，就爬了起来，四处走走。

于是，在夕阳的余晖中，我看到他在切西红柿。

他正在准备一场宏大的西红柿宴。

西红柿，总是西红柿。看着一尘不染的厨房，我忽然想起几天前见到胡狸的时候，想起我们那个小小的孩子。她不可能消失的，她千百年都陷入了那种不可能停止的循环，怎么可能就这样消失了？她不是还需要我的修补吗？怎么可能就这样消失了？

我又想起那些美好。我已经知道那是我脑中的映象。可是这似乎也不太对，因为修补师自从签订契约的那一刻起，就已经没有灵魂，只有内魂。

我的内魂还在，没有被冷炎拿走。

他是绝对不肯拿走的。

西红柿。一个又一个的西红柿，各种各样的西红柿。原来那不是胡狸，而是我。一直是我把它们放在最珍贵而隐秘的角落里，好像有了那些西红柿，我的生命就可以延续下去，好像有了那些西红柿，我就可以对抗一切的邪恶和不堪。

西红柿是红色的。

花瓣、晚霞、火焰、血液……都是红色的。

热烈，喧闹，侵占。

红色的标志。

西红柿的标志。

夜即将降临，天也红得可爱。我站在窗外，看着微风吹得窗帘飘舞，看着冷炎面前堆成小山似的西红柿，看着他面无表情，熟练地下刀，熟练地分解，任凭汁水飞溅到雪白的围裙上，又被夕阳浸润、反射，直把整个空间都映得鲜红。

他，难道我们之所以平安归来，是因为他献出了内魂？我的心里猛然一沉。他本来是要替我牺牲的，他一直是要替我牺牲的。现在，我可以感觉到自己的内魂正在逐渐变得强壮，比以前还要强壮千倍万倍，他呢？

是吗？

如果不是这样，胡狸又到底在哪里？

这件事是怎么结束的？

"没有结束。我虽然想替你牺牲，却不想替你解决。你的问题，必须由你自己解决。你的自由，也要由你自己争取。很快，时机就要到了。"冷炎一边切西红柿一边说着，他连头都没有抬，甚至连额前垂下的几丝头发都没动，但是他知道我正在看他，也知道我在想什么。

"要到了？"我微微皱眉，疑惑地重复。

"是，很耗神，也很耗人。"冷炎还是保持着那样的姿势，手下快刀如风，"哦，不，或许这么说也不对，你不是人，我从来没把你当过人。"

"这笑话真冷……"

"不管怎么样吧，我都要把你先养好，然后再进行下一步。所以我才会留在这里这么久，做这些乱七八糟的事情，作为领路人，我有责任保证你的安全。"

"只是领路人吗？"我的心底忽然泛出一丝苦涩，"安全又有什么大不了的？我会修好胡狸，用我自己的方式。我一定会修好她。"

"那么愚蠢的方式，不是修补，而是毁灭。"冷炎忽然抬起头看我，目光像两道清澈而刺人的冰锥，嘴角勾起一抹残酷的笑，"真的要毁灭吗？我可以帮你。"

一时间，我竟然不知道应该怎么应对，下一秒之后，我甚至没有看到冷炎的移动轨迹，就从大开的窗子里被直接带进了厨房，按在了案板上。

上半身弯折过去，形成完美的直角。长身玉立，冷炎手里那把寒光闪闪的刀，以迅雷不及掩耳之势，简单利落地卡在了我的脖子上。刚好是喉结中间的位置，他的力气不小，很奇怪的感觉。我下意识地吞咽着口水，还是一脸无所谓地看着他。我甚至希望他能给我一个痛快。他能带着那种葬婴塔前的笑，一点一点割开我的皮肉，让我看一看我的内脏。那一定是鲜活的、温热的。

冷，我只感觉到冷。

然而他并没有。他看都不看我，反手一挥，一刀划过我的胸膛。冷风吹过，所有的扣子齐齐飞上了天。

背后，不锈钢的案板冰冷不堪，残留在上面的西红柿汁液狠狠地沾在我的棉麻衬衫上，顺着衣角滴滴答答地落下来，像最后的血液。生命最后的声响。

然后就是心口。锐利的刀尖立起，狠狠地戳上我的心口。皮肤很快破了，肌肉中间轻微地疼，然而却没有深入。当然是没有深入的。他说过，他会保证我的安全，而我信任他，无条件。

可是，很奇怪，竟然会有血，我很清楚，在那场惊天动地的动乱中，我所有的血都留在了葬婴塔，我差点就要和它融为一体。

现在怎么会有血？

血放肆地渗出来，一滴，又一滴，围着刀尖，渐渐形成一个漂亮的环，没有一点腥，只有凉而苦的沉香味道，末端带有一点甜香。

脑中轰然一响，胸膛起伏的速度快了些，血也流得更多了些。

"你……"我挣扎着要坐起身来，惊讶地望着冷炎。

"别浪费。"冷炎却不由分说地扶住我的肩膀，刀尖一横一挑，血滴尽数洒到已经被切好的西红柿上,融合在汁液当中,很快就看不见。

冰冷的刀锋却还在,就像冷炎那满是寒气的声音。他小心地避开刀锋,用白得亮眼的刀身一点一点地抚平我的伤口,力度出奇地大。

"她一直都在。"冷炎的声音很缥缈,"其实,和葬婴塔都没什么关系,她一直都在。在你心里。"

第十章
| 拙劣的修补 |

"不可能。她明明是存在的。她是独立的个体，虽然她不是人，但她和我也是分开的。"我有点难以接受冷炎的说法。他这么说，无疑是在表示，一切都是我脑子里的幻觉，这完全不可能。

我不可能控制不住自己。无论在什么条件下，我都理所当然地认为，对于我来说，控制不住自己是十分羞耻的行为。

"别激动……"冷炎扶我起来，示意我坐下，自己转身走到酒柜前拿酒。他背对着我，线条还是那样好看，声音里却有种浓得化不开的东西，似乎是忧伤，似乎也是决绝，同时还有那么一点——兴奋？

"我没有说她不存在。是，她存在。但那不过是以前。确切地说，自从那天晚上以后，一切就都不一样了。因为葬婴塔在最终合住的时候，也把她的身体永远地留在那里，和它融为一体了。"他继续解释。

"本来也应该有我的，是吧？你到底做了什么，才阻止住这种因果？"

"我做了什么，不是你应该关心的问题。过去的都过去了。你现在只需要知道，葬婴塔虽然留下了她的身体，但她的灵魂还是和你在一起。所以，你依然要想办法修补她。"冷炎从空荡荡的酒柜中拿过最后一瓶酒和两个杯子，打开瓶盖，小心地把酒倒进杯子，然后递给我一块西红柿。

上面带着血，却不是我的，而是他的。或者说，是他的，也是我的。

他不想让我说，但我知道，他把专属于他的沉香血灌到了我的身体里，以特别的方式。我接过西红柿，上上下下打量着他，我想找出他身上的伤痕，可是什么都没有。他虽然看起来虚弱，但是目光所及之处，还是相当完好。

"修补……我忽然想起来，好像一开始我是不想做修补师的。"我看着杯中的酒，淡淡笑道，"这就是你说的时机到了？"

"是，你恢复得很好。虽然还没有之前的十分之一体力，至少已经可以完成这件事。说到这个，还是应该感谢那些蔷薇，它们的生命力很强。也正是因为它们，你才会恢复得这么快。"冷炎端起酒，轻轻抿了一口，"不过，即便如此，我还是建议你多喝一点，因为即将进行的那场修补，真的很耗人呢……"

"你现在就要让我去修胡狸？"我有点意外，"我还没有想出合适的办法。"

"你已经想出了办法。"冷炎盯着我的眼睛，似笑非笑，"你忘了吗……"

一道白光闪过，我忽然又置身于那一片狼藉的山顶。只是这次，我似乎站在云端，默默地俯视着这一切。

很意外，云端竟然很干净，没有雨水，也没有闪电和雷声。

我看见葬婴塔一点一点合到一起，我看见老槐树在风中被一层又一层地吹散，我看见奄奄一息的自己被冷炎用最后一丝力气从缝隙中拉出来，我看见一只黑色的大蜘蛛慢悠悠地跨越山水，爬上山顶，示意我和冷炎爬到自己的背上。

那正是师师的本体。

我还想再看，可是什么都看不到了。我很清楚，这肯定不是全部的真相。这不可能是。这太过云淡风轻，不管是从师师的重伤和冷炎的虚弱，哪个角度来看，那天晚上的凶险都远不止如此。

我知道冷炎在藏着什么。

他想藏，也便藏着。

我也不明白我到底想出了什么办法。其实我是个很迷糊的人。冷炎有一次很无奈地说，就连我的身体都比我的想法诚实得多，确实。很多时候，也许我已经做了，却还不知道自己为什么要这样做。

但是我不想再求助于冷炎。他做的已经够多。剩下的，确实应该由我自己解决。可惜我真的是不太清楚，于是我只好喝酒。一杯接一杯地喝酒，最后甚至干脆摔了杯子，直接拿起瓶子往嘴里灌。

冷炎只是看着我，像一只优雅冷静的黑猫。

其实那瓶酒没有任何酒味，不过足以让人迷醉。我觉得我的身体在发抖，控制不住地发抖，似乎它本来就是用轻飘易碎的材质组合而成的，中间还留有很多缝隙，这些酒液莫名地撑大了它们，让一些亮光从我的身体里散射出来。

我忽然看到这样一幅场景。在漫天飞舞的红花中，在我们即将离开山顶的时候，冷炎突然像想起了什么一样，悄悄地从大蜘蛛的背上滑下来，手中多了一枝怒放的桃花。他向前走了几步，微低了头，单膝跪下去，把这枝桃花插在一个小小的水洼中。

临影照花，可是我看不清水洼里冷炎的脸。

叮咚一声，有液体滑落下去，打落在水洼里。

这是祭奠吗？他在祭奠什么？

我不知道。也没来得及我再看，猛然间，我又被拉扯到虚幻的意识中。虽然我的脑子很清醒，却依然不知道这到底是我的意识还是胡狸的意识。或许，也是冷炎的意识。

这次，这里已经没有了笑声。似乎被严寒席卷过一样，所有的一切都被冻住了，包括声音也是这样，它们似乎凝固了，无法再传到任何人的耳朵里，只能在空中黏稠而无助地飘荡。孩子的笑声，少女的笑声，女人的笑声，所有的声音都凝固了。周围安静得可怕。

生，生，生，一切都是为了生。

生命，生存，生活。

西红柿也不见了。长的、短的，大的、小的，青的、红的……所有的西红柿都不见了，它们失去了所有动作，只是像血一样浓厚，肆无忌惮地铺了一地。

死。

彻底的死。

爱。

纯粹的爱。

承载这一切的，是我，也是冷炎。

只是冷炎不在。

他不可能在。

也许他在，但他不可能在。

胡狸却清晰地出现在我眼前。

她就站在不远的地方，像千年前最初的相遇一样。她站在那里，冲我无比灿烂地笑着。我急切地上前几步，我想抱住她，可是我竟然已经抓不住她了。她虽然在，却像一缕飘散的轻烟，只是围绕在我周围，让我无论如何都无从下手。

"你要走了，是吗？"我问。

"我早该走。只是，我在等你。"她答。

等我……她当然是等我的。虽然这里到处都是红色，到处都是血，到处都是死寂，而我什么都看不见。我也忘了自己走了多远，记不清自己见了几个胡狸，可她们都是一样的。所有的东西都是一样的。

一层一层，没有尽头。

每一个，每一个都是因为我。

每一层，每一层都在向我笑。

胡狸的手里拿着酒。她的皮肤白皙而细腻，她的额头光洁而饱满。她的眼睛大而有神，她的下巴玲珑而小巧，她的身躯光滑而曼妙。她举着酒杯，一步一步地走过来，轻轻环上我的脖子。

我能感受到她的呼吸，温热的，清香的。

却再也闭不上眼睛。

我要看着她，我要看着这一切发生。

虽然我不清楚到底会发生什么，但我一定要亲眼看着这一切发生。

依然是满满的红色液体。

它们从酒杯中倾泻而出，像一泓源源不断的清泉，又像一道狭窄却热烈的火焰。从我的头顶一直流下去，流过鼻子、流过喉咙、流过胸膛、流过小腹，一直流到生命最初的地方。

烧灼，强烈的烧灼感。

雨忽然开始下起来。不紧不慢，不大不小。雨水打在我的身上，每一滴都像是深入骨髓的钉子，尖锐而跳跃着撕扯着我的神经。随着雨水的落下，周围的光线急剧地消散。

很快，黑暗吞噬了红色。

而我，已经变成了大雨中最绚烂的红色。

燃烧起来了吧？应该已经燃烧起来了吧？可是为什么周围还是这么冷，可以把人灵魂都冻住的那种冷。

疼痛，剧烈的疼痛。从来都没体验过的疼痛，哪怕被拿走灵魂，被迫长出内魂都比不过的疼痛。这种疼痛顺着酒液倒流上来，像红色的水流爬上死亡的老槐树一样，从生命最初的地方，到小腹，到胸膛，到喉咙，到鼻子，到头顶。

一路向上，一路荒芜。

然而还可以忍受。

只是要花出灵魂的力气。

我安静而沉默地站在那里，安静而沉默地忍受这一切。虽然我什么都看不见，可是我知道大家都在。胡狸，冷炎，甚至冥主，他们都在，他们都在看着，他们都在嘲笑我的无知，悲悯我的大胆。

擅改我的因果。

不知何时，胡狸又散了。

只是散了，不是消失。

朦朦胧胧地，前面浮现出葬婴塔和老槐树。它们快乐地站在那里，像任何一个幸福而活泼的孩子。我走向它们，我想走向它们，我想抱抱它们，我想和它们聊聊天，可是我再也做不到。我一动都不能再动。我只能站在那里，哪怕动上一分，哪怕只是动一下念头，都会引发无比剧烈的疼痛。

可是那感觉很温暖。

自由的温暖。

融合，消散即是融合。

消散，融合即是消散。

脚下忽然出现大股大股的水流。红色的水流，就像红色的生命。无休无止，无缘无故。

新生，未来。

胡狸，我知道她在这里，我怎么会不知道呢？我甚至也知道她当初为什么离开，是的，我什么都知道，可是我什么都不想去处理。

而她，无论我怎么想的，也无论我怎么做的，真的一直等在这里，好像我根本没有走，好像我总有一天真的会回来。

生死，是血肉；情欲，也是血肉。

杀戮，是冲撞；新生，也是冲撞。

修补？

怎么修补？

命。

以命换命，以魂易魂。

第十一章
┃永垂不朽┃

原来我真的是早就知道了的。

原来这一切都是我该受的。

然后我第一次看见我的内魂。真是种相当奇怪的感觉，就像一个人眼睁睁地看着自己的内脏被一种强大的外力翻开。

所幸没有血，很干净。

我看见我的内魂放出八种颜色的光芒。它的颜色确实像彩虹一样，一层一层，赤橙黄绿青蓝紫，最里面是耀眼的白。

"还好吗？"

我听见冷炎的声音，可是我看不见他。他的声音特别轻，几乎可以说是轻柔。他从来没有这样对我说过话，就像对一个刚刚出生的婴儿。或许，也不只是轻柔，而是虚弱而轻柔。

更加意外的是，他的声音竟有些抖，似乎在害怕，似乎也在担心。

"你怎么了？"我问向虚空，但我知道他一定听得到。

滴滴答答的声音又响起来，让我想起流下的西红柿汁液，也让我想起山顶那个小小的水洼。我不知道那到底是什么，只能感到一阵更加剧烈的疼痛。

原来疼到极致是什么都感觉不到的。真是奇妙的体验。那绝对不是麻木，而是根本连自己都感觉不到的虚空。瞳孔放大，呼吸消失。不存在了，什么都不存在了。我不由自主地剥离了我的身体，我想放弃这具麻烦的东西，我再也不想感受这一切。可是，冷炎，那个残酷的家伙，竟然还不知道藏在哪里，死死地拉着我，无论如何都不让我离开。

也正是在他的手中，我亲眼看着真正的西红柿逐渐出现，慢慢成形。虽然四周一片黑暗，我根本看不见冷炎在哪里，却知道那一定是他。

我也能感觉到他一直在抖。他的手向来稳定，可是，在做这件事的时候，他竟然抖得比一个年逾古稀的老人还厉害。我知道，他已经在尽量地控制，可是他真的已经完全控制不住自己了。

因为那根本不是西红柿。

也不是人类的胚胎。

那是我红色的内魂。

随着一层一层被剥离，附近弥漫起浓烈的沉香的味道。我不知道是他的血还是我的血。我不知道他对自己做了什么，也不知道他在对我做什么。

我很快就知道了。

因为胡狸又出现了。

胡狸，那个存在于我思维里的胡狸，抓起那个已被剥离出来的红色的内魂，就像咬一个饱满多汁的西红柿那样，大口大口地咬着，吞咽着，像享受着一场盛宴，又像泯灭着一个归宿。随着每一次吞咽，她的脸上浮现出愈加满足而幸福的表情。而随着每一次吞咽，我的神经都在尖叫着颤抖。我汗如雨下，我无法站立，我跪倒在地，可是这也不行，我根本没法支撑我的身体，那讨厌又美好的身体。

不知何时，我的身上燃起了冰凉的火焰，像山顶一样的火焰。带着冰凉的火焰，我无比清醒地倒了下去，倒在红色的河流中。

那是冷炎的火焰。

也许，他是想保护我的吧……

依然没有血。四周干净得令人厌恶，没有血流出来，一滴也没有。当然是没有血的。内魂和身体本来就没关系，自然也不会和血有关系。

真是一场惨烈的修补。

我听见自己在惨叫，再也无法修复的惨叫。没错，作为力量之源，每次修补灵魂的时候，内魂是会被损耗一点，但它有强大的自我修复的能力。只要稍微休整一下，它就会恢复如初。

这一次，竟是完全的舍弃。

没有了内魂，哪怕只是一部分，我以后会变成什么样子？我已经没有精力去想这个问题，尽管我很担心也很恐惧。我被巨大的痛苦包围，我倒在地上，身体蜷缩得像任何一个卑微的存在，我的喉咙里发出连我自己都意想不到的惨叫。真是羞耻，我竟然已经控制不住自己。我的优雅呢？我的风度呢？我的戏谑呢？我的冷静呢？我所有的坚持和原则呢？

修补？为什么要修补！

舍弃？为什么要舍弃！

一切，一切本来就不该存在！

我突然想终止这个进程，我愿意接受这个结果，可是这进程实在太痛苦，让我不由自主地想毁灭，拼命地想，每一滴血液都想，每一次呼吸都想。虽然在如此强度的痛苦中，我已经感受不到自己的呼吸。

可是毁灭，巨大的关于毁灭的想法，像那棵疯狂生长的蔷薇一样，疯狂地缠绕住我的灵魂，深入到我的内魂，毫不费力地占领了全部的世界。

毁灭胡狸。

毁灭冷炎。

毁灭我自己。

我带着这种想法站起来，无比坚定地站起来。我重新站起来，然而我的目光已经没有焦点，其实就算有焦点也什么都看不到。我已经不在乎，我什么都不在乎。我转头找向冷炎的位置，我要摧毁他，我要杀死他。不管发生什么都可以，他不重要，我也不重要，一切都不重要。

我要结束这一切，这让人羞耻而罪恶的一切。

就在这时，我竟然看到了胡狸的笑。

不是听，而是看。

我的视觉似乎在慢慢恢复，我的感官都在慢慢地恢复。疼痛忽然如潮水般退去，让我虚弱也让我清醒。

"我要走了。"我看见她笑着说。

她的身影很模糊，有些淡淡的白色，可是又好像发着耀眼的红光，因为离得太远，看不清。我想靠近一点，又觉得完全没有必要。

然而，我还是完全不假思索地问："去哪里？"

"心里。"

"心里？"我顾不上满身的疼痛，继续追问，"什么……"

她却再也不在。

风声响起，以无法拒绝的态度。风从心底掠起，吹向世界，吹向众人。风掠过青松，融化积雪，风带来春色，暖开桃花。风……今年的风，不止带来往年一般的温暖，也带来有点奇怪的春雨。这春雨出奇地大，虽然下雨的时候，已经不会再像前段时间那样电闪雷鸣，但是，每天晚上，都会例行公事一样下上一阵，就像是一个神秘的约定。

也正是在这种春雨中，我和冷炎，乘风而去，也乘风归来。

真好。虽然不知道葬婴塔和老槐树怎么样了，但是，至少，我还是修补师，他还是领路人。

这样就好。

胡狸没有骗我，她本来就没必要骗我的。她真的走了。我不知道她去了哪里，直到冷炎对我说，她确实去了每个人的心里。

从我的心里，去了每个人的心里。

似乎觉得我并不能理解，冷炎还特意向我说明——这些天的大雨里，每一滴，都有胡狸的成分。或者说，每一滴，都是胡狸的化身。最终，在我红色内魂的帮助下，她成功地被修补，然后作为一块上好的材料，化为漫天的大雨，每天晚上，都会从城市高空飘落，来到每个人的梦里，修补这世上所有不知道什么是生，不知道如何去生，无法顺畅去生的人。

胡狸，胡狸，胡狸，哪里都是胡狸。

生，生，生，一切都是为了生。

生命，生存，生活。

众生皆苦。

她像火焰一样席卷一切，她像血液一样净化一切。

在一片纯净而凉爽的世界里，身处风中，我看到无数婴儿面带微笑，降生于世，过着不太相同却一样幸福的生活；我看到无数父母满眼爱意，轻声呢喃，为自己的孩子打造一片纯净而晴朗的天空；我看到一个又一个孩子被医生从死亡边缘救回；我看到一个又一个平凡的人对自己的生命负责，也对别人的生命负责。我看见他们为了别人能够过得更好，甚至甘愿放弃自己的生命，我看见他们每个人都在为了生活努力打拼，哪怕收获卑微，也始终不放弃希望。我看到他们努力而又向上地活着，无论活得多艰难、多辛苦，都始终相信爱和信任。

生。

生杀予夺。

爱。

爱恨无边。

人。

这才是真正的人。

他们邪恶，他们龌龊，他们自私，他们被欲望冲破头脑，他们拼命争夺，他们互相攻击，他们造成种种不幸……他们理应被消灭，但是，他们正义，他们纯洁，他们无私，他们可以放弃所有欲望，他们崇尚和谐公平，他们懂得谦让，他们拥有满满的善良和爱意。他们创造一切，他们抚平创伤，也正是他们的不断追求和努力，真正的幸福才终将降临人间。

他们理应永远存在。

·老·
橙桥无梦

第一章
深夜访客

　　处理完胡狸的事情以后，我和冷炎都像丢了半条命一样，歇了好几个月，等彻底恢复过来，艳阳高照，已是盛夏。

　　师师刚一好转就悄悄离开了。关于她和冷炎的关系，我始终没有多问。还有之前冷炎说请了长假，我也没问到底多长，无所谓了，反正这几个月他连家也不回，只是天天和我待在一起。我刚好懒得打理这栋宅子，交给他打理，也是乐得自在。虽说领路人和修补师之间不能走得太近，可是那段时间，他几乎每晚都去见冥主，也不知道到底做了什么，总之，见着见着，我们就成了冥主特批的例外。

　　尽管他看起来似乎元气大伤，一双眼睛却温暖了许多，身上也有了很多活气。看着这样的他，我忽然不知道到底应该是喜是忧。

　　修补灵魂的事，当然也一直在做，不过都是一些小修小补，大规模的，再也没有了。考虑到冷炎的力量大不如前，我做的便多了些。虽然没了红色的内魂，一开始不太习惯，做久了，其实也不怎么妨碍。

　　于是岁月静好，平安无事。

　　只是天气太热，不太能睡得着，勉强闭上眼睛，也只是昏昏沉沉，似乎所有的心思和精力都被铺天盖地的热气蒸干了，虽说山里温差大，已经比市内凉快许多，但心里总是烦闷。冷炎倒是贴心，几乎每天都弄一款解暑汤品，可惜身上的暑好解，心里的暑难消。

那源于一个女人。确切地说，是一个年轻的女人。

"您好，陆医生，你可以叫我遗梦。"她坐在咨询室的椅子上，后背略微地弓着，可以看出来已经很累，却还要拼命强撑着，像一只警觉的猫，怀疑椅背上被我下了毒一样，就是不肯舒服地靠上去。

她的一双手交叉着放在腿上，规规矩矩。她的手里拿着一盒橙汁，是我从来没见过的包装，看不出是什么牌子，好像也不属于任何牌子。

上面插着吸管，看样子已经喝了一半左右。

她似乎非常不安，因为自从进到这里，她的手指就在不停地扭来扭去，机械地捏着橙汁的盒子，发出轻微的摩擦和挤压声。不过，即便如此，她的脸上还是带着礼貌而疏离的微笑，很合礼节地自我介绍道："我叫成遗梦。"

成遗梦……干脆叫橙子好了。看着她那双细长的眼睛，我忽然这样跳戏地想。

她的确是橙色的。她有着一头橙色的中长发，虽然有些毛糙，但是能看出是精心打理过的。她身上穿的是橙色的卫衣和宽大的裤子，脚上是橙色的板鞋，浑身上下满满的街头风。因为衣服很大，看不出身材，可是因为个子不高，又是这副打扮，不管从哪个角度看去，都确实很像一只橙子。

她看起来一本正经，很有修养。不得不承认，只看气质，她甚至比我更像心理咨询师。这让我有点汗颜，因为我现在这副样子，从上到下，从里到外就像个咋咋呼呼的神棍，还是深夜迷奸未成年少女的那种。

本来，我穿成这样，是想对冷炎做点什么的，谁知还没等行动，他就接到命令，又火急火燎地去见冥主，剩我一个人躺在床上，翻来覆去的，怎么能睡得着？刚好听见有人敲门，虽然有些意外，可是仗着见多识广，不怕意外，连衣服也没换就去开门。

这一开门才知道，原来是有人问诊。

如果早知道要见人，我一定会先换身衣服的……谁又能想得到呢？毕竟现在已经快夜里十二点了，一般病人怎么可能在这个时候过来？就算找我，我也肯定不会接待。然而今天，本着长夜漫漫，找人聊天……不，治病救人的宗旨，既然她已找上门来，我也就没有拒绝。

"你好，遗梦。方便说一下，你是做什么职业的吗？"我例行公事地问。

"怎么了？"她微微皱起眉，一副警惕的样子。

"啊，没什么，就是问问。要是不方便说也没关系。"

"好吧……也不是不方便，就是觉得，其实说不说都没必要。我很焦虑。这是已经确定了的。早就确定了的，这和我的职业没关系，对，我觉得没什么关系，所以也没必要说。我时常觉得活着是罪恶的，生命，生命本身就是罪恶的，我特别反感这种罪恶。可是我又控制不住我自己。我没有勇气去死，没有勇气去结束这一切。我喜欢活着，我特别喜欢活着。我从来没有像现在这样喜欢活着。"她一边絮絮叨叨地说着，一边拿起橙汁，放到嘴边，狠狠地吸了一大口。

特别奇怪，这橙汁里好像有一种特殊的能量，补充到她体内后，她忽然瞪大眼睛，歪着脑袋问我："难道你不这样觉得吗？陆医生，你怎么可能不这样觉得？每个生命的存在都是罪恶的，因为它们都以掠夺或者杀死其他生命为基础才能存在。当然是这样的，我们吃掉鱼子，吃掉麦芽，吃掉无数胚胎，我们吃掉鱼翅，吃掉果肉，将没有了鱼翅的鲨鱼和没有了果肉的果核无情地抛弃，我们掠夺它们的身体，强占它们的养分……"

她一边说一边笑。无声的笑，看起来特别诡异。她的两只小虎牙露出来，尖尖的，又亮又白。她的眼睛里没有一点温度，显得空洞而迷茫。

她应该是让人感到很危险的，可是她又那样规矩地坐在那里，显得那么无害。

为了营造和缓的气氛，让人觉得放松，咨询室里的灯光不太亮。现在天色很晚，室内昏暗。本来，在这种条件下，看见这样的人，心里总是会发毛的，即便是我也不能免俗，但是，这个人却给我一种奇怪的感觉。

她不会伤害别人，只会伤害自己；她厌恶这个世界，可是这种厌恶却是源于她对这个世界最初的深刻的爱。

她一点都不会让我感到不安，只会让我感到同情。

不管怎样，从现实角度来说，总要先让她做一做专业的测试，才好有个精准的判断。一般来说，我需要问她一些问题，然后记录下来，但是，根据对她的初步评估，我认为她更愿意自己做。

她是个特别的人，我愿意为此破例。

这样想着，我整理出几套问卷，拿过笔，从办公桌后面站起来，走到她的椅子前，把纸和笔一起递过去。她笑了笑，礼貌地接了，却看都没看一眼，就把它们放在了一边。

"不用做。什么都不用做。我知道你想知道什么，这种东西我做过很多。我知道自己是什么毛病。所以不用做。我这次来找你，也不是想走程序，只是想聊聊天。或者说，我只是想找一些温度。数据和量表真是冰冷的东西，我已经够冷了，真的够冷了。我也不需要药物。我需要温暖，真的需要。我已经冷了很久，如果再不接触一点温暖，恐怕真的要被冻死了。"

"也好。"我微微弯下身，使视线保持在和她水平的高度，"你想聊点什么？"

"衰老。"她缓缓地吐出这两个字，本来年轻平静的声音似乎也在一瞬间变得苍老而紧张，"陆医生，你有没有想过自己老的样子？或者，有没有对此有过一点担心？"

"抱歉，我从来没想过这个问题。"我诚实地回答。

确实，虽然灵魂修补师会老，但这不会对我们产生任何影响。而我又从来不是喜欢多想的人。我只希望过好现在的每一天，至于老不老，那些以后的事，真的太遥远了。

考虑到像这种性质的聊天不是几分钟就能结束的，为了让自己舒服一点，我打算坐回桌子后。然而，还没等我转身，她竟然伸手抓住了我。

"别走。"她急促地说，或者说，更像是恳求。

她没有抓住我的衣角，而是直接抓住了我的手。这不是得体的行为，不过就她目前的状况来看，也是可以被理解的事情。

当她触碰到我的时候，我被激得一哆嗦，虽然已经在尽力控制，却还是微微地颤动了一下。

"很凉，是吧？"她敏锐地问，微低了头，有点后悔地缩回手，看起来很沮丧，"真不好意思。我不应该这么做的。"

心神陡然乱了几秒。和欲望无关。这样一个橙子一般的女孩，也许会让人产生怜爱之情，却终究和情欲没什么关系。可是，即便是这种乱，也让我一时间不知道应该说什么。想了又想，只好从旁边拉过来另一把椅子，摆到她对面，控制在安全距离上，不动声色地笑了笑："没关系。如果你真的很冷，我愿意为你暖一暖。"

"真的吗？"她欣喜地问着，连眼睛都放出了动人的光彩，可是，仅仅一瞬，那光彩便消失得无影无踪，"算了，还是算了。这是不对的。这对你不好。"

"你的睡眠质量怎么样？"不想继续这个略显尴尬的话题，我打算问点别的。

"很差。睡不着，整晚整晚地睡不着。最近还总是在死人。我很害怕，我总能看见他们来找我。其实这跟我都没关系。他们不该来找我的。"说着说着，她竟然偷偷哭了起来，"衰老，衰老真的是一件特别可怕的事情，它甚至比死亡还可怕……眼看自己的器官一点一点衰竭，眼看一条又一条皱纹爬上自己的脸，太可怕了……"

"确实可怕，可是，你不觉得你有点想多了吗？"我终于发现哪里不对，有点疑惑地问，"你看起来还很年轻，也就二十多岁？最多没有超过二十五岁吧？这样好的年纪，就开始担心衰老这样的问题，会不会为时过早？"

"不早了，不早了。"她低着头，重复地说着，就像梦呓一样，忽然，又抬起头来冲我笑，这一次笑得很干净，"陆医生，也许你还理解不了，不过也没什么，时间不早了，我该走了。"

第二章
| 特别的橙汁 |

　　成遗梦离开的时候，时钟刚好敲响十二点。真是狗血，看着她消失在门后的背影，我忽然更加跳戏地想，她不会猛然回过头来，狞笑着看向我，一张脸已经严重腐烂到皮肉脱落吧？

　　谁都知道，无论古今中外，午夜都是一个特殊的时刻……

　　可是并没有发生什么。她没有回过头，只是轻盈地消失了，几乎连脚步声都没有。也许，这是因为她的鞋底很软吧……

　　她像一阵风一样，随便地进来，又随便地离开。

　　离开……她要去哪里呢？她不是开车来的。这么晚，公交也早就停了。她要怎么回去？步行吗？不太可能。进门的时候，我注意到了她的鞋，那上面一点尘土都没有，和一双新鞋没有任何区别。如果她是走来的，不可能会这样。外面的公路是很干净，却还不至于干净到这种程度。

　　她是怎么来的……还是算了，何必想那么多呢？比这更诡异的事情又不是没有遇到过。我把目光从门口收回来，打算关灯回卧室。

　　就在这时，我发现成遗梦的橙汁没有被带走。

黄白色的灯光下，它静静地站在她坐过的那张椅子上，仿佛吸收了房间里所有的光华，显得异常夺目而耀眼。

不是物质上的耀眼，而是心理上的震撼。我知道用"震撼"形容一盒橙汁有点荒唐。不过是一盒橙汁，就算贵了些，少见了些，它也就只是一盒橙汁。

但它又不是一盒橙汁。它肯定不只是一盒橙汁。因为它给人一种很不舒服的感觉，就像它本来有生命一样，虽然是已经枯萎了的生命，就像因失水而干瘪的眼球和被风化了的白骨，但是，即便如此，它们也是生命。并且，正是因为已经枯萎，它们才远比鲜活的生命更加迷人。

本来，我是想把它扔进垃圾桶的，然而这念头只是闪了一下就消失了。

像我愿意为成遗梦网开一面一样，我也愿意为这盒橙汁网开一面。

这橙汁让我悲悯。

最后，我只是站在门边，连靠近都没有靠近它，就关了灯，回了卧室。

冷炎回来的时候，天已大亮。他好像很累，一回来连话都没说一句，就直接倒到床上，呼呼大睡起来。等他睡熟，我轻手轻脚地翻身起来，想去做点早餐，万万没想到，本来，他的呼吸还很均匀，没等我完全坐起上半身，他就突然睁开眼睛，也半坐起来，一双眸子清澈透亮，就像从来都没有睡过一样。

"这……你是在监视我吗？"我苦笑着问，"还是你根本就没睡着？"

"我也不知道……我肯定没有想监视你，好像也睡着了。"他的眼睛里闪过一丝迷茫，不过很快就消失了，取而代之的是一种十分坚定的语气，"不管怎么样，都无所谓了。我最近都是这样，没什么大不了。反倒是你，有没有觉得不太对劲？"

"怎么了？"

"你的手。"他抓过我无意间搭在他腿侧的手，试了试温度，更加坚定了自己的看法，"太凉了。现在可是夏天，三十多摄氏度的气温，你又不是正在生理期的女人，一双手怎么会凉成这样？"

这种天气，就算是正在生理期的女人，也不会太凉吧……任何活人，都不会太凉吧……我忽然想起成遗梦。她那一双手真是凉得不正常。但我却没有和冷炎谈起这些，只是不痛不痒地回了一句："女人……你是在和我开玩笑吗？"

"算是吧。"冷炎初为错愕，随即展颜一笑，"你觉得是，就是。"

"你开玩笑的水平真是从来都没有进步过。"不知道为什么，他没回来之前，我很想和他说说成遗梦的事，然而，真的见到他以后，又不是很想说了。

"你要求还真高。没觉得能开玩笑就不错了吗？我这么一个黑猫警长……我要喝橙汁。"冷炎一脸无害，灿烂地笑起来，忽然提出了这样的要求。

心里猛然一动，想起了胡狸事件。他说他要吃西红柿，然后就发生了那种事，现在又是橙汁……他是不是又知道些什么？然而我不想显露出我的疑惑，所以只是像在处理任何一件日常小事一样随口应着："好，冰箱里刚好有。我去拿。"

冷炎喝橙汁的样子也很贪婪。最近他总是很贪婪。他像饿狼一样从我手里抓过橙汁，仰起头，咕嘟咕嘟地喝着，一直把一整瓶一千毫升的橙汁喝得一滴不剩，才满足地长出一口气，把瓶子递还给我。

透明的玻璃瓶上残留着一些果肉。虽然还没有完全枯萎，但它们总会枯萎的。像秋日里飘荡在风和阳光中的花瓣，也酷似尖尖的、长长的水滴。

终归是干瘪的，枯萎的生命。

其实它们刚被榨出来不久，很新鲜，也很甜，只是枯萎得迅速。

真是很无奈的事。

成遗梦走后，我躺在床上，翻来覆去睡不着，脑子里全是成遗梦、橙子之类的东西，很乱，中间好像又藏着什么，无论如何都看不清。我被憋得烦躁，后来干脆去了厨房，鬼使神差地榨起橙汁来。

已近黎明。东方的天空很反常，是一种鲜艳的橙色。听着马达转动的声音，看着一个又一个橙子被迫献出最珍贵的汁液，内心忽然升腾出奇异的满足感。

没错，也有种幻灭感，但同时也很满足。

我甚至开始质疑成遗梦的话——我们在掠夺生命，我们是可耻的占有者，然而这没有什么，因为这就是存在的本质。世界本来就是这样运转的。如果有更高智慧的生命体，他们看我们，也许也和我们看猪没有任何区别。甚至他们吃掉我们，也和我们吃掉猪没有任何区别。既然如此，又何必自寻烦恼？

这些话，我始终没有告诉成遗梦。这当然是因为，作为心理咨询师，我很清楚，过于主观的东西，自己想想就算了，还是不要去影响别人的好。这也是因为，今天晚上，在看到成遗梦的一瞬间，我一下子真没有认出她来。

上午，冷炎喝完橙汁，又沉沉地睡去了。我也躺在床上，时睡时醒，昏昏沉沉。夜幕降临，冷炎又走了。走之前没有和我打招呼，这也很正常，因为我在装睡。其实我不知道我应该和他说些什么，于是只好这样。

我想知道他最近都在做什么，又觉得知道了肯定很麻烦。他要是想说，早就主动说了。他既然没有说，我又何必多问。

我甚至有点期待他的离开，因为他的离开预示着成遗梦的到来。我很期待那个女孩，我不知道为什么。就算我不敢肯定今晚她会来，一想到她有可能来，我还是会抑制不住地激动和兴奋。

我觉得成遗梦像一把钥匙，可以开启深埋在我心中的潘多拉魔盒，帮我还原自我。虽然这种自我有可能是连我自己都讨厌的，无法面对的，但那是自我。

或者，成遗梦本身就是一个潘多拉魔盒。她神秘又危险，像开在暗夜里的橙花，白色，尖锐的形状，带着浓郁的苦香和最深沉的绝望。

今天晚上，她依旧是橙色的，只是成熟了许多，有一种少女即将成为女人之前的昙花一现的美。她那一头中长发没有随意地披散下来，而是精心地梳了起来，她的脸似乎也瘦了一点，有了尖尖的下巴，不过并不是很尖，只是露了一点。她穿着橙色的连衣裙，颜色淡雅，上面装饰着白色和黑色的蕾丝。裙子有点长，刚好盖住她的脚，看不出她穿了什么鞋，不过，那也一定是橙色的吧……

她甚至还戴了一枚精致的耳钉，彩金的，下面坠着一只小小的橙子，橙子顶端调皮地带了两片翠绿的叶子。

"你……特别喜欢橙色吗？"看到这样的她，我不由自主地问。

"是啊，很温暖的颜色呢。"她有些腼腆地浅笑，"一般的火焰总是橙色的，夕阳也是。光和热，这是橙色的意义，我一直这样觉得。它虽然会发光发热，却不像红色那么刺眼和危险，而是让人觉得安心。"

"你也很爱喝橙汁？"我注意到她今天又拿了一盒和昨天一模一

样的橙汁，上面同样插了吸管，透过乳白色的外壳，隐约可以看到里面残留的橙色液体。

　　"嗯，其实，也不算是橙汁吧。多喝点东西，不管是什么，总是好的。人体百分之五十以上都是水，不喝水真的很容易变老，而变老是一件特别可怕的事情。"她一边说着，一边跟我走进咨询室。

　　突然变了脸色。

　　当她看见昨天的橙汁还放在椅子上的时候，突然变了脸色。

　　本来，我是看不见她的脸色的，因为她走在前面，我跟在后面。可是，当她看见那盒橙汁的时候，突然停下了脚步。我因为惯性，差点撞到她身上。

　　由于那盒橙汁，今天一整天，我都没有走进咨询室一步。

　　柔和的灯光下，我可以觉察到她正在微微地发抖，虽然她已经在尽力控制，但那种因为恐惧而造成的颤抖是很难被控制的。她的呼吸也变得急促起来，她转过脸，一张脸白得几乎没有任何血色。

　　"你没有扔掉它吗？你为什么没有扔掉它？"她尖叫着问我，因紧张而变调的声音就像寒冬里在高空中萧瑟的钢丝，冰冷而变形。

第三章
| 最后两夜 |

　　我为什么要扔掉它？想都没想，脑子里就蹦出这样一句话，然而我肯定不会把这句话说出来。毕竟这种反问听起来既奇怪，也不礼貌。

　　"有什么问题吗？"我故作疑惑，轻描淡写地问着。

　　"没有。没什么问题。"她努力平复自己。

　　她现在的脸很怪异。随着神经和肌肉的拉伸，每一寸表情都在一点一点地恢复原位。最后，她竟然又露出了标准的微笑，开始像昨晚那样向我道歉："真不好意思，失态了。"

　　"没关系，请坐吧。"我没有多问。

　　"好，好……不过，我们能换个地方吗？"她嘴上答应着，身体却死活不肯再往前，一双眼睛死死地盯着那张椅子，脸上勉强地笑着，尽管笑得很扭曲。

　　"当然可以。你想在哪里？"

　　"如果……你不介意的话，就床上吧。"

　　"没问题。"虽然觉得奇怪，我还是毫不犹豫地答应了。

　　天已经黑透，卧室里很暗。我带她走进门，自然而然地要开灯，但是，我刚把手放到开关上，她就微微踮起脚，伸出手，轻轻按到我的手上，用耳语一样的声音说："别开灯。我不喜欢灯光，有月光就很好。"

月光……今夜正是圆月，从我们站立的角度向外望去，完全看不到月亮，但这并不妨碍它发光。

就像冷炎，我忽然这样想。

"你别误会。我之所以选择这里，是因为我喜欢蔷薇花的味道。虽然只来了两次，但我已经发现，它们长得最好的地方，就在卧室。"她继续说。

的确很好。木质雕花的窗户大开着，暗绿色的藤蔓纠缠着爬进来，带着满枝的花朵，伸伸展展，挤挤压压，霸占了几乎所有的墙面。

"我没误会。"我干巴巴地回应着，竭力控制着自己的呼吸。

热，真热。空气越来越热。我的身体逐渐变热，而她的指尖冰冷。在蔷薇花淡雅的香气中，一点情欲的味道扭曲着散发出来。但她清楚，我也清楚，这只是很小的一部分。那些感情，一大部分和情欲没有关系。

是什么，我看不清。

她太容易让人沦陷。

虽然只是一天没见，但她的变化是显而易见的。这种变化不止体现在身体上，也体现在心理上。她的脸、她的神情、她的动作……她的方方面面，都像完全变了一个人，不过，如果你足够细心，还是可以发现，其实最本质的东西没有变。

一直都没有变。

哪怕衰老。

却不是衰老，而是成熟。

就是成熟。

她就像突然一夜之间成熟的水果一样，昨夜还是青涩无比，躲躲藏藏，距离感十足，今夜便是香气四溢，汁水四溅，急切地想脱离枝头，想在夏日的阳光里亲吻土地。

水果……或者，具体来说，就像橙子。

蓝宝石一样的海水，蓝宝石一样的天空，巨大的橙树开着绵长幽香的苦味花朵，结着一个又一个饱满硕大的橙子。

印象般的橙子。

印象如海市蜃楼。

你一看到她，就会不由自主地想去碰她，想去探索她，但你又肯定会尽量说服自己不去那样做。因为你很清楚，她就像是倒映在水中的月亮，不碰，一切如故，优雅美丽；一碰，破碎不堪，一场虚无。

"这么大的床，你自己睡吗？"她的目光落到床上，一只纤细柔滑的手顺着我赤裸的胳膊一路滑下来，轻轻歪着头，似笑非笑地说着，"真是有点浪费呢……如果放木乃伊的话，至少可以摆上二十个。"

"木乃伊？你说的是埃及的那种，还是本土的？"我也笑了笑，略微抽回胳膊，将衬衫袖子放下来，把袖扣扣得严丝合缝，一丝不苟，"今晚，你主要就是想和我聊这个？"

她什么都没有说。

我只闻到香气。

浓重的橙花香气。

从她身体里散发出来浓重的橙花香气。

带着香气，她把今天的橙汁放上床头。摇摇晃晃的，可以听出来依然剩了一半。然后，她回到床脚，弯下腰，像任何一个刚学会爬的婴儿一样，一扭一扭地爬到床上，脸上露出胜利者的微笑。

我没有提醒她脱鞋。

因为她是没有脚的。

或者说，也许，她本来是有脚的，只是被这张床吸收了。

到底是怎样？

说不清了。

只能看出，她是想努力往上爬的，似乎这上面有特别吸引她的东西，但不管她怎么努力，都只能爬上上半身，下半身——腿，脚……随着她的动作，那本来很宽松的裙子弯出一道又一道褶子，让她整个人看起来像一个完整的被剥开皮的橙子，一点一点露出那些厚重的白色纤维。

她的裙子下面，竟是什么都没有的。

真正的空空荡荡，就好像被床吸收了一样。

可是她在邀请我。

"来呀来呀。"她虽然没有张嘴，声音却从四面八方传来，把我包围，把我浸透。这些不知道从哪里来的声音，像成熟的调皮的橙子那样，在蔷薇藤蔓和花朵上不断地反射，在房间里跳来跳去，最终汇聚，分散，无处安放，"来呀来呀。"

洁白而宽敞的大床像海浪一样翻涌起来，暴风雨中的那种巨浪。它像一个小小的海面，又像是全部的大海。在近乎静止的黏稠的空气中，它无声地翻涌着，运动着，一浪高过一浪，一浪猛过一浪，最终毫不费力地把她卷进去。

淹没在其中，她很快就找不到了。

然后就是漩涡。

黑色的漩涡。

深不见底的漩涡。

黑色的深不见底的漩涡。

所有的波浪像被一只巨大的看不见的手猛然扭转过来，齐齐地转了方向，冲向大床的中心。

白色，本来是白色，可是越来越多的白色从四面八方涌来，带来越来越多的灰尘和苦难，最终融合成令人眩晕的黑色。

旋转的黑色。

越来越浓厚的黑色。

越来越大的黑色。

然后我听见声音，从漩涡中回荡上来的声音，有力的树根伸展的声音。咔咔嚓嚓，轰轰隆隆，像古老的土地的胡须，像最初的生命的吟唱。

然后我看见颜色。从漩涡中翻卷出来的颜色。浓烈得让人窒息的颜色。翠绿欲滴，金黄晃眼，像浓缩了的森林和绿地，像普照万物的阳光。

然后，大树，橙树，一棵巨大的橙树扭曲着从漩涡中快速地生长出来，有着茂密的闪光的叶子和成熟的香甜的果实，有着雄伟的伸展的树枝和威风的笔直的树干。

它当然是有生命的。

因为，就在完全长出来的时候，它像一个才从海面中钻出来的毛绒动物那样，用力地甩了甩巨大的树冠，引发巨大的响声。

然后我再次看到成遗梦。

她就坐在最高的那根树枝上，安安稳稳。她的身上仍然穿着那件橙色的裙子，只是她的表情变得前所未有的平静而安详，像任何一个最纯净的灵魂一样。

她微微地低下头，望着我，轻轻地微笑。

从她的眼睛里，那本来浅褐色的瞳仁里，我竟然清楚地看到了大海。蓝宝石一样的大海，深邃的大海，狂暴的大海……各种各样的大海。

海面上什么都没有。没有烦人的来度假的人们，没有任何人工建筑物，没有船，没有游乐场。

没有任何人的痕迹。

海，只是海；沙，只是沙；云，只是云；风，只是风。

有脚印。

一连串歪歪斜斜的脚印。没有开始，也没有尽头。

我看不见脚印的主人，只看见风筝。

最标准的风筝。标准到，你看到它的一瞬间，不用做任何思考，就会毫不犹豫地相信，这就是风筝的样子。这才是风筝的样子。第一只风筝，就是这个样子。最后一个风筝，也会是这个样子。它虽然不只是第千千万万个风筝，但它和第一只风筝，从本质到精神，没有任何区别。

风筝飞在天上，没有线，没有人。

它本来是自由的，它总是自由的。

一只风筝。

千千万万只风筝。

没有风，微热。

千千万万只风筝挤挤压压地布满天空。它们飞在天上，或者说，它们被空气困住，它们无法上升，也无法落下，只能飘在那里，动不了，跑不掉。

在万千的风筝当中，我看见半个破碎的裙子，橙色的裙子。它本来肯定是件裙子的，还是件很漂亮很精致的裙子，现在，它已经被海浪和礁石刮蹭得不成样子，像一只历经沧桑，最终被人无情丢弃的渔网。

却什么都网不住。

我回头。没什么想法，只是回头。然而我什么都看不到，后面只是沙，漫无边际的沙，像万里沙漠一样的沙。我不知道该向哪里走，我也根本不想走。

沙子上有橙子，饱满的橙子。

一个又一个饱满的橙子在起起伏伏的沙丘上滚动着，像一个又一个迟暮却安静的夕阳。

然后风筝们开始哭泣，眼泪一滴一滴。

橙色的眼泪，一滴一滴地融化到风中，却没有一滴能够穿透空气做成的阻隔，顺利落到海里。

"陆修过得好不好？子鸢过得好不好？我不奢望知道答案，但我希望他们能过得好。而我自己，还可以再来一个晚上，以后……不管发生什么，都再也不会来了。"

我听见有人在说话，却又不确定那到底是不是人。因为那声音没有性别，没有年龄。它也许属于人类，也许属于风，也许属于海浪，也许属于无边无际的天空，也许属于一望无垠的沙海。

"陆修过得好不好？子鸢过得好不好？我不奢望知道答案，但我希望他们能过得好。而我自己，还可以再来一个晚上，以后……不管发生什么，都再也不会来了。"

我听见成遗梦在说话。但那又分明不是成遗梦的声音。

冷炎？

当我睁开眼睛的时候，冷炎已经换上那件如黑夜一般流光溢彩的黑袍，肩膀上站着两只让人特别匪夷所思的鸟儿。

左边，是一只通体灰色到接近黑色的猫头鹰，连一双圆溜溜的眼睛也是黑色的；右边，是一只巨大的五彩斑斓的亚马逊鹦鹉，连一只弯嘴也是五彩斑斓的。

第四章
| 怒放的衰老 |

"你这是……"我下意识地想问他，最后却演变为依然不咸不淡的一句，"今天怎么回来的这么早？"

确实很早。时钟刚刚敲响十二点。当我回到现实的一瞬间，关于成遗梦的一切马上如潮水般退得干干净净，仿佛从来都没有存在过。

而我忽然想起灰姑娘的水晶鞋和南瓜车。

看着冷炎黑袍下一双雄性特征相当明显的脚，连我自己都不禁觉得，现在的脑洞还真是够大。

"听你这语气，就好像瞒着我干了什么见不得人的事……"冷炎看着我，一步一步地走过来，脸上似笑非笑，"可是床上明明只有你一个人。"

见不得人……这倒是提醒了我。成遗梦好像见不得冷炎。他们无法同时出现，一个出现的时候，另一个必然会消失。

正如冷炎所说的，我现在确实躺在床上，海浪、漩涡、橙树、风筝、成遗梦，什么都不在了，似乎那明朗的一切不过是因为我太累了，才会做的一场梦。

我闭了闭眼睛，然后睁开，慢慢看向床头。出乎意料，那半盒橙汁也消失了。

冷炎却不觉得有什么，他振臂一挥，那两只鸟儿各自找了个舒服的地方，打算休息。而他自己也慢悠悠地走到床边，像猫一样伸长四肢，疲惫地往床上一瘫，又提出了像昨天一样的要求："我要喝橙汁。"

"有人说过你很像神经瘫痪的海星吗？"我爬起来，略带鄙视地问他。

"让我想想……"他翻了翻眼皮，做出一副若有所思的样子，忽然，像真的想起了什么一样，一拍手，"好像还真没有。只有陆修说过，可惜陆修不是人。"

不想再和他一般见识，我翻身下床，去厨房给他拿橙汁。月光很好，所以我没有开灯。走廊里有点黑，只有细长的一道亮光，犹如静待在暗处的利刃。

那来自咨询室。

然而那不可能来自咨询室。

我从来都有随手关灯的习惯，带成遗梦出来的时候，我记得很清楚，我肯定是关了灯的。

不过我也没有多想。说是带成遗梦出来，实际上，我到底有没有做过，谁知道呢？今晚发生的一切，已经让我对自己有了一点怀疑——我不敢肯定成遗梦这个人是真正存在的。因为没有任何证据可以证明她真的来找过我。

除了橙汁。

当看到第二盒橙汁的时候，我的心的确猛跳了几下。

黄白色的灯光下，它和第一盒橙汁如同兄弟一般并肩而立，静静地站在成遗梦坐过的那张椅子上，仿佛吸收了房间里所有的光华，显得异常夺目而耀眼。

不是物质上的耀眼，而是心理上的震撼。我知道用"震撼"形容一盒橙汁有点荒唐。不过是一盒橙汁，就算贵了些，少见了些，它也就只是一盒橙汁。

但它又不是一盒橙汁。它肯定不止是一盒橙汁。因为它给人一种很不舒服的感觉，就像它本来有生命一样，虽然是已经枯萎了的生命，就像因失水而干瘪的眼球和被风化了的白骨，但是，即便如此，它们也是生命。并且，正是因为已经枯萎，它们才远比鲜活的生命更加迷人。

我好像陷入了一种奇特的循环，这让我恐惧，又让我兴奋。

没错，这橙汁让我悲悯。然而，如果它们是成双成对的，似乎也不怎么孤单。

只是我有些受不住。

有那么一瞬间，我甚至想扭头冲进卧室，一把抓住冷炎的领子，把他拖到咨询室，干脆逼他把一切都说清。

但我知道这不可能。

于是，最后，我只是站在门边，连靠近都没有靠近它们，就伸手关了灯，像什么都没发生过一样，去厨房拿橙汁，然后回卧室。

冷炎喝完橙汁，又像上次一样沉沉地睡去。那副样子，让我又乱七八糟地想起了睡美人和白雪公主。

还有木乃伊。

一个，两个，三个……二十个。

我会是其中一个吗？

真是循环。最近这段时间，冷炎似乎被沉睡魔咒击中了一样，晚上睡，白天也睡，连多看我一眼都没力气。所以，他当然也没有注意到我的手，更别提我的身体。虽然我的状况比昨天更为严重，连我自己都感觉得到。

几乎是肉眼可见，我整个人就像大热天刚被从冰箱里拿出来的冰棍一样，从上到下，每一分每一寸都冒着若有似无的寒气。虽然皮肤看起来和往常没什么两样，我本身也感觉不到冷，可是那种彻骨的寒气，是无论如何都无法让人忽视的。

夜幕降临的时候，冷炎又走了。走之前，他忽然问了我这样一个奇怪的问题。

"你知道，在古代，人们会把风筝叫作'纸鸢'吗？"

我没有作出回答。因为我知道，他肯定不是单纯想问一个问题。而子鸢，纸鸢……他们既让我困惑，也让我迷惘。

"陆修过得好不好？子鸢过得好不好？我不奢望知道答案，但我希望他们能过得好。而我自己，还可以再来一个晚上，以后……不管发生什么，都再也不会来了。"

我又想起这段话。这到底是谁说的？子鸢是谁？和我有什么关系？再来一个晚上？是成遗梦说的吗？她今晚还会来吗？如果她真的会来，是不是，今晚就是我们最后一次相见？

成遗梦又是谁？她从哪里来？为什么要来？

她今晚会是什么样子？

美好。

在终于见到她的时候，我忽然意识到这样苍白的一点——哪怕想象再过宽阔，也无法包容她今晚的样子。语言太无力了，眼睛太肤浅了。那些所谓的"美到窒息"之类的话，真的是太庸俗，太让人反感了。

美好。

就是美好。

极致的美好。

濒于消亡的美好。

就像樱花。

橙色的樱花。

当然，一般的樱花总是粉色的，也许有白色，或者接近于红色，但那都和她不同。她是橙色的。如夕阳一般的橙色，如火焰一般的橙色。她有着足够的温暖，也有着足够的安详。

她似乎又长大了一些。她终于变成了一个成熟的女人。可是我知道，这种成熟代表着陨落。而这种陨落，就是生命最辉煌的样子。

她的手里依旧拿着一盒橙汁，却再也不会紧张。对于现在的她来说，紧张是一种多余的存在，任何动作和语言，都是一种多余的存在。

她在，于是我在。

她动，于是我动。

我没有再去门口接她，我给她留了门，自己只是静静地躺在床上。她来也好，不来也好，无论如何，我竟然有这样一种执拗的想法——我会这么一直躺下去。

等不到她，再做几场梦也好。

梦里有她就好。

可是她来了，她最终还是来了。她如风一般穿过走廊，如风一般飘入卧室，如风一般拂过蔷薇。

她依然穿着橙色的衣服，触碰上去的时候，空无一物。

原来，从一开始就是空无一物。

她在，于是我在。

她动，于是我动。

她在下面，还是我在下面，全无所谓，她快乐，我也快乐，才是最终的答案。

她确实很快乐。

她快乐地缩水，也快乐地衰老。

肉眼可见的缩水，肉眼可见的衰老。

真是非常可怕的事。

直到现在，我才真正意识到她前几次所说的衰老的可怕。

最开始是她的头和脸。她的头发变白。先是花白，然后是彻底的银白，很快，它们大把大把地脱落，露出干枯核桃一样的头皮。然后是她的额头，光洁而富有弹性的额头迅速地干瘪，接着是皱纹，一道又一道深深浅浅的皱纹张牙舞爪地爬上去，如同黄土高原上纵横千里的沟壑。

眉毛，眉毛也变白了，而且稀疏得可怜，像盐碱地上垂头丧气的枯草。眼窝，两只眼窝深陷下去，像被填平又被刨开的老井，边缘破碎，尘土飞扬。眼球，一对眼球萎缩到几乎看不见。所有的眼白完全变成了浑浊的黄色。鼻子因为失去了水分和养料，也紧紧地皱到一起，像被开水突然烫过的萎缩的猪肉。

牙齿一颗颗地脱落，有些顺着口水滑出来，散落到满是褶皱，皮肤松弛到可以扯出很多层的脖子上，有些则落到食道中，咕嘟咕嘟，伴随着费力吞咽的声音。

她的嘴，那一张饱满红润的小嘴，就像被泡进了漂白粉，变得像石灰一样苍白，也像石灰一样塌陷，酷似一只被烈日晒干，再也无法鲜活的贝类。

第五章

| 橙汁的秘密 |

还没有结束。

一切远远没有结束。

她全身的脂肪像被一只看不见的怪兽吃掉。是吃掉，不是消耗。因为真的以肉眼可见的速度一寸一寸地凹陷下去，并且一点都不整齐，像被陨石砸过的月球，所过之处，满是凹凸不平。

我却不是陨石。

她的骨头在响，咔咔嚓嚓。她的韧带在喘息，吱吱扭扭。她的血管不仅失去弹性，还在无可挽回地堵塞。

她整个人变得更凉了。

不是死人那样的凉，而是被冷冻了三年以上的尸体那样的凉。

她的手更加瘦长，手掌越缩越窄，手指越长越长，如同寒冬腊月里被风吹干的树枝，放声大笑着刺破天空。

天空。

我就是天空。

皮肉被捅穿的声音，在粗重的呼吸映衬下，其实并不怎么清晰。

可以感觉到有血流下来，却不多，只是细细的几道，沿着脊背流到腹肌上，晕染出一道又一道橙色的沟壑。

一点都没有失去的感觉，而是获得。

获得和填满。

填满，空虚终于被填满，就像久旱的土地遇到迟来的甘霖。

橙色，橙色像一种疯狂繁衍的病毒，侵入，占领，吞噬。

虚无。

橙色悄无声息地侵入我的体内，而我装作毫无察觉。没错，这种被侵入，是我完全自愿的。当然是自愿的。多么甜美的融合。虽然脊椎上的好几个关节几乎被撑得变形，原本连在一起的骨头拼命向相反的方向拉扯，但我感觉不到疼。

没有痛苦，一点痛苦都没有。

非但如此，在橙色的吞噬下，我整个人都沉浸在巅峰般的极乐中。

也许是封印。

极乐还是封印？

不重要了。

脊背长在后面，脸长在前面。哪怕回头，因为颈椎的最大曲度，正常人也很难完全看见自己的后面。然而，对于现在的我来说，其实也不用回头。因为血肉虽被破坏，但交缠在其中的神经还是活跃的。或者说，这种破坏，完全就是一种邪恶的试探。

这试探果然奏效了。

十根又薄又长又凉的东西一路势如破竹地插进我的关节，深入我的脊椎，接触到我流动的脊髓。

抚摸，翻搅。

身下一阵剧烈的抖动，那具似乎只被人皮蒙着的骨架简直要快乐得散架。

她叫成遗梦。她说自己叫成遗梦。

一切都是她说的。

说与不说，也没那么重要。

贪婪和邪恶被硬生生地阻断。

是时候了。

"你该睡了……"我的两只手仍然撑着身子，只是稍微放低一点脖子，俯身到她耳边，轻轻地，一遍又一遍地重复着，"你该睡了……"

她的确睡了，如死亡一般的沉睡。

木乃伊。

一个，两个，三个……二十个。

随着成遗梦的沉睡，房间里弥漫起伸手不见五指的大雾。神秘又危险的大雾，带着无处不在的苦香，像开在暗夜里的橙花，绽放出最深沉的绝望。浓雾中，木乃伊排着整齐的队伍，一个接一个地出现，静静地躺上雪白柔软的大床，一个挨着一个，每一个都保持着成遗梦的姿势，每一个都长着成遗梦的脸。

二十个，果然不多也不少。

"你早就知道了？"冷炎飘忽的声音从窗外传进来。不用看就知道，他一定还是披着袍子，肩膀上站着那只黑色的猫头鹰。

他从未离开过，就像那洒在四处的月光。

"你是不是觉得我真瞎？"本来不想说这么粗鄙的话，但他脸上飘浮的笑容让我不得不说。我若无其事地从成遗梦身上起来，下床，在昏暗的月光下直接穿过玻璃，坚定地抓住冷炎的衣领，微笑着问他。

冷炎没有说什么，一直到被我拖进咨询室之前，他一个字都没有再说。

"别进去。"当我把他带到咨询室门口的时候，他的目光中忽然现出一丝软弱。一只手轻飘飘地抚上我的后背，缩回去的时候，指尖已经沾染了新鲜的橙色。

我知道我一路都在流血，虽然冷炎没有明着反抗，却一直暗地里和我较劲。目的很简单，也很明确，就是尽量让我们远离咨询室。

真可惜，我的目的是和他完全相反的。

所以用的力气不小，血也流得更多。一路滴滴答答，倒是好听。

只不过，我很清楚，那已经不是血。

与其说是血，还不如说是……橙汁。

遮遮掩掩，真是令人厌烦。

"成遗梦是我要修补的第二个人。是吧？这一次，我是不是需要献出橙色的内魂？"我拽过冷炎的手，低下头，舌尖轻触那酸甜可口的液体，轻笑着问他，"来，冷炎，告诉我，不管你想让我做什么，都直接一点，告诉我。没什么值得掩饰的。你知道，只要你说，我就会做。"

"可是我不会说。"冷炎疲惫地闭上眼睛，"你想做便做，不想做……说了也终归无用。自由是你自己的。内魂也是你自己的。"

多说一个字，当真都是废话。原来，一切竟然是我自己的……自由、内魂，都是我自己的……一种莫名的沮丧包围了我，散发着橙花的苦香。

从胡狸事件开始，我就不太想问冷炎问题。或者说，我不想说话，也尽量避免和他交流，其实之前我话很多，尤其是对他。可是，自从这一切和自由产生联系，我逐渐发现，有些话，还是不要说的好，有些模糊，还是不要打破的好。

我不想问，是因为我不想自己给自己添堵，我不想说，是因为我不想破坏这种平衡。

红色的、橙色的……包括那诡异的成遗梦，说到底，还不是一道干巴巴的测试题？

我知道，但是我为什么要说？我不说，他真的以为我什么都不知道？

"你确定吗？"调整了一下心情，我还是决定把话说清楚，"如果真的都是我自己的，为什么你最近总是黑白颠倒，每天累得要死？别说是因为没休整过来。你的身体，我比你清楚。或者，真的像你和我说的那样，是每天被冥主召见？最开始那几次，也许是的，后来，你又去了哪里呢……那些橙子，那些风筝，和成遗梦根本没什么关系吧？"

然而冷炎还是闭着眼睛，一个字都不说。

也不用说。

蓝宝石一样的海水，蓝宝石一样的天空，巨大的橙树开着绵长幽香的苦味花朵，结着一个又一个饱满硕大的橙子。

印象般的橙子。

印象如海市蜃楼。

一棵巨大的橙树扭曲着从漩涡中快速地生长出来，有着茂密的闪光的叶子和成熟的香甜的果实，有着雄伟的伸展的树枝和威风的笔直的树干。

沙子上有橙子，饱满的橙子。

一个又一个饱满的橙子在起起伏伏的沙丘上滚动着，像一个又一个迟暮却安静的夕阳。

真是绚烂的幻境。

绚烂。

暗夜中明灭。

虚无。

"你是什么时候发现的？"过了很久，冷炎终于睁开眼睛，轻轻叹了口气。

"记不清了。"我尽量让自己的声音保持平稳，躲开他质问的目光，看向咨询室更深的地方，"也没那么重要了。"

"是吗？"他的语气飘忽而凌厉，给人莫大的压力，但不是我。他说得对，从这个角度说，我的确不能算是人。

"是。其实什么都不重要了。我知道你为什么这么做，可你挡不住。这件事，一旦开始，就不可能再停下来。成遗梦，我必须解决，不管用什么方式，也不管付出什么代价。没错，你可以替我解决胡狸，因为你是领路人，我是修补师。但是，如果我们想要得到最后的结果，你就不能是领路人，我也不能是修补师。"

你只能是冷炎，我只能是陆修。

我们只能是自己最初的样子。

这些话，我没有对冷炎说。其实很多话，只在心里想想，就是幸运。真的说出来，对人对己，都是负担。

所以我走了进去。

我知道冷炎不想让我进去，但我还是义无反顾地走了进去。

在近乎静止的黏稠的空气中，巨浪无声地翻涌着，运动着，一浪高过一浪，一浪猛过一浪，毫不费力地把我卷进去。

漩涡。

黑色的漩涡。

深不见底的漩涡。

黑色的深不见底的漩涡。

旋转的黑色。

越来越浓厚的黑色。

越来越大的黑色。

然后是橙子。

一个又一个橙子。

它们悬浮在半空中，像一个又一个迟暮却安静的夕阳。它们慢慢地睁开眼睛，伤心地看着我，开始无声地哭泣。

眼泪一滴一滴，流到我身上，像低调的硫酸，又像静默的控诉。

眼泪是橙色的。

没错，它们都是活的。每一个橙子，虽然苍老，但都是活的。它们本来就有生命，虽然是已经枯萎了的生命。

正如同失水而干瘪的眼球和被风化了的白骨。

即便如此，它们也有生命。

或者说，它们，也不是它们，而是他们。

正常来说，一盒五百毫升的鲜榨橙汁，大概需要耗掉十个左右的橙子；而成遗梦留下的橙汁，都是一千毫升的。

那正是二十个橙子。

两盒，就是四十。

四十个左右的橙子。

四十个左右的老人。

第六章
| 橙汁前的黑暗 |

"和他没关系。"就在我仰望这些老人的时候，冷炎突然跌跌撞撞地闯进来，像跑了十个马拉松一样满头大汗，却还是强撑着一口气，一脸真诚地仰着头解释，"和他没关系。"

没人理他。

一个人都没有。

那些老人，有一个算一个，依然哭着，伤心地哭着，也恶毒地哭着，他们似乎在哭，也似乎在笑，他们不是自愿的，他们当然要哭。他们知道已经无法挽回，他们当然只能笑。

他们不甘，他们悔恨。他们被剥夺生命，他们被强迫占有。他们散发出周身的怨气，他们需要有人付出代价。

那个人，是我。

那怨气化作一阵又一阵的橙色薄雾，充斥着整个空间，狠狠地冲向我，笼罩我，包围我。

真漂亮。

"有没有关系，你清楚，我清楚，成遗梦清楚，他们也清楚。"我轻轻地笑着，一双眼睛轻飘飘地看向冷炎，"别再努力了，没用的。"

然而薄雾中还是亮起微弱的火焰，只是那火焰不再晃眼。它们无力地跳动着，像乱坟中微弱的鬼火，又像暴雨中残破的灯塔。

可惜我已身处幽冥，见不到鬼火；可惜我已沉入海沟，看不见灯塔。

颜色，那火焰的颜色不再鲜艳，像被硫酸泡过的布料，斑驳不堪，只剩惨白。

然而我还是看见那火焰如同濒死的凤凰一样冲向坚不可摧的薄雾，如同一只力竭的飞鸟妄图穿越茫茫的天空。我还是看见冷炎急促地呼吸着，一双手强撑在膝盖上，半弯着腰，努力地想重新站直。

却再也不可能了。

至少在这里，再也不可能了。

他甚至一动都不能再动，只能保持一个奇怪的姿势，歪歪斜斜地勉强不让自己摔倒。汗水滴滴答答地从他头上和身上流下来，一滴又一滴地砸到地上，汇成一汪小小的水洼。

我清楚，那来自彻骨的伤痛。

因为那正是来自于我。

这是他破解的代价，也是我最后保护他的方式。

破解。

保护。

我早知道成遗梦的身份，也早知道成遗梦的来意。这件事，从一开始，我就了如指掌，之所以一直没有做出反应，是因为在等一个恰当的时机。

我不知道冷炎知不知道，成遗梦知不知道。我也不想去问，不想去猜。无论如何，我都做了我该做的，也即将做我将做的。

成遗梦的橙汁意味着什么，当天晚上，我就已经很清楚。所以，早在成遗梦离开后，冷炎回来前，我就造了这么一个独立而虚幻的空间，把这些老人安置在这里，让他们等待最后的结果。

然后我才去厨房榨橙汁。

有种幻灭感，也有种满足感。

满足感还是幻灭感？

分不清了。

成遗梦说的没错，我们在掠夺生命，我们在强占生命，我们无理，我们可耻，但这就是存在的本质，也正是世界运行的规则。我们可以怀有良知，同情弱者，我们可以仗义行侠，锄强扶弱，但这只是我们自己的事，别人怎么做，完全是别人的自由，没有任何理由把自己的行为当成必然的规则强求他人，然后又因别人做不到而愤世嫉俗，悲伤绝望。

"你本不该进来的。"我听着冷炎汗水滴落在地的声音，淡淡地问着，"一定很不舒服，是吗？"

"是，但总比送命好太多。我知道你为什么这么对我。确实，这件事过于凶险。不只是你，就连我也不确定成遗梦到底会做出什么，这些老人到底会做出什么，所以我也没有把握。而你为了保护我，这样做，也没什么可说的。不过，我还是很高兴的。至少，这说明你也很清楚，这一次，搞不好真是会送命的。"

"哪里有什么命。"我轻描淡写地回应着，看着他已经变形得很厉害的脊椎，忽然笑了笑，"你说奇怪不奇怪，忽然想起那天晚上你在月光下弹的《安魂曲》了。如果还有那一天，真想听你再弹一次。"

"无妨。有些人，终归无法安放；有些魂，注定无法安宁。"冷炎本来也在笑着，但是，当他听到我这么说的时候，笑容却忽然凝固。

"还有一些时间，"我看了看半空中的老人，又看看冷炎，轻轻捞了几下身边的橙色雾气，"也真是讽刺，最近过得那么安静，却不知道如何面对彼此，在这个危机四伏的空间里，我们竟然终于可以好好地聊天。"

雾气越来越大，但我不着急，早在近距离接触成遗梦的时候，我就知道会有这一刻。虽然危险到涉及生死，至少到目前为止，一切也都在我的掌握之中。

真是难得的安心。终于可以看见一个清醒的冷炎。我慢慢走到他身边，靠着他勉强支撑的双腿，安静地坐下来。

存在于这弥漫的大雾中，像置身于让人迷醉的气体里，有他，有我，而我们，一路裹挟，一路呼啸，最终渐渐走向一个已经清楚的终点。

"我早就意识到你造了这里。"冷炎说。

"当然。这样一个地方被平白造出来，总会留些痕迹。更何况，我本来也没打算瞒你。我只是没想到，你明知道破解不了，还没有识趣地放弃。"

"这代价不小，但是我愿意。"

真的不小。

也真的愿意。

有一块算一块，他后背所有的骨头，错位了将近一半的距离。从颈椎到胸椎到脊椎到腰椎，都像被无知的小孩漫不经心搭起来的蹩脚积木，摇摇欲坠，歪歪斜斜，只要一碰，也许就哗啦啦地散了。

"我虽然不知道这空间里到底是什么样，也隐约地猜出了你的想法，所以才会一路磨磨蹭蹭，我还想过强迫你就范，只是没想到你竟然留了这么一手。"

"是啊，就连我自己也没想到，最后，竟是我把成遗梦吸干了。我知道你希望我像以前那样，顺其自然，安安静静，只需要被成遗梦吸干，你再出手为我解决。可你是不是忘了，是我要独立修八个生魂，不是你？"

"你的我的，哪需要分得那么清。无论如何，自由，终归是你的就好。"冷炎微微地叹了口气，"你要自由，就要经历这些，这是冥主定的规矩。尊卑大小，你我都心知肚明，个中凶险，我虽然是领路人，也不可能消除，不过，在能做的时候，我总可以做点什么。你刚才说的，确实是我希望的，也是最安全的，只可惜你不喜欢。既然你不喜欢，我又能怎样呢……不过，我还是想知道，你是从什么时候开始行动的？你一向不是个多疑的人。这次未免敏感了些。"

"是，我好像和之前不一样了。也许，是因为你吧……真是很蹩脚的谎言呢，你虽然受冥主赏识，之前，她召见你的频率，最多也就是半个月一次。现在，又怎么可能真的多到每天晚上的地步？而且，每次你刚走，成遗梦就会马上出现。"

"看来我不仅不会开玩笑，也不会说谎。"冷炎有点沮丧，"这个借口，也是我想了很久才想出来的……不会这么不给我面子吧？"

"如果你不问，我是绝对不会说的。这还不算给你面子？"

"行吧，算。你继续说。"

"每次成遗梦来时都是深夜，走时都是午夜。她肯定不住附近，既然如此，她是怎么来的，又是怎么回家的？哪个活人的身体会像她那么凉？我想过她有可能不是活人，然而，看到橙汁后，我忽然想到了另外一种可能——她确实是活人，只不过，她和所有的活人都不一样。她像活人一样有身体，她的身体也很健康，但她的身体里没有生命。没错，她是活着，她有寿命，但寿命和生命是两回事。生命的核心在于活力，寿命却只是苟延残喘而已。既然她没有生命，还要活下去，就要从外界吸取活力。否则就会变老，无限期地变老。她不会死，因为她的寿命还没有尽，但她会变老，对她来说，这种变老远比死亡更加可怕，所以她才要不停地喝橙汁，因为橙汁是从别人那里提取，或者说压榨和抢夺过来的活力。只是，这么一弄，那些人再也活不了了。"

那些人，也就是这些老人。

这些老人，也就是那些木乃伊。

其实，那根本不是木乃伊，也不算是干尸。

那是被吸走了生命的人的躯体。

不知何时，地面上，橙色的液体忽然如潮水一般涌上来，然后漫延，尽数沾到我和冷炎的身上，很快，又全部变成透明的。在橙色表面的中间，如刷了两遍的油漆，重叠出一溜浓重得火一般的橙色，冒着金光的橙色。

这橙色一点一点消失在成遗梦的舌尖上。

那是我一路洒下的东西。

橙汁。

舔舐的声音。

珍惜而缓慢的舔舐的声音。

"是啊，变老远比死亡更加可怕。多么可怕。我活着，却因为没有生机而活不下去，我想死，却因为寿命未尽而死不了……陆医生，你能救救我吗……"

成遗梦。

她终于来了。

"我可以救你，不过，暂时，你还是不要进来的好。"我盯着她脸上贪婪而渴望的表情，"如果你每次连橙汁都只敢喝一半，就还是不要进来的好。"

"我怎么敢？"成遗梦的五官扭曲得厉害，那源于恼怒而绝望，"我怎么敢都喝下去？我怕他们。我简直怕死了他们。我不敢睡觉，我怕他们来找我。哪怕已经要累死了，我也不敢合上眼皮一秒钟。我喝着他们，又怕着他们。我知道这很矛盾，很扭曲，很可笑，可是我又能怎么样？我也不想这样的。我也不想占有他们的生命和活力，但我需要，我需要得要死。这，这和我又有什么关系？我害怕，我很害怕，为了我自己能好好地活着，每天都在死人，每个人都要来找我。是，是我抢了他们的东西，可是这和我有什么关系？我不想这么做。谁不想好好活着？可是活不了，活不下去。于是他们都会来找我。只要我还活一天，他们就都要来找我。生命，这样的生命就是一场永无休止的折磨，永远都无法闭幕的笑话！但我又怎么舍得放手？生命是罪恶的，我厌恶生命，我尤其厌恶我自己的生命，我觉得我就是个怪物，我不该存在下去，我根本就不该活着。可我又想，我疯了一样地想。我想活着。我无论如何都想活着，虽然活着这么可耻，虽然我在盗取别人的生命，这么可耻。"

"所以你才要来找我，是吧？因为我可以成为你第三盒橙汁，并且取之不尽、用之不竭，只要我愿意那么做。是的。没什么，都没什么。你一点都不用担心。我愿意。你也不用想太多。你需要，所以我给。就是这样的逻辑。很简单，但的确是这样的。我愿意用身体做容器，我愿意和你建立联系，我愿意为你偿还一切，我愿意把我的活力和生命，毫无保留地分给你。"

"你愿意？你真的愿意？"成遗梦疯狂地瞪大眼睛，直到目眦尽裂的程度。

鲜血，一缕又一缕鲜血从她的眼角，从她的眼睛里兴奋地流出来，甜美无比，带着快乐和希望的味道。

"你怎么会愿意？你怎么可能愿意？你要是真的愿意，我现在怎么会变成这个样子！"成遗梦用尽全身力气尖叫着，像一个绝望的疯子那样跳起来，一边剧烈地晃着脑袋，一边拼命地撕扯着全身的皮肤。

第七章
| 腐烂和新生 |

"不管发生什么，不许死。"在越来越浓，甚至于铺天盖地的橙色中，我已经看不清冷炎的眉眼，却还是听见他急迫地对我说，带着前所未有的命令姿态，"陆修，你的命是我的，你的血是我的，不许死，你没有资格死。"

死……成遗梦还没有进来，我怎么会死？她应该是不敢进来的，只要那些老人还在，她就绝对不敢走进这里一步。

但是她进来了。

她似乎终于有了勇气。

却似乎真的疯了。

我渐渐看不见冷炎，我被单调的橙色包裹。全不见了。身边的冷炎，半空中的老人，全不见了。像被夕阳包裹的飞虫，像被琥珀包裹的血滴，我能感受到窒息的感觉，但那是安宁的窒息。

从未有过的安宁和幸福。

浓厚得近乎固体一样的气体充斥在我的周围，一具雪白的美丽骨架突然出现在我的眼前，像被一双看不见的手猛然推过来。

它本该这样来的。

它上面没有一丝残留物，它很干净，很美丽。

最重要的，它是活的。

它当然是活的。

它就是成遗梦。

在刚才的跳跃和撕扯中，她的衣服、皮肤、内脏……像被一场具有腐蚀性的大风柔和地吹过，尽数消散如烟，就像某种奇特的蘑菇在塌陷之前释放出的最后一蓬烟雾。

那烟雾是橙色的，当然是橙色的。

如今，它的内部闪着淡淡的金光，它的每一处骨头却如新生婴儿般白嫩。

这的确是她的新生。

可是她很愤怒。她挥动着如枯树一般的四肢，咔嗒咔嗒地向我走过来。她站到我面前，用细长却无比大力的指骨抓住我的脖子，轻而易举地把我提起来。

我已经感觉不到了。

疼痛、失重，全感觉不到了。

但我还是在问她，微微地笑着问她。

"你不喜欢现在这样吗？"

她没有说话，也没有什么表情——她现在的状况，本来也是做不出什么表情的。我能感受到她愈加旺盛的怒火，那来自空洞而黑暗的眼眶。她手中的力度更大，将我举得又高了十几厘米。我悬在半空，像一张迎风飘扬的残破而丰满的旗帜。我能感受到生命正在从我的灵魂中抽离，一丝一丝，如风中飞扬的柳絮落进一条永远都看不见尽头的河流。我能感受到我的身体越来越凉，如同被寒冬的雪花一片又一片覆盖的冰封的土地。我能感受到来自于她每根骨头中间慌乱而彻骨的绝望——她成了现在这样，以后怎么生活？我凭什么把她吸干？我就算帮不了她，总也不该把她搞到如此地步。

她是如此热爱生命，只是无法和生命共处。

"老人们的活力虽然容易被利用，终归质量太差，他们一旦失去活力，不仅生命尽了，寿命也会尽。我却不一样。我的活力是没有尽头的，所以我可以滋养你。这是你来找我的原因。只是，你不想夺取任何人的生命，包括我。更何况，你也不敢确定，我会不会冒着如此大的风险，以牺牲自己为代价去帮你。你很犹豫，不知道怎么办才好，所以才会一次一次，反反复复来找我。"我俯视着成遗梦，安然地说着。

"是，每个人都是自私的。人不为己，天诛地灭，一个单纯有着献身意识的人是活不长的。正是因为自私，人才能活下去，并且越活越好。我很明白这一点，所以，我本来也没抱多大希望。我虽然来找你，却不确定你可以帮我。如果你能帮我，自然最好，如果你帮不了我，我也不会有什么怨言。我见过太多的人，他们都是一个样子，不仅你看到的这四十个人，之前遇到的那些人，每个人都是一个样子。就算被逼到绝路，明知毫无生机，他们也要拼命抵抗，哪怕只能多呼吸一次，也要做无谓的挣扎。还有那些本来就活不了多久的，宁愿躺在重症监护室里，活成没有意识，没有行为，只是维持生命体征的植物人，也愿意这样半死不活地活下去。那些衣不蔽体，食不果腹的人，更是这样。他们虽然活得连下水道里的老鼠都不如，却还要苟延残喘，聊以维生。"

她已经没有了舌头，眼见她的牙齿一开一合，只能看到微微闪动的磷光，可是她的声音还在，只是不再年轻，如果说相似，正像我第一次见到她时的那样，苍老而不安。

她在说，却还没有说完。

"我，我本来也可以那样活着，我毫不费力就可以比他们活得更好，但我不愿那样活着，我不愿看见自己衰老不堪的样子，我当然可以一直凭借橙汁活下去，但我早已厌倦如此掠夺别人的生命，很多次，很多次我都在想，与其这样活着，也许还真不如堂堂正正地死去。所以我才会来找你。你可以帮我，也可以拒绝我，这是你的自由，而我，也便如此就好。所以我只做了最后的两盒橙汁，然后呈现出不同的样子——没有后续力量的加持，那两盒橙汁的力量已经越来越弱。今天晚上，是我最后的努力。"

说着说着，成遗梦手上的力度不知不觉地小了很多。我可以意识到，她甚至想把我放下来，但她已经放不下来。

因为程序已经开始了。

所有的橙色无一例外地变得透明，如同清晨山谷中的雾霭一样清澈，浓度却没有减少，我整个人被包裹在一座透明的胶质层里，巨大的怨气一团又一团地挤压进我的皮肤，渗透进肌肉、骨骼、内脏，最终开始一场盛大的抢夺。

抢夺。

抢夺和重塑。

已经不是修补，而是重塑。

以我为转换器的重塑。

完全无法修补，因为成遗梦已经做不出梦。在日复一日地掠夺中，她的脑子已经变得太过脆弱，经不起任何的变动，就像冷炎已经错位的脊椎，只要轻轻一碰，也许就会彻底碎了。

所以这个幻境才会存在。

幻境不仅可以代替梦境，还可以做得比梦境更好。

这些老人被成遗梦利用后，和死了也没什么区别。只是他们不会消失，因为他们在人间的债还没有偿。成遗梦欠他们的，只要一天拿不回来，他们就一天不会走。

所以我才会把成遗梦吸干。

因为这样一来，成遗梦从他们身上得到的那些东西也就归了我，自然而然地，那些债务，也就一起归了我。

这些老人的债，我来还；成遗梦未竟的生命，我来修。

只是这抢夺，真是动人心魄，撕人心肺。

没有人能承载那么多怨气，没有人。我再次想起冷炎的话，千万不要在修补的过程中沾染上他们的怨气。你虽然和冥主签了契约，却终归活在人世里，所以自然也会有不满、愤怒、绝望、悲伤……一系列深不见底的负面情绪。如果只是来源于自己，慢慢消耗就好，如果再加上被修补者的那些，长期日积月累，必将吞没别人，毁了自己。所以，如果不自觉沾染了，修补过后，必须尽早清除；如果是主动沾染的……

死，一种物质上的结束，是最容易选择的道路。

当真是最容易选择的道路。

可是冷炎说过。

"不管发生什么，不许死。陆修，你的命是我的，你的血是我的，不许死，你没有资格死。"

是，我不会死。

你是领路人，我是修补师。

我不会死。

无论多艰难，无论多痛苦，我都会坚持下去。

我不会死。

这些话，我没有对冷炎说出来，却已经对自己说出来。

然而，现在是怎样一种感觉？我的身体是一种什么感觉？我已经说不出来。我没有力气说，也没有精力说。胡狸那件事，总还是我自己的事，而成遗梦和我没有一点关系。于是也就更加困难，更加凶险。确实是这样的。我本就不是心甘情愿付出的人。我灵魂不稳，我不适合做灵魂修补师。这是无法否认的事实。

可是，如果真是这样，我当时为什么要和冥主签契约？

具体的事情，已经不记得了。

也许，也许和冷炎有关……但我真的什么都不记得了。

我只能看见成遗梦，已经变成骨架的成遗梦。我为什么要付出这么大的代价修她？毁了她不是更好吗？太痛苦了。浑身的细胞都要爆裂了。我觉得自己就像一具被沉在水里已久的尸体，皮肤和内脏却都在源源不断地产生气体，明明所有的组织都在溃烂，脱离，身上却被绑着沉重的束缚，无论如何都无法浮上水面，去看一眼那早已离我而去的太阳。

太阳。

然而也无怨无悔，当然是无怨无悔的。毕竟，身上的束缚，明显是我自找的。我觉得自己就像一头已经被放干血的高尚的猪，不仅被人吸干血液，还在被人吹气，吹到浑身皮肉自动分离，却还活着，始终活着。我想叫，但是成遗梦在这里，我不能叫。

我还要修她。

对，修她。

过程虽然是难以忍受的，幸好，在意识已经接近混沌的情况下，她那握在我脖子上的手，还是一点一点染上了浓重的橙色。

这橙色来自于我。

我不仅成为了承载橙汁的容器，自愿的，还成了转化橙汁的容器，自愿的。

我用自己，向老人们偿还成遗梦的债；我用自己，为她重塑一个纯粹的身体。

那具骨架上的所有骨头都变成了闪着金光的橙色，那些橙色，渐渐堆成一束又一束鲜活的肌肉，那些肌肉，凭空长出一根又一根神经、血管，然后橙色再流上去，填平肌肉和骨骼之间所有的沟壑，最终演化成一张光滑柔嫩的皮肤。

成遗梦真正的样子。

也许，这么长时间过去，连她自己都忘了自己真正的样子吧……

那个初来世间的孩子，像任何一个幸福的孩子一样，有着恩爱的父母，美满的家庭；那个自由快乐的孩子，像任何一个幸福的孩子一样，如茁壮的树木般成长，有着同龄人的欢乐和悲伤。

然后她长成一个优雅且忧郁的少女，心里藏着自己喜欢的人，偶尔也会觉得寂寞和孤独。然后她的家庭名存实亡，父母强颜欢笑，而她故作糊涂，小心翼翼地维持着早已支离破碎的关系。

然后她不可避免地腐烂，像一株病入膏肓的植物。她的根还是完好的，但她的内里已经烂得一塌糊涂。发软的树皮下，每天都渗出绝望的汁液。她仍然喜欢橙子，她家门前有一棵高大的橙树，每年都会结很多橙子，怎么吃也吃不完。

　　她在这棵树下成长，也在这棵树下腐烂。

　　她还活着，她还有寿命，她也表现得像任何一个人希望的那样乖巧懂事，成绩斐然，看上去和任何一个健康人没什么两样。只是她不会表达自己的愿望，也不会追求自己的理想，因为那是不被认可的，所以她根本不会去做。

　　她没有自由，只有优渥。她虽然活着，却已经死了。

　　或者说，那是比死更可怕的事情。

　　她日渐一日地衰老，永无休止，没有答案。她明明是一个活泼的少女，却安静得如同一个白发苍苍的老人。

　　她的生命，比老人更少。

　　她的希望，也比老人更少。

第八章
| 谁在献祭 |

　　手一松，我落到地上，成遗梦也落到地上，就像两个终于活到秋天却只剩一口气的橙子。只是我还可以站住，而她却已经站不住。

　　她不可能站住。

　　不管对谁来说，这重塑都太过伤筋动骨。

　　她倒在地上，以初生婴儿的姿态。她浑身瘫软，失去了所有力气。她无法控制自己的任何一部分躯体，像一个死气沉沉的人偶，或者是提线木偶。可是，一种温暖而光明的东西却不可避免地从她的周身散发出来，虽然微弱，却是真实。

　　那些藏在她心里的东西，那些黑暗而黏稠的东西，已经被抽离得干干净净。所有的光明和美好，终于都回到她最本真的灵魂当中。

　　但她似乎不相信。

　　她惊讶地看着自己，也惊讶地看着我。

　　她惊讶地做着梦。

　　洁白而宽敞的地面像海浪一样翻涌起来，暴风雨中的那种巨浪。它像一个小小的海面，又像是全部的大海。在近乎静止的黏稠的空气中，它无声地翻涌着，运动着，一浪高过一浪，一浪猛过一浪，最终毫不费力地把她卷进去。

淹没在其中，她很快就找不到了。

然后就是漩涡。

白色的漩涡。

深不见底的漩涡。

白色的深不见底的漩涡。

所有的波浪像被一只巨大的看不见的手猛然扭转过来一样，齐齐地转了方向，冲向我。

白色，白色，越来越多的白色从四面八方涌来，却再也没有一点灰尘和苦难。

白色，始终是白色。

声音从漩涡中回荡上来，有力的树根伸展的声音。咔咔嚓嚓，轰轰隆隆，像古老的土地的胡须，像最初的生命的吟唱。

颜色从漩涡中翻卷出来。浓烈得让人窒息的颜色。翠绿欲滴，金黄晃眼，像浓缩了的森林和绿地，像普照万物的阳光。

大树，橙树。

一棵巨大的橙树扭曲着从漩涡中快速地生长出来，有着茂密的闪光的叶子和成熟的香甜的果实，有着雄伟的伸展的树枝和威风的笔直的树干。

它当然是有生命的。

成遗梦也是有生命的。

她就坐在最高的那根树枝上，安安稳稳。她仍然穿着那件橙色的裙子，只是她的表情变得前所未有的平静而安详，像任何一个最纯净的灵魂一样。

她微微地低下头，望着我，轻轻地微笑。

她本该如此平静，也本该如此纯净。

她本该就是这个样子的。

只是我依然深陷进去。

越走越远，越走越远。

蓝色，各种各样的蓝色向我涌来，世界猛然颠倒，我一头翻到海边。蓝宝石一样的大海，深邃的大海，空旷的大海，寂寞的大海。

什么都没有，没有任何人的痕迹。

海，只是海；沙，只是沙；云，只是云；风，只是风。

有脚印。

一连串歪歪斜斜的脚印。没有开始，也没有尽头。

我看不见脚印的主人，只看见风筝。

最标准的风筝。

它当然是最标准的，因为第一只风筝就是这个样子。而眼前的这只风筝，虽然不止是第千千万万个风筝，但它和第一只风筝，从本质到精神，完全没有任何区别。

风筝飞在天上，没有线，没有人。

它本来是自由的，它总是自由的。

一只风筝。

千千万万只风筝。

没有风，微热。

千千万万只风筝挤挤压压地布满天空，它们飞在天上，它们被空气困住，无法上升，也无法落下，它们只能飘浮在那里，动不了，跑不掉。

在万千的风筝当中，我看见半条破碎的裙子，橙色的裙子。它本来肯定是条裙子的，还是条很漂亮很精致的裙子，现在，它已经被海浪和礁石剐蹭得不成样子，像一只历经沧桑，最终被人无情丢弃的渔网。

却什么都网不住。

我回头。没什么想法，只是回头。然而我什么都看不到，后面是沙，漫无边际的沙，像万里沙漠一样的沙。

我不知道该向哪里走，我也根本不想走。

沙子上有橙子，饱满的橙子。

一个又一个饱满的橙子在起起伏伏的沙丘上滚动着，像一个又一个迟暮却安静的夕阳。

然后橙子们开始微笑，橙子们终于开始微笑。

那笑容一层一层，像天边被吹皱的云。

橙色的笑容，一层一层地融化到风中。

"陆修过得好不好？子鸢过得好不好？我不奢望知道答案，但我希望他们能过得好。而我自己，还可以再来一个晚上，以后……不管发生什么，都再也不会来了。"

我听见有人在说话，我听见冷炎在说话。毫不费力就可以听出来。那明明是冷炎，我为什么听不出来？或许，是我根本不想听出来吧……

"陆修过得好不好？子鸢过得好不好？我不奢望知道答案，但我希望他们能过得好。而我自己，还可以再来一个晚上，以后……不管发生什么，都再也不会来了。"

"你真的再也不会来了吗？"我没有抬头，就那样问向虚空。我的眼睛没有焦点。我不知道该看哪里。每次对冷炎说话的时候，我都习惯看他的眼睛，这次，我真的不知道该看向哪里。

却知道他在。

所以我说。

"我还记得子鸢，我永远不会忘了她。我虽然不记得一些事，可是这些事，我终归是没有忘记的。我之所以不再提起，是因为有些东西，死了就是死了。死了就是，再也活不了了。我不想接近死亡，只想感觉生命。你是领路人，我是修补师。冷炎。你是领路人，我的领路人。至于子鸢，我记得她，可我不想记得。这风筝，这脚印，这裙子……我知道你想说什么，也知道你想向我表示什么，但是你不必说，的确是没有必要说的。你是领路人，我是修补师，所以的确是没有必要说的。"

一切都变了。

大海、沙滩、橙子、风筝……当我说出这段话的时候，一切都变了。

我就像跌进了一个不断旋转的万花筒，看不见任何具体的事情，只能看到破碎的画面。我看见成遗梦哭，我看见成遗梦笑。我看见成遗梦还是个小女孩，扎着调皮的小辫子，穿着整洁的裙子，自由自在地奔跑在灿烂的阳光下。我看见成遗梦出落成婷婷的少女，在月光下微微垂着头，对着一树雪白的橙花，兀自流着感伤的泪。我看见成遗梦扭曲着表情，惊讶地看着腐烂的自己，我看见成遗梦瞳孔放大，无助地看着这冷漠的世间。我看见成遗梦像一片最轻盈的白纸那样从半空中飘落，身上写满浓重而深沉的墨迹。

乱七八糟，看不清。

每一个，每一个里面都有冷炎。

冷炎，他就那样远远地站在角落里，站在成遗梦无论如何都看不到的地方，像一个看不见的手那样，监视她的一切，也操控她的一切。

果然是提线木偶。

冷炎的背后又是谁？几乎是不用想就知道的事。

冥主，那高高在上的冥主。

自由，那甜美芬芳的自由。

我忽然感到寒冷，深入骨髓的那种冷。我忽然觉得自己破碎，由内至外的破碎。献祭，修补，重塑……到底是谁在向谁献祭，到底是谁在修补谁，到底是谁在重塑谁？

陆修？成遗梦？

自由，那所谓的自由，那存在于虚空中，永远虚幻得如同水中月的自由，到底吞噬了多少人，到底打碎了多少人？到底让多少人为之迷醉、为之疯狂？

果然，一切都是可以被设计好的。

果然，冷炎还真的什么都不能阻止呢……

"好，我知道，我知道你想说什么了。但我不在乎，我一点都不在乎。我不会问，也不会说。我不知道，我什么都不知道。我已经修好了，我已经重塑了。这件事情已经解决了。这样就可以解决了。不是吗？冷炎？我不会问成遗梦到底是怎么变得衰老的，也不会问橙汁究竟是怎么做出来的，我什么都不问，我不问。"

我不问，因为我知道。

只可惜成遗梦不知道。

这不公平，然而这世界上本来就没什么公平。

却也不问。

她什么都不问。

成遗梦，这个特别的女孩，被重塑之后，真的变得和以前有点不一样。她竟然主动要求在我这里住几天，以安静乖巧的姿态。面对她的请求，我没有说什么，冷炎也没有。反正房间多的是，她愿意住便住。愿意住哪一个，也就住哪一个。

然后她就再也不说话。

她肯定是不一样的。

她和胡狸还不一样。

她是个特别的人，我总是愿意为她破例。

这些日子，仅从外表看去，她确实阳光开朗了许多，气色也好了不少。她每天都会早睡早起，按时吃饭，然后就在外面散步，安安静静地晒上一整天的太阳。

也不知道为什么，那段日子里的太阳，总是难得的好。

那些冤死的老人早就走了，因为我给了他们想要的。冷炎也早就恢复过来了，因为我沉默了我该沉默的。

日子还像以前那样过，就像一切都没发生过一样，除了多了一个成遗梦。可是多了她也没什么。她虽然是个活人，却安静得像一只最乖巧的猫，很多时候，虽然明明存在，却完全没什么存在感，几乎可以让人完全忽略。

她的脸上总是带着笑，温和得体的笑，没有之前那么疏离，却也不太亲近。她从来都不和我说话，更不愿意接近冷炎。她只是安静地坐在那里笑，安静地坐在那里吃橙子。

一个又一个橙子。

吃着吃着，一天就过去了。

吃着吃着，一周就过去了。

直到一天深夜，我看见她在听歌。其实我也不确定她到底是不是在听歌，我只是觉得，能在这个时候看见她，当真是件很奇怪的事。

她已经很久没有在夜晚里出来过，更没有做过除了吃橙子以外的任何事。

本来，我也不会这么晚出来，但我最近实在很难睡着，于是干脆起身去厨房拿酒，刚好看见她在外面，就顺便出来看看。

清冷的月光下，她戴着一个外挂式耳机，背对着我，坐在水池边，一双腿自然地垂下去。喷泉的水打在她身上，反射出晚风的光芒，亮晶晶、湿漉漉的。

"能过来陪我坐坐吗？"

虽然我的脚步很轻，几乎没有任何声音，她还是没有回头，就像背后长了眼睛一样，这样平静地问我。

似乎她一直在等我，已经等了几个世纪那么久。

似乎她终于可以说话，就像已经等了几个世纪那么久。

第九章
| 根本不是衰老 |

其实，如果按照我之前的性格，或者说，如果我还是没有在幻境里看到冷炎的我，听到她这么问，肯定会笑着走过去，故意摆出一副心理咨询师的样子，一本正经地打趣："当然可以，只是不知道，今晚我们要聊点什么？"

却再也不是了。

不可能再是了。

所以我只是站在那里，定定地看着她，始终没有走过去。我不想靠近她。我觉得她就像是一个漩涡，深不见底的漩涡。而我最近总是心烦。莫名地心烦。

谁都不要影响到谁才好。

表面看起来，这里岁月静好，平安无事，然而暗流早已涌动不堪，无法压制。

最近一直没有任何修补灵魂的任务，这很反常。但冷炎不说，我也不问；最近成遗梦一直在笑，一直在吃橙子，这很反常，但成遗梦不说，我也不问。

只是我终于染上她的毛病，开始整晚整晚地睡不着。无论是睡着还是清醒，我的眼前总是浮动着那棵高大而健康的橙树，而成遗梦总会坐在最高的枝条上，穿着那条精致的橙色裙子，像最饱满而珍贵的果实那样，居高临下地冲着我笑。

那笑容很平静，很纯洁，让人欣慰，也让人心安，但是，只要靠近了看，就能发现——那根本不是笑，而是脸好像被固定住了一样。

她甚至都不是在假笑，而是被人控制住，不得不笑——就像被牙医用某些让人害怕的器具固定住的人脸。

只是这器具是看不见的。

"我知道你想喝酒。我也想。你愿意和我一起喝点酒吗？"短暂的沉默后，她又用那种平静的语气说，只是这平静里掺杂着一点若有似无的感伤，"我从来没喝过酒，他们都说，好孩子不应该喝酒，好女人不应该喝酒，所以，从小到大，尽管我一直都想尝尝酒的味道，却一直辛苦地控制自己。不过，我的酒量应该是不错的，我有这个自信。今夜月光也刚好，可以试试。"

她依然没有回头，却感觉到了我手里的酒瓶。她坐在那里，似乎在对我说话，又似乎只是说给自己听。我虽然能看到她，能听到她，但我的感觉很不好。

我看着她，就像一个本来在梦游的人走到悬崖边上，突然醒来，然后望着流窜在山谷里的风，虽然兴奋，但是眩晕。

最后，只有周身寒冷。

是的，那种寒冷的感觉又来了，却不是活力被吸走的那种寒冷，而是一切都被看穿的寒冷，就像你的全身都是透明的，你的身体、你的思想，在眼前这个人看来，都是透明的。她不去看你，只是因为不想看，如果她想看，只需一眼，便是清清楚楚。

"说来也很奇怪，虽然只是见了你几面，却感觉好像认识了很长时间。也许，这就是所谓的一见如故吧。陆修，很长时间以来，我都想叫你陆修，而不是陆医生。你很温暖，并且愿意给人温暖。这真是很难得，很罕见的事情。我从来没有见过你这样的人。我也不相信世界上还会有你这样的人。可是你真的那样对我说了，你说如果我真的很冷，你愿意为我暖一暖。是的，我确实很冷，而且我一直都很怕冷，不管是物质上的还是精神上的，寒冷总会让我有心脏被揪到一起的感觉，让我感到彻骨的绝望，让我宁愿放弃生命。所以我虽然生在北方、长在北方，却一点都不喜欢北方。"

我什么都没说。今晚的成遗梦很奇怪，我不想对这样的她显露过多的自我。其实，也不只是今晚，这几天以来，我一直都不知道应该怎么面对她。

把真相告诉她吗？多么虚伪，又是多么矫情。事情已经发生了，并且已经发展到了无可挽回的地步，撕开丑陋的真相，对谁又有什么好处呢？

"我很感激你能这样对我。真的。"她停了停，继续说，"可是，这种温暖注定是无法持久的，因为靠近你让我舒服，长时间和你在一起却让我痛苦。你只能让人放松，不能解决实际中我的问题。你整个人都是飘在半空中的，你不能理解我，觉得任何纠结和苦恼都是多余的、可耻的，你只会居高临下地怜悯人，从来不会和人站在一起，感受他所感受的，苦恼他所苦恼的。其实，这么说，也算有点苛刻，毕竟，我们本来就不一样。虽然偶遇，却只能像两条不经意歪掉的平行线，最后只会越走越远，甚至比那些从未相交过的，还要走得更远。"

"你，这是要告别吗？"我终于下意识地走过去，下意识地坐到她旁边。不知何时，我的心里竟然产生了一种叫作惶恐的东西。

可是我又清楚，我什么都做不了。

这一次，如果事情真的发生了，我什么也做不了。

她什么都没说，只是还在笑。

"我知道，我无权过问你的去向。但无论如何，我都希望你能活下去。你之前对生命绝望，是因为你无法好好地活，也无法好好地死，现在，你已经恢复了本真的样子，摆脱了衰老的可怕循环，像任何一个正常人那样健康，甚至比他们还要健康，所以，我希望你能活下去。"我不假思索地说着，像一个固执而别扭的孩子。多么幼稚，连我自己都觉得幼稚，然而我就这样说出来了。

"是的，确实很没必要，是吧？嗯，是的，连我自己都觉得很没必要。所以别担心，我就是开开玩笑，没什么的。就像当初对你说我的职业一样。说到职业，也许，我们可以趁这个机会好好聊一下，也许，除了职业，我还可以给你讲讲其他的故事，反正夜还很长，聊一下，总是无妨的。"

聊一下？聊什么？怎么聊？我去过她的脑子里。最近每天晚上，我一直都在她的脑子里。所以我清楚，她到目前为止，根本没做过任何职业。她讨厌和人接触。她不想处理社会关系。当然，小时候，她是很乖巧的，也能把各种关系处理得很好，然而，早在她内心腐烂不堪的时候，一切，就再也不一样了。

"说来有些荒唐，我从没觉得这条命是我自己的，从出生开始。当然，我无法选择出生，这很正常，任何人的出生都无法选择。但是，自从有意识以来，我的每一个选择，也从不是自己做的。吃什么，穿什么，去哪里玩，交什么朋友，读哪个学校，以后做什么……一切的一切，都是被安排好的。有些安排，我是喜欢的，也有些安排，我是不喜欢的。不喜欢的，通常占大多数。也许你会说，如果不喜欢，大可以说出来或者干脆反抗，是的，我尝试过，根本没有用。我太弱小了，弱小到还没开始行动，就已经被毫无希望地扼杀了。所以，不管面对什么安排，我都只能接受，不管发生什么事情，我都只能接受。不管喜不喜欢一个东西，我都只能接受。"

我不知道说什么才好。我又开始质疑我的重塑。这当然是值得被质疑的。也许，一切不过是我的一厢情愿——如果那些人只是一门心思地为她安排，没有考虑到她的感受，我当然也没有。

不管发生什么，都只能接受……如此说来，给她致命一击的，根本不是之前那些人，而是我。

"其实，接受也没什么。有时候，接受反而是件好事。接受了以后，也就能更好地走下去，但我说过，我不喜欢这样活着。我见过那么多人，那些被逼到绝路上的人，那些活成植物人的人，那些住在下水道里苟且偷生的人……他们都是这样活的。他们活得苟延残喘，奄奄一息，却还要毫无目的地活着。也许你会说，这就是生命的可贵之处。生命就是这样顽强，不管眼下有多糟糕，只要活下去，就会有希望，但我不那么认为。那样的日子，我一天都过不下去。它不会带给我希望，只能带给我绝望。我要活成自己想要的样子，我要拥有自己的人生，我要自由自在地做我自己，可是不能，根本不可能。无数事实向我证明了，这根本不可能。所以我才觉得活着是罪恶的，所以我才不想存在。如果一个人连自己都主宰不了，又怎么不是罪恶的？也许你还会说，只要活着，事情就可能会有转机。本来，我也是这么认为的，但是，这几天的事情，却向我展示了一个颠扑不破的真理——很多时候，没有转机就是没有转机，和活着或者死了都没有任何关系。一开始，我是不愿承认的，后来，我就觉得也无所谓了，其实，活着还是死了也许没有那么重要，人人都觉得自己活着，实际上，他们到底是不是活着，谁又知道呢？也许活着就是活着。也许活着只是自以为活着……"

活着，自由。

果然。

到底是活着重要，还是自由重要？

我一直以为，她之所以会那么痛苦，是因为她不喜欢衰老，或者说，她惧怕衰老更甚于惧怕死亡，却一直忽略了——她是真的不喜欢衰老吗？她是因为什么才变得衰老的？她的活力是因为什么才流失的？

根本不是衰老！

是被迫。

是被安排一切。

是被像个提线木偶一样摆布。

"以前，我很想做心理咨询师，只可惜，随着遇到的人越来越多，我越发觉得，这个职业是很残忍的。"她继续说着。

"是，的确很残忍。"我茫然地应着，不知道到底是在回应成遗梦，还是在回应自己。

"是吗？你真的觉得残忍吗？算了吧，你不知道有多残忍。你不知道。"成遗梦固执地说着，已经无法很好地控制自己的情绪，她开始哭，同时又在笑。她就这样笑着哭着，哭着笑着，继续说着，"你不知道这世界有多冰冷、多尖锐，你也不知道人活在里面，真的是一不小心就会被伤得体无完肤，就算已经足够小心，其实也根本没什么用。

你什么都不知道。你不知道每个人要活下去，就要建造一个坚固的壳，用来保护自己。没有人是没有壳的，区别只在于或大或小，或多或少。而像你这样的人，真是太残忍了，你们比外科医生还要残忍。他们是拿着冰冷的器具，一点一点地把别人的身体剖开，暴露到空气中，展现给大家看，你们是运用着娴熟的技巧，一点一点地把别人的心灵剖开，暴露到空气中，展现给大家看。真的，太残忍了。"

"也许你忘了，暴露的目的在于治愈。"

"治愈，真的能治愈吗？"成遗梦又笑了，这一次是真的笑了，而不是那种被控制的表情，这是很清楚的，因为那笑容里满是嘲讽，"陆修，你治愈了吗？或者说，你被治愈了吗？"

第十章
｜快乐地老去｜

　　我依然不知道该说什么，我今晚总是不知道该说什么。其实这答案她知道，我也知道，完全就是一片虚空，完全就没有必要回答。

　　故事里的人，在故事结束的时候，无论好坏，总会有结局；写故事的人却在故事外，没有结局。

　　被修补灵魂的人，在修补结束的时候，无论耗时长短，总会被治愈；灵魂修补师却永远被困在修补的过程中，不会被治愈。

　　所以才会有领路人。

　　"你早就知道？你是怎么知道的？"喷泉里的水很冷，我的心却更冷。

　　她总是能这么轻而易举地戳破我的伪装，把我伤得体无完肤。

　　我看着她嘲讽的笑容，感受着来自心里的温度。那种温度，就像所有的水分都被集合成一个尖锐的冰锥，却透不出来，也刺不穿，只是在整颗心脏里横冲直撞，呼啸而过。

　　表面看来，完好无比，实际却是，血肉模糊。

　　"你不需要知道答案。答案是怎么样的，也一点都不重要。"她忽然仰起头，而那月光也就在一瞬间黯淡。因为她的头顶在发光，那来源于那只耳机。它从她的耳间蜿蜒而过，一点一点地闪着橙色的光芒，金色的光芒……悄无声息地贯穿她的耳朵，经过耳道，路过颅脑，最终把两点结合到一点，从她的头顶毅然决然地长出来。

那竟然是一棵树。

那果然是一棵树。

我听见声音，有力的树根伸展的声音。咔咔嚓嚓，轰轰隆隆，像古老的土地的胡须，像最初的生命的吟唱。

我看见颜色，浓烈得让人窒息的颜色。翠绿欲滴，金黄晃眼，像浓缩了的森林和绿地，像普照万物的阳光。

橙树。

一棵巨大的橙树扭曲着从她的头顶生长出来，有着茂密的闪光的叶子和成熟的香甜的果实，有着雄伟的伸展的树枝和威风的笔直的树干。

这一次，成遗梦没有坐在最高处，当然是已经坐不上的。橙树就在她的头上，她又怎么能坐得上去？

但它真的在她头上吗？我疑惑地看着水池。那里面也有一棵橙树，一模一样的橙树。只是它似乎是倒着长的，它粗壮的根系紧紧地抓着水池的边缘，长长地延伸到附近的土地中，形成一道又一道深厚的裂痕。它的树干笔直，一直伸到池水的最深处，深到看不见的地方。它上面还是密密麻麻地挂着果子，只是因为距离太远，已经小到近乎看不见。

就在橙树完成生长的时候，大风扬起，眼前飘浮起绚烂的颜色。它们搅到一起，像未知的因果，也像已知的结局。在呼啸的风中，成遗梦身上的衣物尽数散去，转而披上了一层又一层最灿烂的橙花。

细碎，洁白而幽香的橙花。

她长长地出了口气，似乎终于放松，也似乎决定了什么。

她稳稳地牵上我的手，一头扑进水池。

天边的黑暗蓦然退去，橙色的光泽侵占一切。还有彩虹，七种颜色的彩虹，它又宽又大，变成了半球形，遮住了整个水池。其实已是深夜，自然没有阳光，也没有水滴，彩虹是怎么出现的？我觉得困惑。

当然，我丝毫没有意识到，也许我就是阳光，而成遗梦就是水滴。

阳光和水滴在一起，总是会出现彩虹的。

很快，我们就再也看不到任何光亮。自从接触到水面，我们就一直向下沉，一直向下沉。我从来不知道这个小小的水池竟有这样深。我当然进来过，根据我的经验，它的水深最多只到膝盖。而现在，下沉却丝毫没有停止的意思。不知何时，我的酒瓶到了成遗梦的手里，她一边悠然地下沉，一边还一口接一口地喝酒。

下面越来越黑，越来越黑，却有一个白色的房子正在闪光。看不清它的方位，说不出它在哪里，但它确实在，你知道它在。

它是纯白的，方方正正，未知的材质，绝对不是大理石或者相似的东西。它似乎是活的，因为它很细腻，并且有温度。

已经没有水了。

忽然就没有水了。

辉煌的阳光，四处都是辉煌的阳光。金色的阳光照在金色的沙滩上，映出一连串歪歪斜斜的脚印。

风筝还在天上，最标准的风筝。它自由自在地飞着，下面没有线，也没有人。它本来是自由的，它总是自由的。

一只风筝。

千千万万只风筝。

千千万万只风筝挤挤压压地布满天空，冲向同一个诱人的方向。它们都在往上飞，拼命向上飞。它们都想看一看未知的世界，它们都想享受未竟的生命。没有什么能困住它们，也没有什么能挡住它们。确实，只要它们都愿意向上，就没有任何东西可以困住它们或者挡住它们。

在万千的风筝当中，我看见半条破碎的裙子，橙色的裙子。

成遗梦的裙子。

那已经被她遗弃的裙子。

我们就站在房子旁边，站在漫无边际的沙海里。

沙子上有橙子，饱满的橙子。

一个又一个饱满的橙子在沙丘上滚动着，像一个又一个迟暮却安静的夕阳。

"是的，答案是怎么样，一点都不重要。"我扭头看向成遗梦，她现在浑身上下饱含生命，"可是，对错很重要，也许，很多时候，我的确是做错了的。"

"对错和答案一样，都没什么大不了。你没做错什么，应该说没有任何人能做错任何事。对和错都是没有标准的。谁也不能说谁对，当然也不能说谁错。我记得我不止说过一次，我不想永远被摆布、被安排。如果我没说过，那我现在说。你的初心是好的，我很感激，当初，我也正是因为想寻求帮助，才会来找你。可我一点都没有想到，当这件事真的发生了之后，我却觉得莫名地愤怒。这是很扭曲的情绪，我承认。但我真的无法面对这样的自己，我不想伤害你，不想给你造成任何负担，只可惜最后还是事与愿违。对你，我也是很愤怒的，因为你竟然真的同意了。这就更加让我觉得负罪。而当你真的重塑我的时候，我更是感到前所未有地绝望，因为你能做到，你就算费力了些，总也是能做到的。而我自己是无论如何也做不到的。这让我更加厌恶自己。多大的讽刺，我来找你，就是为了摆脱被安排、被摆布的命运，然而最后，依然逃脱不了被安排、被摆布的噩梦。"

我没有再说话，只是安静地听着。我知道她还没有说完，我也知道，这已经是她最后的言语。

"很别扭的想法，是吧？我也不喜欢这样的自己，但我真不是一个容易释怀的人。对别人是这样，对自己也是这样。很难改变，也许一辈子都会这样吧……现在看来，的确也是这样的。没错，你重塑了我，我的心脏，我的脑子……我现在有的一切，都来自于你，但我的思维，从来都没有变过一丝一毫。不可能变。因为就连我自己，也从来没有真正地了解过它。你，更不会。我还是原来那个我，就算我拥有新的身体，摆脱了不断老去的厄运，也还是一点也没有变。如果说哪里变得不一样，也许就是——我变得开始喜欢回忆，像个白发苍苍的老人。但我也很清楚，所谓的回忆，最多也只是回忆。我不会奢望它可以重来，因为我知道那不可能。真是给你添麻烦了。弄了这么久，一切都不可避免地回到了原点。我也真的是直到最近才知道，原来我不喜欢被重塑，我是如此讨厌被重塑。以前我会觉得，破镜重圆是种莫大的幸福，现在我却体会到，破镜即使重圆，也会留下裂痕。真是悖论，我明明想让你帮助，却又果断地拒绝你的帮助。但这就是最真实的我，现在我就展示给你看。"

当我们来到沙滩上的时候，她就已经放开了我的手。现在，她站得离我又远了些。她似乎有些醉了，却似乎前所未有地清醒。

她披着一身带着苦香的橙花，像披着全世界最美丽的裙子那样，开心快乐地舞着。随着她的动作，橙花一片片飞起，又一片片落下，暴露出她的身体，也暴露出她的内脏。

光，一束耀眼的光，无数束耀眼的光，细细碎碎，从她的身体里射出来。

"陆修，我知道，作为灵魂修补师，你一定要修补我的灵魂。你也非常愿意这样做，问题在我。我不愿被修补。我自以为我愿意被修补，实际却根本不是这样。你成功地重塑了我。不过，当你成功的那一瞬间，也是我重归自由的时候。是啊，自由，我一直在追寻自由。追寻得太累了，也追寻得太冷了。所以才想找一个驿站，休息一下，温暖一下。不得不承认，你让我很放松，也让我休息得很好。你是一个很好的驿站。像你这样的驿站，我会永远记得。你也很愿意听我倾诉，倾诉这些在很多人看来完全就是絮絮叨叨的疯话。这个世界还真是不友好……就像没人再相信童话一样，也没人再有时间和心情好好听人说话。大家都想找人听自己说话，却总是找不到。于是整个世界也就变得一片嘈杂，吵得心烦。"

"你真的这样决定了吗？"我悲悯地看着她。必须承认，我是很沮丧的，也有那么一点绝望。我第一次感觉到，就算已经全力以赴，最后也只是一场虚空。

但，她是个特别的人。我尊重她的选择。

如果她真的这样做了，我想，我也会发自内心地为她感到高兴的。

"对，决定了。"她轻快地舞着，用同样轻快的声音回答我，"在你这里生活的这几天，我过得很开心，比之前过得任何一天都要开心。虽然我什么都没做，但我是很开心的。我终于不像以前那样纠结，也终于可以想明白一些事。就像樱花，你知道吗？开的时候，绚烂无比；落的时候，毫无悔意。我之前是不理解的，但是现在，毁灭或者陨灭，在我而言，真的不是什么值得感伤的词，相反，已经是此生最大的幸运。"

心里一阵疼痛，那尖锐的冰锥终于刺了出来。很不舒服，却很痛快，就像此时此刻的成遗梦。而我的脑子竟然烧灼起来，我的眼睛可以看见这一幕。真是很奇怪的感觉。你看见细细碎碎的橙花被大风尽数打散，融化在你的头顶，你感到它们尖锐地穿过你的头骨，又在脑子里还原。

它们印在脑髓上，盖在神经上，一点一点烧灼出细碎的橙色的光芒。

"这朵橙花，是我最后留给你的东西……"成遗梦笑着说着，说着笑着，而她那新鲜而纯粹的身体，早被千万道来自她自己体内的光芒射得前后透穿，不复存在。

然后我听见歌声，清澈如天籁般的歌声。

"天空总是灰色的，阳光穿过厚厚的云层。抬头看看苍茫的天，隐约藏着你的笑颜。别人都说死去的人，灵魂住在云端，我知道那云总不散，是因为你住在上面，我会常常抬头看天，重温你给过的温暖。"

这歌词一点都不好，一点都不完美。但是我笑起来。因为这已经是个很好的结局，很完美的结局。

其实，我一直觉得送别成遗梦是件很麻烦的事。她始终太过压抑。所以，我一直觉得，这场送别也会是一场压抑的送别，没想到竟多了如此的惊喜。

一见如故。

的确是一见如故的。

她竟然真的永远留在了我的脑子里。

她很特别，我愿意为她破例。

一口水呛上来，周围的一切变得像风化的岩石一样模糊，喉咙里泛起干涩和甜到发馊的感觉。

风确实很大。风还在吹着。风一直在吹着。

大风扬起，带走早已消散的成遗梦，也带来无穷无尽的黑暗。

是糖。

我猛然意识到，喉咙里的味道——是糖。细碎的糖粒充斥在喉咙里，黏腻的糖水中漂浮着我的身体，而糖，雪白的糖还是源源不断地填进来。

融化，凝固，周而复始。

原来这池水里全是糖。

我早该想到是糖。

在铺天盖地的糖中，我看见成遗梦化作一片又一片橙花，安静地漂浮在池水中。她再也不会感到痛苦了。她终于掌握了自己的命运。

她应该是很快乐的吧。虽然她也许已经感受不到快乐。但她的确愿意快乐地老去，也的确愿意自由地死去。

快乐，是甜；衰老，也是甜的。

空中的彩虹，不知道什么时候，已经消散无迹，眼前依然是一片深邃的蓝黑色，身边的池水也越来越失去味道，变得如同最初那样。

透彻而冰冷。

·病·
欲壑终填

第一章
| 半地下室里的作家 |

"黑猫警长，这就是你说的，性情温和的生物？"我无奈地看着在房间里扭作一团，斗得天昏地暗，落得一地鸟毛的猫头鹰和鹦鹉，咬牙切齿地问冷炎，"性情——温和——的生物？"

外面哗哗啦啦地下着雨，冷炎哗哗啦啦地喝着水。

不知道为什么，他最近特别喜欢喝水。并且，只要他一喝水，天上就会下雨，似乎觉得世界上的水被他喝下多少，就要按倍数补回来一样。

只是不再喝橙汁。

其实也无所谓。

"是啊，已经很温和了。冥主说的。"冷炎继续喝着水，连眼睛都没多眨一下，从容淡定地答着，"冥主说的，你总不会怀疑吧？"

"这东西原来是她的？"

"没错，后来，我说我们俩执行任务的时候总是自己飞太累了，她就送给我们了，正好也算贺礼。"

贺礼……我有点惊讶，也更加无奈。

真是别出心裁的贺礼。

这两只鸟简直就是天敌——猫头鹰白天睡觉，晚上活动，鹦鹉正好相反。不过，这么大的宅子，要是愿意，它们也完全可以和平共处。无奈鹦鹉活泼好动，猫头鹰只要一睡觉，它就马上凑过去叽叽喳喳，不说话的时候，就一会儿啄猫头鹰一下，一会儿扇人家一翅膀，浑身上下满满的撩骚气质。

一开始，猫头鹰还懒得理它，后来实在忍无可忍，也就这样了。

如此的戏码，每天都会上演好几场。

"你说，冥主把它们送过来，不会是想让我们也这样吧……"躺在床上，又看了一会儿半空中鏖战的一对鸟儿，我的脑子里突然冒出这样一个想法。

"我看，是你想这样吧……"冷炎摆出一副饿狼的姿态，一步一步地走近我。

运动的时候，时间果然过得快，正像外面淅淅沥沥的雨水。下着下着，天不知不觉地暗下来，雨声也渐渐住了。不过，云层还是很厚，似乎随时还会下雨。

"你确定不拿伞？"冷炎把自己收拾好，站到门口，"今晚的任务，路很远。"

"骑上它们，再打伞，不会显得奇怪吗？"我望着庭院里变大了好几十倍、整装待发的猫头鹰和鹦鹉，谨慎地反问，"或者，那么高的地方，一个炸雷下来，打着伞，我们不会和它们被一起烤焦？"

"行吧，你不拿算了。我自己拿。"冷炎拿起伞，径自走了出去。

雨后的空气非常清新，这两只鸟儿似乎受过专门的训练，飞得又快又稳。俯瞰下去，一片黑暗中，整座城市五光十色，流光溢彩，简直成了光的海洋。

光明，黯淡，黑暗。

从城市的一头，穿到另外一头。

前面是一片庞大的别墅区，典型的欧式洋房，设计得很漂亮，房子和房子的间隔很大，独立庭院的面积也大得惊人。

只是异常荒凉。

就像被全人类遗弃了一样。

目力所及，到处都是灰扑扑的。死一般的寂静，没有光亮，也没有声音，只是一片破败。只看这些，真让人怀疑里面到底有没有住人。怎么可能呢？这种环境怎么住人——房顶上，有的地方已经碎裂塌陷，高高地看下去，就像流干了血又被风干的黑洞洞的伤口。有的房顶还长了草，外围是枯的，里面是新的，明显长了很多年，更有甚者，还长了歪歪扭扭的小树。侧面的墙体脱落得也很严重，几乎是十之八九。参差不齐的水泥和被风蚀的红砖放肆地露出来，映衬着脏得不成样子的玻璃。

明明是一群残兵败将，却还是整齐地站在阴晴不定的夜空下，向彼此身上投射出一排又一排的暗影。

忽然，脸上掠过一点冰凉，接着，密密麻麻的雨水大军就又杀了回来。滂沱的大雨中，冷炎悠然自得地撑起伞，得意地看向我。而我身下那只不要脸的鹦鹉竟然一脸谄媚外加可怜巴巴地靠过去，似乎真觉得那么小的伞可以给它挡雨。

还好，它还是很有操守的，至少没激动得变回原来的大小，干脆把我摔下去。

"这世道啊，鸟儿真是比人都聪明。"身旁传来冷炎幸灾乐祸的声音，还故作慷慨地邀请我，"我说陆一休，要不，你还是过来躲躲雨吧？"

一边说着，他还一边特别体贴地凑过来，脸上带着狐狸一样的笑，一双爪子大咧咧地伸到我的胸前，小心地解起我的衬衫扣子来。

"不过，你要实在不愿意过来也行，淋点雨也没什么，但这衣服可是刚洗好的，千万别淋着才好。"

真是越来越欠打了。

本来，我是想狠狠把他的爪子打下去的，却突然被一点奇怪的光亮吸引了注意。那光亮很小，藏在第四排第四个房子靠近地上的位置，附近长着一丛茂密的植物。如果周围很明亮，我是肯定不会看到它的，只可惜周围黑得厉害。

随着风雨的降临，它忽明忽灭，左右摇摆，剧烈地晃动着。

却绝对不是鬼火。

鬼火基本都是绿色或者蓝色，它是黄色。

明黄色。

如古代皇帝龙袍般鲜艳的颜色。

"就是那里了，对吧？"我擦了一把脸上的雨水，甩出去，看向冷炎。

冷炎没有说话，但他的行动已经说明了一切。他难得地自动缩回爪子，驱使猫头鹰落到地面，神情凝重地收起伞，将猫头鹰变回钥匙扣大小，揣回口袋，然后拉着我一起穿过树林，走向房子。

确实是树林，因为这个庭院惊人的大，也许比周围的都要大——至少有好几平方公里。庭院的外缘种着上千棵高大的树木，却只有一个品种，似乎来自热带，因为枝叶茂密，叶子也出奇的宽大。

　　房子就坐落在树林中间，和附近的其他房子看起来一样破败，而且更加阴冷。因为它的外面，包括墙上，也包括门上，密密麻麻地覆盖着成千上万的爬山虎叶子。在昏暗的光线下，每一片叶子都在隐隐地闪着诡异的光。你只要看它一眼，就会发自内心地觉得，这成千上万的叶子下面，哪怕藏着成千上万条湿滑黏腻的蛇，也是极为正常的事情。

　　我们走到房子前面的时候，雨终于小了些，残存的水滴叮叮当当地落在屋顶上，如招魂铃般，只是更加悦耳安神。

　　冷炎却没有再向前走，更没有走上台阶敲门，反而停住脚步，定定地看了一会儿房子，然后走到房子的左侧，蹲下去，一片一片地拨着爬山虎的叶子。

　　这里长着整栋房子上最茂密的一丛爬山虎，坚韧的藤蔓里不知缠了什么，凭空鼓出半个球状。

　　等叶子终于被拨完，真相和光亮一起显现出来。真相是——藤蔓里缠了铁栏杆，而光亮来自两支半人多高的明黄色蜡烛。

　　蜡烛摆在一张宽大的大理石书桌上，高度刚好伸到窗口。而窗口其实只是个洞，上面插着铁栏杆，看起来酷似地牢。

　　这样的别墅里，应该不会有真的地牢吧？

　　大理石书桌也是明黄色的，那本来应该也不是书桌。虽然上面凌乱地堆着一些书和纸张，可是，看那长度和宽度，肯定不会是书桌的尺寸，不过是暂时被当成书桌而已。

　　不是书桌是什么？只要稍微想一想，不禁也就让人毛骨悚然起来。更别提还有一种若有似无的腥味，冷炎刚把叶子拨开的时候，这腥味就悄无声息地飘了出来。酷似铁锈或者血迹。

至少积淀了一百年的那种。

两根蜡烛之间睡着一张苍白的脸。不是正常的白，而是常年不见阳光的白。白中偶尔泛着淡蓝。他只有脸是放在桌子上的，其他的部分都被桌面挡住，看不清。但是，只有这张脸，也会让你情不自禁地想要接近他。

像铁屑被磁石吸引。

这种吸引并不只是因为英俊，虽然他确实很英俊，英俊而优雅。可是英俊并不足以产生这么大的吸引力。

到底是因为什么？说不清。

他有点瘦弱，或者说，病弱。虽然看不出他哪里不健康，但只看他的身形，你绝对不能说他是健康的。

他的脖子白而纤细，脖子下面的部分被藏在一块白布里，看不到。

严格说来，那也不是白布，但是用白布来形容，无疑是最贴切的，因为那有点像医生惯穿的白大褂，线条却没那么明朗，而是松松垮垮的，像最基础的袍子。

爬山虎是从一个酒瓶里爬出去的。那酒瓶也是明黄色，被做成香蕉的形状，在烛光下，熠熠生辉。酒瓶里看上去什么都没有，爬山虎长得却格外旺盛，满满地爬了整栋房子。

酒瓶上面，半空中悬着一把刀，没有被任何东西拴着，就那么凭空地悬着，摇摇晃晃的，有半只胳膊那么长，像是砍刀，刀身却秀气得很。

从刀柄向下，不断地滴着什么，根据颜色和散发出来的味道来判断，像是黏稠香甜的香蕉汁，但又应该不是。因为它似乎拥有神奇的魔力，只要一滴到爬山虎上，爬山虎就会快乐地摇动叶子。

地下室里很逼仄。正后方是门，两侧是岩石垒成的墙壁，凹凸不平，坑坑洼洼，上面斑斑点点，洒着暗红色的血迹，像被撕裂的花瓣，星星点点，被禁锢，被铭刻。左侧的墙壁上，挂着长长的锁链，崭新无比，油黑发亮，是这里唯一有生命的东西。右侧的墙壁，从下到上是一排又一排漆黑的格子，每个格子只有拳头那么大，所有的格子里都塞着香蕉，并且只有一根。

他头顶的一小片天花板上，密密麻麻地长着暗青色的霉菌，形状像极了两只羽毛尚未丰满的大翅膀，蓄势待发，一飞冲天。

终究是飞不上去的。

别说飞，他本人这个样子，也许就连站起来，都是很困难的。诚然，他的身体一起一伏，还在呼吸，可是，除了呼吸，他没有任何别的生命体征，看起来就像个死了许久的人。

"他叫林泉，至于职业……"冷炎站起身，转过头，似笑非笑地对我说，"如果你觉得写故事的人是作家，那他的确是的；如果你觉得卖故事的人才叫作家，那他的确不是。因为他写的那些故事，很少有人花钱去看。哪怕不花钱，大家也不会去看，毕竟，时间和心情比钱宝贵得多，更没必要花在这上面。"

第二章
| 穿蛇旗袍的女人 |

脚步声。

深沉而深情的脚步声。

半高跟皮鞋，纤细，小巧，热烈而急促地亲吻地面，只用那精致的一点。稍作停留，继续向前。先是踩在湿滑的草上，压出汁液和泥水，又稳稳地敲击在青石板地面上，溅起微不足道的水花。

"冷队长？"

脚步声忽然停下来。一个穿着旗袍的剪影从黑暗中渐渐显现出来，挺拔纤细，凹凸有致，如鬼魅般妖娆，如空气般湿润。

真是适合穿旗袍的身体呢……

不仅身形，就连声音，也是无比湿润的。

湿润而惊讶。

"陆医生？你怎么也在这儿？你们俩这是……"

安安。

出身豪门的安安是附近闻名的富婆。她丈夫和她青梅竹马。两家财力也相当。两个人结婚以后，过得滋润，感情也好，只可惜，结婚还不到两年，丈夫就突然死了。她没有生育过，也还年轻，不知道为什么，一直独身，没有再找。

去年，她心情不太好，不知道从哪里听到我的名声，前去找我做疏导。一开始，我毫不犹豫地答应了。但是，随着疏导的深入，我越来越发现，作为病人，她一点都不坦诚。她从不说自己是怎么病的，也不愿完整地展现出自己的病情，偶尔露出一点，也是无关紧要的鸡毛蒜皮。

这让我怀疑她是不是真的想好，还是另有目的。不止一次，我都想让她另寻高明。毕竟，在心理上，我很难接受这种自己不想好的病人。

当然，最主要的还是，她会让我感到不安。

她是一个很放得开的人，也非常擅长玩暧昧。说实话，她的热情奔放让人很难拒绝，但我终究不能越界。

很麻烦的一个人，让人完全没有办法。

她已经有一段时间没来找我了。其实，如果可以，我真希望以后再也不见她。可是现在，阴差阳错地，竟然在这里相遇了。真是很尴尬。有那么一瞬间，我希望她可以凭空消失，或者我凭空消失。

冷炎倒是自如得很。

"看你说的。我们还能有什么事？最近接了个案子，和附近的人有关，还涉及心理方面，挺专业。我一个人搞不定，就把陆医生找来了。朋友嘛，不用白不用。"他先是一脸轻描淡写地随口胡扯，然后反客为主，"你这又是怎么回事儿？这地方本来就阴森森的，天气还不好，你一个人，这么晚了……"

"别说了别说了，越说我越害怕。"安安偷偷抬头看了看已经坏掉的路灯，"本来我也不想这么晚来这种地方，但林泉都欠我一年多的房租了，好不容易说今天要交，让我过来拿。虽然没多少钱，可总是个事儿吧？我这人最烦拖拖拉拉，也就赶紧来了。"

"哦，原来这房子是你的。看来是我多虑了。你自己的房子，应该没人比你更熟悉，不管什么时候来，也肯定不会害怕吧。"冷炎认真地说着，非常奉行做戏做全套的原则，"至于林泉，是那个当作家的？"

"对，就是他。不过，你还真猜错了，这房子虽然是我的，但我没在这里住过多久，就小时候待过几个月……所以，说到熟悉房子，也许他比我还熟悉。他住进来以后，把这儿改造得简直不成样子了。你看，多么阴森的爬山虎，乱七八糟的，爬得满房子都是。幸亏他只租了个地下室，要是把一整套房子都租给他……后果真是不敢想。"

"作家嘛，都有点特殊的嗜好，一般人理解不了。不管怎么样，能拿回房租总是好的。快去吧，时候也不早了，我们该走了。"冷炎敷衍地说着，拉着我就要离开。

安安应了一声，走上台阶，打开门，进去了。

"这女人当真越来越邪了。"望着她消失在门里的背影，我终于重新放松下来，看向冷炎，"你看清她旗袍上的图案了吧？那两条交欢的蟒蛇在她胸前盘来绕去的，就像真的一样，让人看了很不舒服……"

"我觉得还好。我更感兴趣的是她的口红色号。你有没有注意到那颜色和林泉书桌上的那个一模一样？"

"没有，我根本没看见书桌上还有口红。"我有点意外。

"啊，我忘了，那口红放在角落里，从你的角度看不见。"

"好吧，你觉得是她的？"

"总不会是林泉自己的吧……"冷炎轻笑了一下，"所以，邪一点也正常……经常和林泉这样的人来往，怎么可能不邪呢？"

"经常来往？她刚不是说已经欠了一年多的房租吗，怎么会经常来往？"

"她说的那些话，你不会全信了吧？"冷炎一双眼睛里闪着精明而冷酷的光，死死地盯着半地下室的位置，"现在网络这么发达，林泉身为年轻人，房租怎么还会交现金？就算他不喜欢网络支付，就喜欢现金，为什么要约在这种时候？安安那么精致的一个人，出门的时候，竟然空着一双手，连包都不拿？"

"所以，她根本不是来，而是回？你觉得她和林泉住在一起？"我觉得有点说不通，"这么荒凉的地方，她那样的身份，为什么要住在这里？"

"喜欢或者欲望？都可能。你看林泉瘦成那个样子，不是吸毒，就是纵欲过度。话说回来，有没有兴趣一起去看看？里面估计已经开始了。"

"恶趣味。你想看自己去看，我可不去。"说完话，我本来转身想走。

却发现坏了事。

我走不动了。

不仅走不动了，我几乎控制不住自己了。

雨完全停了。夜空如洗，树林里黑漆漆的，偌大的庭院里显出几分静谧。最初的那种阴森之气少了许多，取而代之的是一种甜腻的气息。

这气息若有似无地在空气中飘荡。

这气息催生了身体上的雨。

奇怪而陌生的触感，又湿又滑，像两条看不见的蛇，一刻不停地在身上悄然游走。从头顶到脸颊，再到脖子，胸口，小腹……紧接着，虚幻的雨点一滴一滴地打在身上，灼热的、奔放的、强烈的灼伤感。

皮肤是人体最大的器官，脑子是人体最大的性器官。不知道为什么，我忽然想起这句话。我已经忘记是从哪里听来的，但它们就像再也压不住的弹簧那样，一下子蹦了出来。

我感到浑身的血流都在加快，变热，热到将近沸腾。我感到呼吸开始变得困难，甚至涌上了一种被迫的窒息感。我无法控制自己身体的反应，哪一部分的都是。我明明没有动，却已经汗如雨下。我明明站在这里，却似乎身处那个幽暗的地下室里。

我拼命调整着自己的呼吸，勉强转过头，死死地看向冷炎。

不用问了。

他的表情已经回答了。

"对，是和我有一点关系。不过，你自己也不是完全无辜的。如果看到林泉的时候，你没有想一些有的没的，现在也不会这样。"他的语言也已经回答了。

"这样是什么样？到底怎么回事？"如果我还能动，几乎要扑上去掐死他。

"没怎么样，就是和他建立了一点联系。别担心，只是很简单的联系——你可以同步感受到他的感受。并且，如果他的和你的撞车了，优先他的。"

"什么时候开始的？为什么要这样？"

"既然已经这样了，什么时候开始的，也就无所谓了吧？至于为什么，以后你就知道了。"

"他到底是什么人？或者说，他是不是人？"

"真是耳熟的问题呢。我想，这种问题，我之前已经回答过你。所以这次，我不想再重复一遍。你只要知道，他是你要修的第三个人就行了。"

"我现在要进去修他？"

"你脑子坏了吧……他正在干什么，你不知道吗？这时候怎么修？"

"好好好，那现在怎么办？我们是等安安走了再行动，还是先回去？我现在什么都干不了。我……"我没有把话说完，因为一股热流从脊椎直蹿上来，到达我的脑子，触发我的快乐。

"其实，你并不是什么都干不了。你还可以干一点事情的。当然，你也可以努力控制一下。不过，如果真的控制不了，我也不介意……"

一起修了这么长时间灵魂，还真没发现平时道貌岸然的禁欲系领路人扒开外壳后，竟是这样的衣冠禽兽。

既然你禽兽，别怪我禽兽！我狠狠地瞪着他，咬牙切齿地想着，三两步扑过去，一手掐住他的脖子，使出浑身力气，狠狠地把他顶到被绿叶掩映的墙面上。

第三章
| 究竟是谁 |

人这种可怜的物种，要是运气差，真是喝凉水都塞牙。以前我还觉得这句话就是胡扯，现在，我心悦诚服、五体投地地信了。

还没等我把手伸到冷炎身上，两条蛇就以迅雷不及掩耳之势，一路顺着爬山虎的枝叶，交缠着掉到了我们的头上。

蟒蛇。

正在交欢的蟒蛇。

然后又是两条。

然后又是两条。

然后又是两条。

然后又是两条……

两条，两条，两条，无数个两条……一团又一团的蛇从天而降，先是扑通扑通地砸到地上，紧接着又像橡皮糖一样地弹起。

弹起又落下。

却不会对它们产生任何影响。

身处哪里，周围有什么变化，有没有危险……所有的因素，包括我和冷炎是不是存在，也不会对它们有任何影响。

它们始终在交欢。

交欢。

交欢。

交欢。

好像这世上只剩了交欢，好像一切都臣服于某些器官。

身上的感觉还是很强烈，却鬼使神差地，竟然被我控制住了。我担忧地看了一眼冷炎，他的神情也不比我好到哪里去。

我们都无比清楚——眼前的每一对蟒蛇，都和安安旗袍上的那一对长得一模一样。

相同的长短，相同的粗细，相同的花纹，相同的舌头……相同的姿势和角度。

"她真的是安安吗？"我一边尽量远离有爬山虎叶子的地方，一边问了冷炎这么一个非常值得讨论的问题。

"我知道你想说什么，我也注意到了——她左手腕上没有手链。那手链是她家传的，据说已经有好几百年的历史，因此一直被她视若珍宝，就连睡觉也不会摘下来。但是，只凭这一点，不足以说明她不是安安。再说，她不是安安又是谁？大家都知道，安安是独生女，从没有任何双胞胎姐妹。"冷炎一边说着，一边和我一起往树林的方向退。

"你忘了林泉吗？"我提出了另外一种可能。

"怎么了？他虽然瘦弱了一点，但肯定是男的，不可能假扮安安，还弄得那么像。"冷炎奇怪地问。

我也知道这不可能，但我就是觉得这件事和林泉有关。到底是怎么回事，我现在也是一头雾水。

就在我们要走进树林的时候，整栋房子又发生了奇异的变化。像被从房顶凭空浇了一大桶颜料一样，所有的爬山虎叶子迅速由绿变黄。

不是秋叶那种枯黄，而是成熟的香蕉的那种金黄。

然后香蕉真的长了出来。

香蕉是长在树上的，一把一把，这是常识。但我和冷炎站在树林边缘，眼睁睁地看到无数的香蕉出现在了爬山虎的藤蔓上，一根一根。

"看来，你们已经见过林泉了，对吧？"身后忽然响起幽怨的声音，尖细，气若游丝，带着黏稠的忧伤。

一转身，一个穿着一身紫色衣裙，打着油纸伞的年轻姑娘便出现在我们眼前。我和冷炎对视一眼，什么都没有说。虽然雨已经不下，扛着一把伞，尤其还是油纸伞，显得特别奇怪，但我们都感到了强烈的不安。

这种不安，比安安带给我们的不安更为强烈。

我却终于开始说话。我虽然不想见安安，不想和她说话，却对眼前这个姑娘产生了莫大的兴趣。我希望能和她聊聊天，随便聊什么都好。她是谁，她是从哪里来的，我不关心，也一点都不重要。

重要的是，她在这里，她就在我面前。她是看得见、摸得着的。

"是的，见过了。"我这样对她说，然后含蓄地问着，"你是他的……"

"什么都不是吧。"她轻轻地叹口气，幽幽地说着，"我把一切都给了他，但我很清楚，还是什么都不是吧。就像丁香，每朵花都那么小，小到微不足道。我在他眼里，一定也是这样子的。所以你们可以叫我丁香，我本来就叫丁香。只是，慌张的陌生人，你们究竟从哪里来，又要到哪里去呢？"

真是特别而惊悚的女孩。听她说话，就像在看一场几百年前的话剧。她整个人给人的感觉，也就像是从几百年前穿越回来的。今晚可真是精彩……也许，如果想继续聊下去，应该说"从来处来，到去处去"吧？

我忽然失去了兴趣，对她本身的兴趣，但我又忍不住要说下去。因为我突然想到了这样一个问题。

"你认识安安吗？"我盯着她又大又圆，却始终空洞无神的两只眼睛，一字一句地问。

冷炎的目光中现出一丝慌乱，就在我把这句话说出口的时候，他猛然伸手拉我，可是已经阻止不了。

什么都阻止不了了。

正像刚才被黄色侵占的爬山虎叶子。丁香的嘴唇，那本来苍白而上翘的两片嘴唇，在我问出这个问题的时候，像被颜料浸染了一样，一点一点地变得鲜红，像藏在人体里最后的血液，像绽放在黑夜里的最绚烂的花。

这正是安安嘴唇上的颜色。

也是林泉桌上那支口红的颜色。

然后她猛然放下油纸伞，像最狂暴的野兽那样蹲下身，挥舞着双手，狠狠地撕下所有的油纸。

撕着撕着，一种诱人的香气弥漫开来。

烧鸡。

金灿灿，油汪汪的烧鸡就这样被她从油纸伞里撕出来，似乎那油纸的存在本来就不是做伞的，而是为了包烧鸡的。

这一切简直就像魔术一样，而她的确是魔。

魔鬼的魔。

前一秒，烧鸡还安静地躺在那里，后一秒，它就只剩一堆骨头，所有的骨头自动组成一个封闭的圆环，看起来和任何一个鸡蛋没有两样。然后笃笃笃的声音响起来，鸡蛋被啄开，小鸡破壳而出，然后小鸡长成大鸡，咯咯咯的声音响起来，然后大鸡的毛瞬间消失，自己把自己重新弯成烧鸡的形状。

又一遍。

又一遍。

"漂亮吗？"她诡异地笑着问我，"那个安安，她能做得像我一样好吗？"

"我不知道。"我只能这样回答。

"哈哈，你不知道。哈哈，你竟然不知道。"她仰着头，干巴巴地笑着，然后转身，疯狂地跑向树林深处，一边跑一边得意地说着，"你不知道，你们都不知道。原来你们真的什么都不知道。但是你们一定要知道，林泉是我的，一定是我的，只能是我的，安安不行，阿水也不行！所有的女人，都不行！所有的男人，也不行！他是我的，只能是我的！"

"听起来，林泉的私生活似乎很混乱。"等丁香的声音完全消失，我谨慎地看向冷炎，"你觉得呢？"

"不止混乱，而且淫乱。"冷炎难得地认同了，"看他的身体就知道了。"

"还要原路返回吗？还是直接回去？"我说不清现在自己是一种什么感觉。今晚发生的一切太过突然，也太过诡异，我需要一点时间理清楚。虽然身体上的感觉还没有结束，也许林泉和安安早就决定要花上一整晚的时间。谁知道呢？连那个女人到底是不是安安我都不知道。不过，无论如何，对我来说，今晚肯定是没有时间精力和心情去修林泉了。

"看你的，我无所谓。"冷炎说。

我本来想说直接回去的，却没想到，说出来竟然成了这样一句话。

"我……还想往里面走走。"

"那就走吧。"冷炎简短地说。

其实这不是明智的决定。本来，这只是一片树林，但在遭遇了诡异的一切后，望着这片高大而茂密的树林，我的内心涌动出更多的不安。一大片茂盛的植物，黑漆漆、潮乎乎的，谁知道里面会藏着什么呢？也许是蛇，也许是一个像丁香一样的疯女人，也许……根本没有也许。

因为疯狂的笑声已经开始了。

女人的笑声。

声嘶力竭的笑声。

冷炎担忧地看了我一眼，而我毅然决然地走向了笑声的方向。

我是渴望她的。从一开始我就知道。我可能会被安安诱惑，可能会被丁香吸引，但我的内心里深藏的，却是一个和阿水一样的疯子。对，就是阿水。虽然我从来都没有见过她，但我知道她就是阿水。她是我的阿水。

我疯了，我因为她而疯了。她疯了，她本来就该疯了。

疯子就应该和疯子在一起，疯子就应该存在于疯子的世界里。

我贪婪地吸收着她的声音，我的脚步越来越急，我的眼睛虽然看不见，却还在一刻不停地四处搜寻。我终于开始跑起来。我要飞奔向她。我要像风一样，我要像云朵一样，我要像爬山虎一样，我要像香蕉一样。

她是我的。

然后我真的看见了她。阿水，小丑一样的阿水。很可笑的样子，真的很可笑，但是这世上又有谁不是小丑？又有谁不可笑？小丑，都是小丑，不是别人的小丑，就是自己的小丑。小丑，都是小丑。

阿水，我的阿水，她至少还是表里如一的。她真的穿着夸张的小丑服，戴着可笑的尖帽子。她的脸很白，她本来就很白，但这明显是装扮过的白，白到没有一丝血色。她故意向后移了发际线，露出一个硕大无比的白脑门。她的头发有很多卷，金黄色，像蓬松的被阳光浸润过的丘陵。她还粘了长长的假睫毛，扑扇扑扇的，像世界上最丑的布娃娃。

她的鼻子是红的，嘴也是红的。只是不是一个色号。当然不是一个色号的。她的鼻子，无所谓了，不知道是什么色号，但是她的嘴，我无法忽略她的嘴，她几乎咧到耳根的大嘴，那张血盆大嘴，却都是一个色号。

和安安是一个色号，和丁香是一个色号。

只是更夸张，更浓烈。

我喜欢夸张，也喜欢浓烈。

我凑过去，我舍命般的凑过去，但是她竟然不在了。电光石火间，她又换了一身旗袍，流光溢彩的旗袍。底色是金黄色，如龙袍一般的金黄色，上面什么都没有，只有两条银光闪闪的蟒蛇，从下面一直伸到上面，从后面一直展到前面。

两条蟒蛇，两条交缠在一起的蟒蛇，两条正在交欢的蟒蛇。

她穿着半高跟的皮鞋，裹着这样一件旗袍，款款地向我走来。我能看见那蟒蛇的每一个鳞片都在发光，我能感受到那分叉而血红的舌头。

　　它们是图案，但肯定不只是图案，它们是活的，因为她是活的。

　　她的腰身纤细，胸脯饱胀，她的脸端庄，端庄而厌倦，可是，如果你真觉得她厌恶世俗，那就真的错了。对于大多数人来说，红尘是永远都无法逃出的染缸，哪怕已经死亡也逃不出去，但是对她来说，这染缸本来就是她造的，她嘲笑它，也喜爱它。她对任何一个自己造出的东西，都怀着如此的感情。

　　没有人明白这种感情，因为没有人像她一样，如此频繁地造物。

　　那红色的嘴唇摇晃在我的眼前，却没有一丝情欲的气息，只是让人感到敬畏。满足而敬畏。我低下头，我试图屈膝，我心甘情愿这样做，我甘愿拜倒在她的身下，我甘愿被她驱使，被她奴役，但是，一切并没有真的发生。

　　因为她不在了。

　　还是阿水，我的阿水。她又变换了另外一套装束。她穿着宽松的古典衣裙，紫色的，就像静脉口旁喷薄而出，最后又勉强凝固的血液。她的手上打着油纸伞，没有任何装饰的油纸伞。虽然没有下雨，却一点不让人感到突兀。她从深深的小巷中一步一步地走出来，像从高耸的云端一步一步地走下来。她脸上带着温和的微笑，她的眼睛甚至都弯了起来。

　　而她的嘴，她鲜红欲滴的小嘴，当然也是同样的色号。

　　只有一个色号。

　　所有人，只有一个色号。

　　阿水的色号。

　　林泉的色号。

　　"她们什么都不是，她们真的什么都不是。安安、丁香、阿水……

一个又一个女子，或热情，或优雅，或疏离，却都不是。我向她们展示我的欲望，我和她们厮混着日子，但她们都不是。如果说是，也许阿水更像一点，但也不是。"

　　我忽然听见林泉的声音，虽然我从来都没有听过他的声音，但我知道，如果他开口说话，一定就是这个声音的。

　　"子鸢，只有子鸢，我的子鸢。从来都只有我的子鸢，从来就是我的子鸢。"

　　在黑暗和光明的交替中，林泉那如梦呓般的声音逐渐由浓转淡，最终消失无迹，飘散如烟。

第四章
| 病中来去 |

　　脚下突然一空，强烈的失重感，世界猛然颠倒过来，迷茫的晕眩一下冲到脑子里。我下意识地看向身边，果然，冷炎又不见了，好像从来就没有存在过一样。

　　身旁有风呼呼地掠过，提醒我正身处空中。

　　呼啸的风来自亚马逊鹦鹉的翅膀。色彩斑斓的鹦鹉肆无忌惮地向夜空展示绚烂多彩的羽毛，一张弯嘴很不合时宜地显得凌厉而冷酷。

　　我在它身上？还是和它在一起？不知道。冷炎去哪里了？不知道。但是我知道一切都很好。一切都结束了，至少今晚的一切都结束了。然而认识到这一点并没有让我感到开心起来，相反，那一直弥漫在心中的不安感却愈加强烈。

　　我看见周围闪起大大小小的星星，灿烂的金黄色，色彩黯淡的时候，还能隐隐看出它们原本的香蕉形状，每一次亮起来，又会恢复尖锐的棱角。

　　天空是深蓝色，有着天鹅绒一般的质感。星星们每闪一下，都会把天空刺破小小的一点。然后有光亮露出来，细细的乳白色。

它们闪得这么频繁，最后，天空会变得遍体鳞伤的吧？但这一点都不痛苦，或者说，这痛苦会带来欢乐，扭曲的欢乐。我似乎什么都没有想，又似乎始终都在想。还没来得及让我想清楚，天空就变成一片黑暗，什么都看不见。持续了短短几秒，光亮猛然迸发出来，所有的星星都变成了鲜艳的红色。

它们从乱七八糟的位置上聚拢过来，自动变成一排，像被乳白色的光线融化一样，最后变成一个整整齐齐的长方体，而天空也被轻而易举地卷起来，变成了另外一半的长方体，和上一个紧密地联系到一起。

红色和蓝色相间的长方体。

白色的长方体。

红色加蓝色不等于白色，可是在某些时候，它的确是等于的。

比如说救护车。

白色的长方体风驰电掣，呼啸而来。它的形状应该是看不清的。它到底是开在地上，还是开在天上，也是很难分辨的事情。

归根结底，它给人留下的最深印象，不过只是一些颜色。

但这颜色却是世界上唯一的东西，它并不邪恶，但是饥饿。看到它的一瞬间，我所有的精力和健康都被掩盖、吸收，荡然无存。

猛然睁开眼睛，平生从未有过的难受感通体而来。我的身体虽然不算健壮，却鲜少生病。此时此刻，一种十分奇怪的感觉包围了我。

一夜之间，满身的病痛都来了。

说不清到底是哪里难受。具体到某一部分，好像哪里都很正常，但是放到一起，简直就是最绵长的酷刑。也许连最精密的医疗仪器也检查不出这种病，最有经验的医生当然也不行。可是我真的病得很厉害，浑身哪里都在疼，从上到下，从头到脚，就像被人死命地打了一顿一样，还是那种特意为了放大感觉，一分一寸慢慢打的。只是一点没有劫后余生的庆幸感，完全在懊悔那群人为什么没有干脆把我打死。

不是运动过度后的健康的酸疼，也不是简单的浑身没力气。一点都不酸，只是热，却又和欲望引发的燥热完全不同。全身二百多块骨头一起出问题的感觉，好像每根骨头都在悄无声息地发炎，肆无忌惮地滚烫、膨胀，只要再过一秒，就要撑破肌肉和皮肤，暴露在冰冷的空气中，让我绝望也让我战栗。关节和关节的连接处则像极了生锈多年的机器，只要稍微用力动一下，就会发出吱嘎的响声，连带着抽筋般的感觉，再动几下，恐怕就会当场折了。

腰和肩膀是最厉害的。慢性劳损加上暴力拉扯，这样其实已经算是轻的。林泉，那个纵欲过度的作家。真是纵情声色，及时行乐，也真是不作不会死的典范。身体本来就差到那种地步，还这么不知节制，恐怕早晚会死在这上面。只不过，看他昨晚那个样子，就算死在这上面，应该也是很心甘情愿的，并且这似乎是他唯一愿意选择的死法。

还有那居心叵测的冷炎，平白无故搞这么一出，到底是要闹哪样？我好好一个陆修，活得好好的，为什么要和这种人的感觉捆绑在一起？真是太折磨了。嗯，真应该把我的感觉也和他的感觉绑在一起，或者趁他睡着了，把他脑袋上套上麻袋，畅快淋漓地打上一顿。虽然从来没有修补师这样对过领路人，但我一点也不介意做第一个。

我翻身坐起来，想马上实施这邪恶的想法，却终归无济于事。冷炎并没有睡觉，他似乎又一夜没睡，谁知道呢？也许稍微睡了一会儿，又醒了？无所谓了，反正，此时此刻，他已经恢复了惯常的装束，正安静地坐在依稀的晨光下，全神贯注地弹钢琴。

还是那首曲子，缓慢而安魂。这让我不由自主地怀疑，整间房子里是不是真的只有我一直在闹腾，为什么我一安静下来，这里就成了这个样子——不仅冷炎，就连猫头鹰和鹦鹉也不再吵吵闹闹，回到了各自的位置上，难得地相安无事，放松休息。

"黑猫警长，你要对我负责。"偷偷扫视了一圈周围后，我一把掀开被子，故意把胳膊腿儿扔得四仰八叉，瘫了一样地躺在床上，扯着嗓子叫冷炎，"林泉估计要病死了，我也要病死了，你得对我负责。"

"真的吗？你没骗我吧？"狼心狗肺的冷炎听我这么说，非但没有显示出一点关心，反而好像很兴奋很激动。

一口闷气蹿上来，气得我直想从床上跳起来，干脆把他扑倒在地。我是这么想的，也是这么做的。只是没想到，现在的我别说跳起来，连坐起来都费劲。好不容易等我用吱嘎作响的骨头，费了九牛二虎之力坐起来，腰椎上传来的剧痛已经很好地教给我平心静气到底有什么好处了。

也许最近冷炎真是和我互换了灵魂，变得是越来越没眼色。见我这样，还不赶紧凑过来安慰我已经被折磨得稀碎的幼小心灵，反而还是偏执狂一样地追问。

"哎，问你话呢，到底是不是啊？如果真是那样，我们就得赶快行动了。"

"什么？行动？我都这样了，你还要行动？"心中一万只"草泥马"飞奔而过，伴随着十万只生无可恋的乌鸦嘎嘎地叫着，"你要真不知道是什么感觉，可以试试把我们俩的感觉也连到一起。我一点都不介意。"

"可是我介意。"冷炎相当理智地拒绝，"这种事情嘛，有一个人就行了，还是你更合适。"

"为什么？"

"你难受，我可以把你照顾得舒舒服服的，我难受……就你那照顾人的本事，会直接把我气死的吧？"

心中的黑账瞬间又多了一笔。君子报仇十年不晚，黑猫警长你给我等着。

"行了行了，不说废话了。说点正事。待会儿，会有人来这里找我们，并且如果不出意外的话，还会住上一段时间。你最好做好心理准备。"

"爱来就来好了，看你说得这么吓人。不就是来个人吗？有什么心理准备好做的？"我随口嘟囔着，却又抑制不住心里的好奇，"男的女的？"

"我也不太清楚，不过我猜，应该是个女的，而且很漂亮。"冷炎一双眼睛里闪着讥诮的光，"冥主给你安排的人，怎么可能是男的……"

"又是测试是吧？不是说好了第三个人是林泉吗？怎么又来了个女人？"

冷炎只是看着我，笑而不语。

笑得像只狐狸。

不，黑猫。

不，死猫。

第五章
| 又见子鸢 |

不用他回答，问题自然而然地明白了。

因为没过几分钟，那女人就来了。

开着一辆非常拉风的救护车。

跑车一样的救护车。

敞篷的，被她开出了赛车的速度。

前一秒还只能看到一个小白点，后一秒就猛然冲到可以看清她脸上毛孔的程度。正在我担心她会不会把我心爱的轮椅撞飞的时候，只见她突然一个急刹车，橡胶摩擦路面，猛然迸发出一股焦煳味。

霸道地弥漫到空气中，把本来现在就很虚弱的我呛得连连咳嗽。

对，我坐轮椅了。

冷炎给我准备的。

就这一点来看，他还真是挺贴心的。

贴心……其实在他这里，贴心还有一个同义词，叫意淫。这个该死的黑猫警长最近特别迷恋叉战警，现在上演这么一出，肯定是把我当小教授，把自己当万磁王了。不过，当就当吧，别为了迎合角色把我变秃就行。

我一向想得开。

于是，我本来不情不愿，却又碍于浑身伤痛，不得不坐上那个全金属打造的闪闪发亮的轮椅，而他一脸满足外加讪笑地推着我，像迎宾一样站到了马路边。

嗯，就差再扯点彩旗，搞点鲜花，来个夹道欢迎了。

车一停，门一开，这女人爽快利落，酷炫地下车了。

半高跟皮鞋，纤细，小巧，火红的颜色，像霸道骄傲的朝天椒，看着诱人，吃了却辣嘴辣心，秒毁消化道。

流光溢彩的旗袍，金黄色底纹，上面缠着两条银光闪闪的蟒蛇，在依稀的晨雾中，滑腻腻、湿漉漉的，每一个鳞片都在发光，却并不晃眼，只像清冷的月光，低调却明亮。两条分叉的长舌头刚好舔到盘扣的地方，鲜红欲滴，艳丽非常。

当然是正在交欢的蟒蛇。

一定是正在交欢的蟒蛇。

她的腰身纤细，胸脯饱胀，她的脸端庄，端庄而厌倦，可是，如果你真觉得她厌恶世俗，那就错得很厉害。对于大多数人来说，红尘是永远都无法逃出的染缸，哪怕已经死亡也逃不出去，但是对她来说，这染缸本来就是她造的，她想来就来，想走就走，她肆无忌惮地嘲笑它，也发自内心地喜爱它。她对任何一个自己造出的东西，都怀着如此的感情。

没有人明白这种感情，因为没有人像她一样，如此频繁地造物。

当然是造物的，她披着一件医生们惯穿的白大褂，但她又肯定不是医生，因为她穿着它的样子，不止像救死扶伤的医生，更像是从天而降的上帝。

这让我想起林泉的袍子。林泉穿上这种袍子，最多只算是天使，而她的袍子更过硬朗，棱角分明，真的就是上帝的标配。

她的头发卷曲，是灿烂的金黄色，像蓬松的阳光。她的脸轮廓清楚，又是恰到好处的程度，不会显得特别深邃，让人看着别扭。她的皮肤很白，尤其是脸。不是像阿水一样被装扮过的白，而是天生的白，天生的苍白，白到没有一丝血色，白到像林泉一样，泛着点点的淡蓝。

她的嘴唇也是红色的，相同的色号。

也许，这才是最原本的色号。

安安、丁香、阿水，都是她。

安安、丁香、阿水，又不是她。

她是加强版的安安，自信版的丁香，理性版的阿水。

"能暂时收留我吗？"她走下车，一步一步地走过来，用和丁香一样尖细的声音，问我和冷炎。

很明朗的调子，不幽怨，也不忧伤。似乎我们完全可以答应，也可以不答应，但是，那种若有似无的压迫感，足以让任何人相信，她提出的问题，不管是谁，都最好给予肯定的答复。否则，她能做出什么来，也许连她自己也不知道。

子鸢。

一定就是子鸢了。

"当然可以。"我微笑着回答。

"好的，你们可以检查一下。"她满意地点头，把车门完全打开。

于是我们再次看到林泉。

确切地说，先是爬山虎，再是香蕉，最后才是林泉。

那爬山虎依然被插在酒瓶里，明黄色的酒瓶，香蕉的形状，却被削减得厉害，只剩了不长的一段，连带着稀稀落落的几片叶子，新鲜的伤口上，啪嗒啪嗒地滴着黄色的汁液。香甜黏稠，酷似香蕉。

香蕉般黄色的汁液滴在满车真的香蕉上，一根又一根标准的香蕉上。它们有着相同的长度和宽度，表皮是灿烂的金黄色，没有一点老化的样子，当然也没有一点青涩。

林泉就被埋在里面。

看不见他的身子，只能看见他脖子以上的部分。他的脖子依旧像昨晚一样白而纤细，只是枯萎了很多。他的脸也还是很白，常年不见阳光的白。白中偶尔泛着淡蓝。他的眼睛紧紧地闭着，看得出还在呼吸，却比昨晚更加微弱，几乎可以说是奄奄一息。

"不用检查了。直接开进去吧。"冷炎说。

子鸢微微颔首，走回车里，不再多说一句话，并且谢绝了我们（主要是冷炎）要帮她搬运爬山虎、香蕉和林泉的好意，让我们照常生活就好，不要被打扰。

"林泉病了，病得很厉害，我必须治他。至于酬劳，你们随时可以提。离开前，我会兑现。"这是她走进地下室前，对我们说的最后一句话。

我和冷炎什么都没有说，我们知道，她也根本不想听到任何回答。她这么说，只不过是例行公事一样的交代。

想要，接着；不想要，也得接着。

只是那地下室让我惊讶。

本来，考虑到林泉的健康状况，我打算给他们安排一个阳光更充足也更干燥的地方，没想到她开口就提地下室。

"他之所以会生病，就是因为被世界污染。虽然每个人都不可避免地被世界污染，但他更严重一点……所以我不希望再见到任何人造的东西，我需要一个有泥土的地方，那是生命的原点，也是生命的终点，只有这样的地方才能产生治愈他的力量。"

虽然听起来有点玄，也不知道是真是假，但是既然她都提出来了，地下室也刚好空着，她想住也就住吧。

我虽然生在这里，长在这里，却一次都没进过地下室。这是第一次跟他们一起下来。没办法，小时候觉得里面太过阴森，冷风阵阵，自然不愿意靠近，长大以后，又每天忙着修补灵魂，看惯冷酷邪恶，闲来无事，晒太阳净化心灵都来不及，哪还愿意去那么黑暗的地方。

确实，我对大部分东西都很好奇，但对于含有幽暗可怖因素的东西，向来是一点好奇心都没有的。

所以那地下室让我惊讶。

万万没想到，这同样是一个半地下室，圆圆的窗口上拦着铁栏杆，外面长着茂盛的草本植物，哪怕是阳光最好的时候，也只能照进来星星点点的光亮。

但是，里面竟然不是完全黑暗的，而是点着蜡烛。

两支半人多高的明黄色蜡烛。

这么多年，我一直都没有进来过。蜡烛是谁点的？难道它一直燃着？从我接手这里之前就开始了？

更让我惊讶的是，蜡烛摆在一张宽大的大理石书桌上，高度刚好伸到窗口。大理石书桌也是明黄色的，那本来应该也不是书桌。虽然上面凌乱地堆着一些书和纸张，可是，看那长度和宽度，肯定不会是书桌的尺寸，不过是暂时被当成书桌而已。

一种若有似无的腥味飘在空气中，酷似铁锈或血迹，至少积淀了一百年那种。

地下室里很逼仄。正后方是门，两侧是岩石材质的墙壁，凹凸不平，坑坑洼洼，斑斑点点地洒着暗红色的血迹，像被撕裂的花瓣，星星点点，被禁锢，被铭刻。左侧的墙壁上挂着长长的锁链，崭新无比，油黑发亮。右侧的墙壁，从下到上是一排又一排漆黑的格子，每个格子只有拳头那么大，里面却是空的。

靠近窗口的地方，那一小片天花板上，密密麻麻地长着暗青色的霉菌，形状像极了两只羽毛尚未丰满的大翅膀，蓄势待发，一飞冲天。

这到底是我的地下室，还是林泉的地下室？

我和林泉，到底是两个人，还是一个人？

一瞬间的迷乱，我本来想转头看冷炎，把问题好好地问出来，无奈坐在轮椅上，高度悬殊，最后还是决定不看也不问。

感受着轮椅冰凉的质感，看到子鸢毅然决然地走进地下室，毫不犹豫地把门死死地关上，鬼使神差地，我竟然这样对冷炎说。

"她不会死在里面吧？她不会早就死在里面了吧？林泉到底存不存在？"

"很多事情，你以为是的，就是的。"冷炎最近总喜欢打哑谜，声音却前所未有的真实，尽管这真实里透着一种沼泽里独有的清澈，"你听说过弗兰肯斯坦，或者哪吒吗？"

"你的意思是，林泉也不是自然人，而是被造出来的人？"我更加惊讶，但是，根据林泉的表现和子鸢的言行，这又一定是无比真实的现实。

冷炎默认。

"既然如此，子鸢又是谁？她和林泉是什么关系？林泉是不是她造出来的？她是不是我的那个子鸢？她们之间有没有联系，如果有，是什么联系？"

"陆一休，你好像总是忘了我是领路人。"冷炎苦笑，"只是领路人。而你要修的这八个生魂，都是冥主安排的。她到底想怎么样，谁都不知道。也许连她自己也不知道。"

第六章
| 病中往事 |

接下来，一连好几天，我和冷炎都没有再见过他们。虽然他们一直存在，可是这存在和不存在的区别，几乎也是没有的。他们在里面做什么、吃什么、休不休息、怎么治疗，我们完全一无所知。

其实，他们是什么样，和我又有什么关系呢……我既不想要任何酬劳，也不想知道这件事的来龙去脉。我没有心情去关心，更没有精力去处理。自从和林泉建立联系后，我就没有一天是舒服的。更糟糕的是，身体的虚弱也严重地连累了脑子。每天都过得迟钝昏沉、迷迷糊糊，除了睡觉，什么事都不想做。

最初，冷炎也确实像他说的那样，尽心尽力地把我照顾得妥妥帖帖，不过，没过多久，他就有点按捺不住了。

"你是不是该修修林泉了？"一个几乎热死人的午后，他如此好心地提醒我。

"啊，是啊，还要修他。对，我还得修他。差点忘了。"又一阵困意袭来，我打了个大大的哈欠，无精打采地说。

却屡屡碰壁。

碰得鼻青脸肿外加一鼻子一脸都是灰的那种。

都是子鸢那女人搞的鬼。自从她进到地下室，不知使了什么手段，把那里封锁得固若金汤、滴水不漏。不仅任何人的实体别想进去，哪怕灵魂也没法突破进去一分。

虽然说之前也遇到过这样的情况——有些人的梦境很坚硬，无法轻易突破和融入，却从来没有用小凿子突破不了的。

小凿子，懂吗？我最不喜欢用的东西。每次拿着这东西蹲在那里咔咔咔地砸别人的梦境的时候，我都觉得自己像极了过气的黄金矿工。

偏偏子鸢的防护比之前遇过的所有梦境都更为坚决和强大，简直堪与地心岩石媲美。

自从冷炎提醒过我，每天晚上，我都会带着小凿子去砸梦境，然而，就这样接连砸了快一周，完全没什么卵用，连一块碎屑都没敲下来。

也许生病的人脾气都容易不好，更何况在遭遇如此失败的时候。有好几次，我都恼羞成怒，可是，我的好奇也被点燃起来——子鸢到底是什么人？她能造出这么坚固的防护措施，不是修补师，就是领路人，而且是很高级的那种，至少比我和冷炎要高级得多，甚至比修补师和领路人还要高级得多。

也许，这也从一定程度上解释了——她为什么能找到这里，并且要把林泉带到这里治——一般人绝对做不到这一点。

如果是以前，遇到这样的硬骨头，我肯定会斗志昂扬，所谓对手越强大，我就越兴奋。现在，我如此虚弱，真是什么都不想干。

"你是忘了你们之间的联系吗？"后来，冷炎看不下去，再一次提醒我。

"哦，对，联系。还有联系。我们还有联系，差点忘了。"我勉强地应着，用的还是那种迷迷糊糊的语气，"但我觉得他非但没有被修好，反而越来越严重。最初见面的时候，他虽然虚弱，脑子还是清楚的。现在就连脑子也要彻底停转了。他的身体基本已经没有任何活动的迹象。被他影响，我也很累，我现在躺在床上，感觉随时都会融化进去。今天晚上，我不想再去了，打死我都不想再去了。我就想好好睡个觉，要不然，你就不只要准备轮椅，还要准备骨灰盒了。"

"骨灰盒挺贵的，没钱给你买。"

行了，人话不用人嘴说，就这样吧。不想和他一般见识。

碍于全身骨头的问题，这段时间，除了上厕所，我所有活动都在床上进行。现在依然是这样。

背后靠着柔软的垫子，贪婪地望着暮色，竟有点怀念起能自由活动的日子来。

怀念着，怀念着，也就又失去意识，陷入了无休无止的混沌。

这次是条纹衬衫。纯亚麻的，皱巴巴的，白色和蓝色相间，又细又窄，像被白云切割过的天空，又像一道又一道坚不可摧的铁栏杆。

却和地下室没有一点关系，和任何幽暗的地方都没有关系。

它从天而降，被风鼓出奇怪的形状，里面包裹着几近报废的躯体。

如果竹竿也算是躯体的话。

不仅是竹竿。

还是被粗劣地缝补过的竹竿。

香蕉状的竹竿。

说是竹竿，但肯定不是真的竹竿。或者，到底是不是，也很难分清楚。但它的外面明显蒙着一层皮，还是很白的皮，虽然是苍白，却是真的皮。

皮上到处都是细密的针脚，透过皮肤，隐约看见里面流动着满满的黄色汁液。

它的顶端是有头的。

我是很熟悉那个头的。

林泉。

他像纸片一样从天上飘下来，像纸片一样贴在我身上。贴得很紧，足以使我感受到他身体的任何部分。

很快，我竟然有了反应，或者也分不清，也许只是他有了反应。

"我来找你，我必须来找你。在最后的时日里，我必须把我的故事讲给你。"他附在我耳边，这样轻轻地说。

然后一阵旋风吹来，把我们一起吹上了天空，就像两张一模一样的纸，我们掠过开满鲜花的土地，掠过清澈奔流的运河。我们从黑夜来到白天，又从白天沉入另外一个黑夜。

漫天星光中，我看见一个年轻人独自行走在茂密的草坡上，天空中没有月亮，四周黑漆漆的，却一点都不让人觉得害怕。风在吹，花在开，田野一望无际。他不算强壮，却有着结实的肌肉和健康的肤色，看起来又活泼又快乐。他的脸上也确实是带着笑的，为泥土而笑，为昆虫而笑，也为阳光和风而笑。

璀璨的街灯下，我看见一个年轻人独自行走在空旷的大街上，天空中没有月亮，却也不需要月亮。只是一切危机四伏，而他衣衫不整，摇摇晃晃，满身酒气。他还是在笑，疯狂地笑着，扭曲地笑着，他的衣服上满是酒渍，散发着浓烈的来自不同女人的香气，他的脖子上有吻痕，也有唇印，像坚韧又热烈的火苗，开遍身体，腐蚀灵魂。

迷幻的空间中，我看见一个年轻人混迹于欲望和刺激的王国，沉耽其中，不屑自拔。声响，震耳欲聋的声响：色彩，炽烈而邪恶的色彩。一开始，所有的色彩都是黄色，最终转为惊人的乳白色。一股，又一股，到处都是乳白色。还有香蕉，到处都是香蕉，大的、小的，长的、短的，粗的、细的，青的、黄的……紫红的。然后是蛇，银白的蛇，无数条银白的蛇从看不见的地方游出来，妖娆魅惑地游离于各种各样的香蕉之间，看起来很满足，却始终不会为谁停留。

他的精力被消耗，但他更为亢奋；他的身体被损害，但他更为满足；他无法控制自己喷薄而出的欲望，幸好他也不屑于那样做，他想要更多，更多，永远是更多，哪怕无法呼吸，哪怕无法承受，他也要更多。

他希望看到极限，但他是有感情的，这不只是简单的神经的刺激，这是他对人们最大的赏赐，也是他对人们最后的悲悯。没错，对安安，对丁香，对阿水，对千千万万个女人或者男人，他都是有感情的。他对全人类都是有感情的。他爱这个世界，他爱这个物种，他疯狂地爱，也疯狂地消耗。哪怕最后只剩一抹虚空，哪怕最后一块筋骨肉血都已耗干，才是极乐，才是极致。

"我正是在那个时候遇到安安的。"沉默了一会儿，林泉终于开口向我解释，"或者说，也不是遇到，而是她来找我。很久以前的事了。确切地说，她结婚之前，就和我有过关系。她是个十分大胆的女人，她希望可以征服我，一个所谓的没什么名气的三流作家。也许，在大多数人眼里，只要是作家，就一定是有才华的吧……她也这么认为。她被我的才华吸引就像蚂蚁被蜂蜜吸引。很可惜，她不是我的第一个女人，也不是最后一个。但她从来都不知道。她一直以为她真的征服了我，因为我真的做出了一副被她征服的样子。"

"所以，她这么多年一直没有再找，是因为和你旧情复燃？"我问。

"没有旧情复燃。"林泉的语气里带着一丝嘲讽，"从来就没有什么旧情复燃。她对我没有感情，我对她也没有。我们在一起，她要的是征服的快感，我要的是打发寂寞，你可以说我饥不择食，也可以说我是黑洞，的确是这样子的。我不否认这一点。而她，她也很在乎身体的感受，但我们能给彼此的只有身体，所以她结了婚，然后天真地认为，她那个正派严谨的精英丈夫也可以满足贪得无厌的她。怎么可能……别说完全，连十分之一都没有。但她控制不了，她想要，她疯了一样地想要。无论白天黑夜，她都疯狂地要，最终，他死了。"

　　"你是说……精尽而亡？"我问。

　　"倒也不算。因为这不是突然发生的事情，而是一个漫长的过程。其实他身体很好，但是，再好的身体，也禁不住那样的折腾。我不一样。我虽然体质不是太好，从小就有些病弱。可这又有什么关系，我玩得起。我可以把自己发挥到极致，也可以让她体验到死亡一样的快乐。"

　　"然后就是丁香？"

　　"差不多。丁香是下一个转折点。不过，这些事情都是同时发生的，没有先后之分。我越来越贪婪。是的，贪婪。我不怎么在乎物质，所以也不太喜欢赚钱，只是写点东西，足够糊口就好。我每天有大量的时间，我周旋在不同的女人中间，这是我生命的源泉。没错，这会损毁我的身体，消耗我的精力，但和精神的快乐比起来，也就什么都不算。白天，我待在家里，喝酒、写东西，或者迷迷糊糊地睡觉；晚上，我走出家门，寻找藏在各个角落里的风月们。从这个角度来说，我的确没有浪费我的才华。大多数女人，正是因为看中了我所谓的才华，才一个又一个地贴上来。我从来不会主动，只是安静地等着，然后不做挑选，一视同仁。除了丁香，丁香是个很特别的姑娘。"

"是的，她似乎真的在乎你，喜欢你。"

"哈哈，喜欢？哪有什么喜欢，如果真的喜欢，她也不会主动靠上来了。我是很奇怪的东西。我希望人们尽量离我远一点，因为靠近我代表着堕落，但我又希望人们能疯狂地靠过来，因为堕落就是人的本性。他们应该证明这一点。当然，崇高也是，爱和信任也是，所以你看，人性到底是多么复杂的东西。"

"她也像安安一样，是听说了你的名声才接近你的？"

"不是。我们纯属偶遇。她是个忧郁的姑娘，总是闷闷不乐，一开始，我帮了她不少忙，也总能逗她开心。后来，她接近我，也许正是觉得我这里有光明和温暖吧。我最初是不想碰她的，因为这样的姑娘，我已经很久没有遇到了，她就像开在清晨里的纯洁欲滴的丁香花，让人不忍去折下，更不忍去玷污，至少我是这样的，我知道有些人就是喜欢摧残美好的事物，但我不是这种人。"

"所以是她主动的？"

"没想到，对吧？你也已经见过她，她实在不像那样的人。那样的姑娘，怎么会在这方面如此主动？我一开始也觉得惊讶。我还拒绝过几次。我不想打破这美好的幻影，但她执拗起来，真的是九头牛都拉不回来。而我又是个正常健康的年轻男人，虽然当时我已经不怎么健康，至少还是正常的，于是，几次三番，事情也就发生了。"

"后来她开始纠缠你？"我想起树林边丁香的话，猜测道。

"是的。真是很麻烦。我能理解她的想法，也了解她内心的渴望。每个女人都是这样，只要接近我，她们就都免不了有这种想法，但我不得不嘲笑她的自大。她们的自大。她想让我只属于她一个人吗？怎么可能。她身上确实有吸引我的地方，安安身上同样有吸引我的地方，和我交往过的女人，每一个的身上都有吸引我的地方。这又能说明什么？她们都觉得自己是我的唯一，实际上，她们不过是一个又一个残碎的影子。唯一……我的唯一早就有了。子鸢，子鸢才是我的唯一。我之所以愿意看她们一眼，和她们玩上一段时间，完全也是因为子鸢。"

"你这话，要是被她们听到，应该会很伤心吧……"我不禁唏嘘。

"伤心？又有谁是不伤心的呢？伤了，慢慢长上就好。长不上，继续伤着也没关系。多来几次，也就习以为常了。"林泉淡淡地说着，说不尽的冷酷和漠然，"这种事情，谁太在乎，谁就输了。"

第七章
| 巨蟒修罗 |

"是吗？你不是也很在乎吗？如果你不在乎，为什么要接二连三地找子鸢的替代品？那天晚上，你让我看见安安，看见丁香，看见阿水，还不就是想向我展示这一点？她们都有着相同的口红色号，她们都是子鸢的影子，子鸢……你们到底发生过什么？她究竟是谁？"

"你的问题真是很多。陆修，没想到，你虽然是个男人，在这方面，却比女人还要麻烦。不过你还是挺聪明的。没错，一切都是幻象。我可以制造幻象，这是子鸢赐给我的天赋。我希望有人能看到我的经历，然后或悲或喜。很卑微的心理，是吧？拼命想在世界上留下痕迹，拼命想被人记住，什么人都行。"

当然是这样的。所以安安才会没有手链。她根本不是真实的人，而是经过改造的，林泉脑中理想的形象。由此看来，林泉一定很不喜欢那条手链，所以才故意隐去了这一部分。

"你对我讲这些，也是希望我可以记住你，是吗？"我皱眉问。

"之前，我的确是这样打算的，但现在，已经不算是了。因为子鸢来了。她终于还是来了。她来了，一切都结束了。她来了，一切也都开始了。陆修，你不知道我们之间都发生了什么，如果一切顺利，你也永远不可能知道。其实，你也没必要知道。谁都没必要知道。现在，趁着还有机会，还是讲一下我和阿水的故事吧。我确实是有一点喜欢她的，我对她的喜欢程度，比安安和丁香要多得多。所以既然讲了安安和丁香，也就一定要讲她。不然未免太不公平，毕竟，她是最接近子鸢的人，这一点，那天晚上，我已经对你说过。"

"是的，你说过。"

"很小的时候，我就已经认识她了。很美好的相识，虽然在外人看来，我们相差悬殊——我打扮得干干净净、整整齐齐，像个彬彬有礼的小绅士，而她穿得破破烂烂、花里胡哨，像一只落难的小野鸡。"

"你这形容……倒是特别。"

"确实，不过我一点都没有夸张。她当时只有十岁，却已经是一个马戏团的见习驯兽师了。说是马戏团，其实不过是四处游荡的江湖班子。里面几乎没有成年人。除了团长，最大的孩子只有十六岁，最小的就是阿水。他们本来就是无家可归、四处流浪的孩子，过惯了饥一顿饱一顿的日子，所以，跟着团长，开着卡车，走南闯北地演出，其实也不觉得苦。至少，大家在一起，比独自一人的时候好很多。而团长虽然有点贪财，对他们还是不错的，几乎就像对自己的孩子一样。他们能表演的节目很多，走钢丝、喷火……一般马戏团有的，他们都有。当然，作为马戏团，最吸引人的就是动物表演。除了一般的老虎、马、猴子之类的动物，他们还有两个镇团之宝。"

"两条蛇？"我想起那天晚上的幻境。

"是的，就是两条银光闪闪的大蟒蛇。看起来吓人，实际却很温顺。也不知道团长从哪里弄来的，应该花了不少钱吧。阿水算是孩子们里比较有天赋的，她聪明、漂亮，天生有很强的表演欲，除了做见习驯兽师，也经常客串小丑，也就是那天晚上我向你展示的那些。我第一次见她的时候，她就是那个样子的。我之前从来没有见过真的小丑，最多只是从书上或者影视作品里看到过。更何况，这个小丑还是和自己年龄相仿的小姑娘扮的。我一下子对她有了好感，他们表演的时候，我每一场都会去看。"

"可是他们不会总停在那里吧？"

"对。没过多久，他们就去了另外一个地方。但这不成问题，我想了一点办法，也就一起跟了去。正是在那时候，我知道她除了要演小丑，还在熟悉那两条蟒蛇。一开始，我有点害怕，不是害怕蛇，而是害怕她被夺走。因为做驯兽师和做小丑不同，每天都要和蛇共处，但她很喜欢，所以我的担心也逐渐真的成了现实。很多时候，我甚至怀疑，她不知不觉地爱上了那两条蛇。是的，爱上。那时候，我们都到了十四五的年纪，对什么是爱，已经有了朦胧的感觉。她每天忙工作，和我在一起的时间越来越少。诚然，马戏团里还有很多年轻漂亮的姑娘，我们每到一个地方，也可以遇到很多喜欢我的女孩，但我不屑一顾，像之后爱着子鸢一样，年少的我全心全意地爱着阿水。或许也谈不上是爱，只是好感。但即便如此，当时在别人身上，我也从未找到过那种感觉。"

"可是她却越来越疏远你，对吗？"

"是的。我们不仅不在一起打闹聊天，甚至好几天也来不及说上一句话。不是那种打招呼式的没什么内容的话，而是真正地坐下来聊聊天。于是我开始嫉妒，嫉妒而愤怒。为了能和她在一起，我不惜混进乱七八糟的马戏团，而她竟然还这样对我。也许在她心里，我还不如那两条蛇吧？多么可笑的想法，但我当时就是那么想的，怒火冲昏了我的头脑，嫉妒腐蚀了我的灵魂。一个晚上，趁大家睡觉的时候，我拿着一把刀，死命地把那两条正在交欢的蛇砍成了好几十段。"

听着林泉的故事，我已经不知道该说什么。那天晚上的预示果然是不错的，香蕉形的星星把天空刺得遍体鳞伤……

"到处都是血。白色的、红色的，混在一起，溅到我的身上、脸上，让我兴奋，也让我绝望。我也受了伤，可我早就知道它们没有毒，所以也就没什么大不了。本来，我以为杀了它们，我就可以变得开心起来，但看着满地一段又一段的蛇尸，我只觉得恶心。为自己感到恶心，也为这段感情感到恶心。我没法再和她在一起，哪怕这两条蛇已经死了也不行。也正是在那个时候，我忽然觉得，也许一切都和这两条蛇没关系。我连东西都没有收拾，只是带着那把刀，趁着夜色，头也不回地回到我最初的地方，自那以后，有好几年的时间，我都没有再见过她，也没有听过关于那个马戏团的任何消息。"

那把刀，那把藏在半地下室里，悬在林泉的头上，不断滴着液体的刀，岂非正是那一把？

"等我再见到她的时候，她已经疯了。疯得比那天晚上你在树林里看到的还厉害，疯到比你见见过的任何一个疯子还离谱。她还记着我，这是很值得庆幸的，但我不知道自己要不要因此而感到高兴。我觉得这一切都是个笑话。当初我们本来可以有更好的机会，却阴差阳错地被糟蹋成那个样子，现在，她终于失去理智，我们才可以再续前缘。我走之后，马戏团里到底发生了什么，已经不得而知。她几乎丧失了语言的能力，大部分时间里，只是呆呆地冲我笑，我试过问她，可是她一个字都说不出来。不过，大概也是可以猜到的。马戏团失去了镇团之宝，生存变得愈加艰难。本来，喜欢看马戏的人就越来越少，之后更是雪上加霜，所以应该是解散了。而阿水，也不知道经历了什么，最终变成了那个样子。"

"你还爱着她？"

"我不确定，一直到现在我都不确定。我不知道那是不是爱，但我清楚，她来得已经太迟。我已经为子鸢献出了一切。我本来就应该为她献出一切的。现在凭空多了个阿水。她来了，却始终来迟了。我不能眼睁睁地看着她不管，又不能真的像从前一样对她。真是不知道应该怎么办才好。我本来想把她送到疗养院，却又不放心那里的人会不会好好对她。最后，我想到了一个绝妙无比的办法——像对那两条白蛇一样，只是，这次不是蛇在交欢，而是我们在交欢。就在我们都到达愉悦的顶点的那一瞬间，我又抽出了那把刀，我早就准备好了那把刀。我开心地用它结束了她的生命。当然，也是有一点遗憾的，但是我清楚，她这样活着，本来就生不如死，我也不愿她死在我的手上，但我不得不那么做。"

等到终于讲完这个故事，笑容如同藤蔓植物一样，一点一点爬上他的脸颊。确切地说，是爬山虎。

他说着令人悲伤而惊悚的故事，但他真的在笑，开心地笑。我一时间不知道应该作何反应。我是该修补他的，这是个很好的机会，但我遇到了一个非常特殊的问题——他这样的灵魂，其实从一开始就不需要被修补。

和大部分正常人不同，他具有独特的自我修补的能力。从这个角度来说，他甚至比我更适合做修补师。因为他的内核无比强大，无论想什么，做什么，一经决定，就无论如何都要做到。不管外界有多少反对的声音，他都会微微一笑，不屑一顾。

他是永远不可能被打倒的。哪怕被伤害，也会很快愈合。并且，伤害越严重，他就会变得越强大。

任何人站在这样的人面前，都免不了相形见绌。

只可惜我不是人。

这一点，冷炎说得很对。

"你现在，有什么想要的吗？"所以，我盯着他的眼睛，一字一句地问着。

"你是要开始修补我了吗？"他一下看穿我的意图，然后一脸无所谓地笑着，"冷炎应该已经对你说过了吧？我不完全是人，所以，你也很难用一般的方法修补我。其实，说到修补，我自己也可以。同样，这也是子鸢赐给我的能力。不过，我的修补权限，仅在于身体。你可以把我想象成一个被堆出来的积木。这也是子鸢明智的地方。她担心我会像常人一样死去，特意分开了我的身体。我浑身上下的每一处地方都是随时可以被拆卸的,这样如果出了问题，就可以轻而易举地替换，你一定想问，用什么替换，其实这根本不用问，用那些香蕉，你看到的黑格子里的香蕉。它们当然不是香蕉，只是长相类似。这么多年以来，我用它们换了四肢，换了皮肤，换了内脏，换了所有能换的东西，最后只剩了脑子。我不是不能换掉它，而是不想，因为一旦那样做了，就像电脑被重装系统一样，所有的记忆，也就都荡然无存了。"

"所以，你现在正是要换掉它，是吗？于是你才把这一切都告诉我，你希望我能再讲给你听，就像复制、粘贴一些文件？"

"没错。"

于是就有了办法。

他并非一无所求。虽然他一直做出一副什么都不在乎的样子——不在乎健康，也不在乎生命，不在乎别人，也不在乎自己……实际上，他很在乎。

当然，他是在乎子鸢的，但是，除了子鸢，他还有在乎的东西。也许，他在乎这样东西，和在乎子鸢一样，或者比子鸢还要再多一点。

这让我有些意外，但他确实这样表现出来了。

记忆。

他在乎他的记忆。

"如果，有一个让你的脑子永远运转下去的办法，你愿意试试吗？"我这样问着他，而他的目光变幻莫测，深不见底。

第八章
| 坦白的怪物 |

他只是那样看着我，他一直那样看着我。他什么都没有说。因为他已经说不出来。他张着嘴，他还在变动口型，但是声音完全消失了，像所有的空气一瞬间被抽干。但他还没有意识到，他还在说着什么。

他的目光幸福，幸福而惊恐。

一个黑色的小球从天而降，像是光滑而特别的陨石。它带出一条亮丽的火光，烧灼着林泉身上的条纹衬衫,把白色和蓝色都扭曲在一起，翻成彻底的黄色。

香蕉一样的颜色。

他的身体依然孱弱，就像一张几乎消散的纸片。明黄色的火焰燃烧他的全身，却像冷炎的火焰一样冰凉，致使他本来就很苍白的皮肤变得愈加苍白。

他的全身布满细密的针脚，里面流动着满满的黄色汁液。

火焰越盛，汁液越多。

子鸢来了。

在降落的过程中，小球越变越大，像被泡发的干菜，膨胀到令人匪夷所思的地步。它的每一个细胞都在膨胀，重组，最终落到地上，完全变成我和林泉都熟悉的样子。

一个被爬山虎叶子掩映的半地下室，窗口的铁栏杆旁有两支半人多高的明黄色蜡烛，下面是一张宽大的明黄色大理石书桌。

那本来应该也不是书桌。虽然上面凌乱地堆着一些书和纸张，看那长度和宽度，肯定不会是书桌的尺寸，不过是暂时被当成书桌而已。

一种若有似无的腥味飘散在空气中，酷似铁锈或者血迹。至少积淀了一百年那种。

书桌的角落里放着酒瓶，里面插着一支旺盛生长的爬山虎。那酒瓶也是明黄色，被做成香蕉的形状，在烛光下，熠熠生辉。

酒瓶上面，半空中悬着一把刀，没有被任何东西拴着，就那么凭空地悬着，摇摇晃晃的，有半条胳膊那么长，像是砍刀，刀身却秀气得很。

从刀柄向下，不断地滴着什么，像是黏稠香甜的香蕉汁，但又应该不是。因为它似乎拥有神奇的魔力，只要一滴到爬山虎上，爬山虎就会快乐地摇动叶子。

地下室里很逼仄。正后方是门，两侧是岩石垒成的墙壁，凹凸不平，坑坑洼洼，上面斑斑点点，洒着暗红色的血迹，像被撕裂的花瓣，星星点点，被禁锢，被铭刻。左侧的墙壁上，挂着长长的锁链，崭新无比，油黑发亮，右侧的墙壁，从下到上是一排又一排漆黑的格子，每个格子只有拳头那么大，所有的格子里都塞着香蕉，并且只有一根。

靠近窗口的一小片天花板上，密密麻麻长着暗青色的霉菌，像极了两只羽毛尚未丰满的大翅膀，蓄势待发，一飞冲天。

终究是可以飞的。

子鸢来了，林泉知道，我也知道。

但她也只是来了。

那个冷艳沉默的女人，看来深谙克制的艺术，始终没有真的现身。

半空中漂浮的地下室悄无声息地降落到地上，像一个最轻盈透明的气球。林泉一直在看着它，目光中满是迷醉。

终于不由自主地走近它。

笼子。

这就是个笼子。

林泉走路的样子，因为酷似香蕉，特别诡异，同时，因为他满足的迷幻表情，也足够让我相信，他就是被禁锢的。

他喜欢禁锢的记忆。

他真的是很爱子鸢的吧。

自投罗网。

"你真的怀念吗？"我追上前去，一把扯住他，鬼使神差地问着，"你真的还愿意过这种生活吗？"

林泉没有反应，像一只扑火的飞蛾，像一台永远也停不下来的机器。看着他的样子，我忽然想起葬婴塔前的胡狸。她被冷炎吸引的时候，也正是这个样子的。

毁了地下室吗？

我毁不了。

子鸢创造的东西，我不可能毁得了。

看着这个封闭的小空间，我似乎看到了半空中，或者藏在云端，或者藏在随便什么地方，正面无表情地看着这一切的子鸢。她真的就像造物主一样——高高在上，明晰所有事情的发展走向，随时操控，随意改变。

除了林泉。

林泉是我的。

林泉是我。

林泉一定是我。

如果一个人连自己都没法控制，该是一件多么失败的事。

沉闷的爆裂声，吹弹可破的苍白皮肤被撕裂得荡然无存，就像当初那两条被砍成无数片的，银光闪闪的蟒蛇。饱满的汁水一下子从他的体内迸发出来，像一只终于上天的礼花，一飞冲天，尽数洒到我的身上，也洒到明黄色的土地上。

明黄色。

当然是明黄色的。

在那个世界里，他是王。

却是虚假的王。

他逃不开子鸢。

所以这虚假的明黄色，便不要也罢。

却没有伤口。

虽然他的身体被如此惨烈地毁坏，但他的脑子还在。完整的脑子，带着苍白的脸和英俊的面容。他的脖子下面没有任何皮肉断裂的痕迹，光滑得令人吃惊。

就像一个玩具。

他本来就是一个被子鸢造出来，聊以打发时间的玩具。

看到变成这样的林泉，远处的地下室在抖动，带动上面的爬山虎在抖动，铁栏杆也在抖动，大理石书桌产生裂纹，明黄色的烛火几近熄灭。

这地下室就像忽然有了生命。

它本来就有生命。

子鸢造了林泉，也造了它，她把林泉养在这里，像养一只贵重的金丝雀。

只是，不知道它现在是在哭，还是在笑。

谁又看得出来呢？

哭，或者笑，都是会引发抖动的。

也许，又哭又笑，也是有可能的。

真是一颗坚不可摧的头颅。似乎那黄色的液体只对爬山虎有用。虽然林泉的头因为失去身体，不可避免地掉到被黄色汁液浸润的土地上，那土地虽然看起来漂亮，其实无比肮脏，但这颗纯洁的头颅，依然像任何时候那样，新鲜活泼，一尘不染。

它甚至跳了起来。

愉快地跳了起来。

它跳到我的手里，虽然他的嘴已经张不开，但他还有眼睛，他的眼睛还能动。

就算他的眼睛不能动，他也是要自由的。

他也是自由的。

他重视过往的记忆，又一直被它们禁锢，他宁愿从此消失，也不愿放弃自己的记忆。

这样一个人，是应该享受自由的。

也是应该有一双翅膀的。

这简直是我做修补师以来，唯一最愉快的一次修补。

念动心动。

　　没有任何疼痛，也没有任何负面情绪，只是沉浸在幸福、快乐、飘飘然的氛围中。在我专注的目光下，在我黄色内魂的影响下，源源不断的能量从我的掌心流到他的头颅中，致使他的两只耳朵变大、变长，最终变成两只宽大骇人的翅膀。

　　毛茸茸的。

　　五彩斑斓的。

　　"你自由了。"我低下头，笑着对他说，"你可以永远保留记忆。你当然应该这样做。毕竟脑子才是最重要的东西。身体不过是一个载体，能珍惜的时候，当然要尽量珍惜，如果不得不抛弃，弃之如敝屣，其实也没什么可惜。"

　　我不知道这是在对他说，还是在对我自己说。

　　因为我们的感觉是一样的。

　　我们本来就是一样的。

　　"真是独特的方式。"我听见林泉这样对我说，"以前，我虽然长得像人，却一直觉得自己是个怪物，现在，你毫不留情地扒掉了虚伪的外衣，真的把我弄成了怪物，一下子，我还有点不太适应。不过也好，这世界上谁不是小丑，谁又不是怪物？对于怪物来说，展示出来，总比藏在心里好太多。其实，就算真的展示出来，谁又能真的做出惨绝人寰的事呢……他们始终是人，我们始终是人，人性中当然有黑暗的一面，但它的底色始终是光辉的。"

　　我不知道是他在对我说，还是我在对自己说。

　　因为我们的感觉是一样的。

　　我们本来就是一样的。

　　"是的，所以你根本不用担心什么。这世界是属于他们的，也是属于你的。现在,你有这样大的翅膀,那样高的天空,就算飞翔在阳光下,也会被认为是只美丽的大鸟。当然,如果你还是觉得不舒服,夜晚的时候出来,也是可以的。"

怪物不一定非得藏在黑暗里。如果可以走得更远,飞得更高,懂得如何和流言蜚语保持距离,一切也没什么大不了。

于是林泉心满意足地飞走了。

我看见他带着全部的最珍贵的记忆,飞翔在明媚的阳光下,越飞越高,越飞越高,最终奔向五彩斑斓的未来,消失在璀璨自由的蓝天里。

他的精力再也不会被消耗,他的身体再也不会被损害,他终于可以控制自己喷薄而出的欲望,因为那欲望本身就是虚幻不实的。

也许连他自己都没有发现,其实他一点都不喜欢欲望本身,他想要更多,他所谓想看到极限,只是在做一场荒唐的困兽之斗。

退而求其次。

始终没有极限,也没有刺激。只是和人们在一起,他希望能留下一点什么,被记住一点什么。这是他对人们最大的赏赐,也是他对人们最后的悲悯。没错,对安安,对丁香,对阿水,对千千万万个女人或者男人,他都愿意赏赐,也愿意悲悯。他爱这个世界,他爱这个物种,他疯狂地爱。

我看见他终于告别欲望和刺激的王国。声响,震耳欲聋的声响;色彩,炽烈而邪恶的色彩。然而没有黄色,也没有乳白色。本来就是没有的。这王国里的一切,本来就是透明的,像空气一样。看不见,摸不着,却又无处不在。

我看见他独自行走在空旷的大街上,天空中没有月亮,却也不需要月亮。一切都是静谧而美好的,就算没有一丝光亮,就算沉入深不见底的黑暗，也是静谧而美好的。他穿得整整齐齐，规规矩矩，安安静静地走着。他还是在笑，笑得幸福而满足。

我看见他独自行走在茂密的草坡上，天空中没有月亮，四周黑漆漆的，却一点都不让人觉得害怕。风在吹，花在开，田野一望无际。他不算强壮，却有着结实的肌肉和健康的肤色，看起来又活泼又快乐。他的脸上也确实是带着笑的，为泥土而笑，为昆虫而笑，也为阳光和风而笑。

然后一阵旋风吹来，把我们一起吹上了天空，就像两张一模一样的纸，我们掠过开满鲜花的土地，掠过清澈奔流的运河。

我们从黑夜来到白天，又从白天沉入另外一个黑夜。

而那个地下室，那个禁锢了他，也禁锢了我的地下室，最终化作一个比灰尘还要微小的黑点，在清澈的风中，飘飘摇摇，直上天际。

不知道去了哪里。

第九章
| 她的另一半 |

爆炸声。

震耳欲聋的爆炸声。

深夜震耳欲聋的爆炸声。

猛然睁开眼睛，浑身前所未有的通畅舒爽。所有的病痛都消失了，包括顽固而恼人的炎症。似乎在漫长的休息后，骨头和韧带终于机智地自动重组，大发慈悲地还我一个和之前一样健康坚韧的陆修。

冷炎却不在。

闪电刺破夜空，深入到不知名的地下，像痛苦翻滚的银蛇终于回归温暖黑暗的洞穴。然后是雷声，一个接一个的雷声落下来，每一个都精准地向着地下室的方向。

到底是爆炸声还是雷声？

分不清了。

我只知道冷炎不在。这让我很焦虑。这样的天气，这样的时候，他不在我身边，会去哪里？

歌声响起，含混而美妙的歌声。十分清爽的声线，一路高昂上天际，让人沉浸其中，甘愿溺死。

然后是钢琴声，深沉而绵长，每一下都像踩进灵魂最深的地方，一步一步，无比沉稳，也无比安魂。

同样来自地下室的方向。

我一跃而起，没来得及换衣服。不需要换，哪怕一丝不挂，也是无所谓的。我必须尽快赶到。我是厌恶黑暗的，但我从来都没有像现在这样渴望黑暗。

因为冷炎在那里。

我知道他一定在那里。

即便沉入深不见底的深渊，只要是他，我也是要毫不犹豫地奔去的。

只是我也从来没有见过如此的冷炎。

满目烛光的地下室中，他穿着白得发光的白衬衫和白裤子，最昂贵的丝绸，看不出任何走线和拼接的痕迹，就像传说中无缝的天衣。上面是有扣子的，每一粒扣子都是整颗的红宝石，像在禁锢中流动的血液，红得发亮，亮得耀眼。衬衫外面是一件同样顺滑的燕尾服，比黑夜还要浓烈的黑色，不知道里面加了什么东西，挺括得让人吃惊，映衬出他浑身硬朗而完美的线条。

他没有戴帽子，然而那一头略长的黑发服帖地垂着，显出适度的克制和优雅，像一个最合格的侍者，也是最忠诚的骑士。

他的面前是一架钢琴，却和我房间里的不同。其实我从来都不知道这地下室里还有钢琴，这房子里的事情，我确实还有很多不知道的。

这钢琴的年代十分久远，如果说它就是世界上第一架钢琴，恐怕也会让人不由自主地相信。它的盖子是原木的材质和颜色，只是在岁月的侵蚀下，早已变得斑驳不堪，上面星星点点地长着霉菌和蘑菇。而所有关于金属的部分，包括琴键，都蒙上了厚厚的锈迹，又不知被什么打磨过，变成了漂亮的褐色，像古老的干涸的血迹。

除了琴键。

十分独特的琴键。

没有黑白，只是黄。

明黄。

又是明黄。

子鸢的颜色。

整个地下室里，看不见子鸢的影子，她好像是不在的，但我知道她在。我不仅知道她在，我还知道，她就是我的子鸢。

她一定是我的子鸢。

就像是我的胡狸一样。

我还记得她们，我记得胡狸，记得子鸢，记得成遗梦，我永远不会忘了她们，虽然我已经记不清很多事，但是这些人，我永远不会忘记，就算她们已经忘记我，我也不会忘了她们。

我不会有一丝一毫背离我的过去。

也不会有一丝一毫背离我的记忆。

"陆修过得好不好？子鸢过得好不好？我不奢望知道答案，但我希望他们能过得好。而我自己，还可以再来一个晚上，以后……不管发生什么，都再也不会来了。"

我突然想起冷炎的话，直到现在，我才终于明白些许它的含义。但这世界上就是有很多事是这样。明白了，还不如不明白的好。

过去，怎么提起？现在，怎么存在？

"你是修补师，我是领路人。陆修，我是领路人，你的领路人。我知道你怎么想的，怎么做的，一直都知道，所以你不必说。的确是没有必要说的。我是领路人，你是修补师，所以的确是没有必要说的。"

冷炎背对着我，他的手依然在琴键上跳跃，我的到来似乎没有对他产生任何影响，但我知道他的内心就像深藏在海底，正在猛烈喷发的火山。他没有转头看我一眼，但我能感受到他眼中濡湿的深刻目光。

像两眼精细却优质的泉。

只是快要干了。

然而他的语气依然平静，像波澜不惊的海面，下面翻江倒海，上面阳光普照。

"子鸢，你出来！"

我本来不该这样说的。我怎么能这样对一个造物主一般的存在？但我一定要这样做。因为我是陆修，而冷炎在这里。哪怕我没有足够的能力，没有与她对抗的资本，哪怕我这样做会触发一连串的可怕效应，导致再也无法挽回的结果。

也一定要做。

"子鸢，你出来！"

我知道这很无礼，也知道这很冒险，但无礼并且喜欢危险，岂非是一直埋藏在我心里的渴望？

那才是真正的我。

真正的怪物。

闪电更急，雷声更响，几乎分不清先后，一波接着一波，像世界尽头的白光，打在我的身上，也打在冷炎的身上，看上去像无形的凌厉的鞭子，却一点感受不到相应的疼痛。

坍塌。

确实是很奇怪的事，地下室怎么会坍塌呢？地下室根本就不会坍塌的，它上面还有承重，它只会深陷，不会坍塌，但它的确坍塌了。就像送走林泉之前，我们一起见到的那个飘飘摇摇的地下室一样。

它剧烈地抖动，然后碎裂，像一片又一片蝴蝶的翅膀，但是那五彩斑斓的颜色，又更像鹦鹉那绚烂的羽毛。

房子忽然缺了一角。爬山虎、香蕉、蜡烛、大理石桌子……锁链，所有的东西都发出耀眼的明黄色光芒。

全部的光芒聚在一起，用全部的热情把房子融出了一个洞。灿烂的金光中，一只手，一只纤细的、雪白的手被簇拥着出现在半空中，而手的主人终于愿意开口和我说话。

"陆修，你真的想见我吗？"

我看不清她的脸，也不知道她有没有身体。大雨终于落下，打得我根本睁不开眼睛。其实器官本就是负担，眼睛看到的也不一定就是真实的。即便闭上眼睛，她的音容笑貌，也依然浮现，历历在目。

"你已经听过林泉的故事，现在，你想听听我的故事吗？或者说，你要不要知道事情全部的真相？"她继续问着。

歌声已经停了，因为她正在和我说话，怎么能同时唱歌？她虽然有很多令人匪夷所思的能力，这种能力，还是没必要有的。

但钢琴声依旧，调子却越发激越。

已经不是安魂，而是战魂。

"全部的真相就是，你造了他，然后爱上了他，是吗？"我问。

"这只是开始，确实，只是开始。上帝造人的时候，怕亚当一个人孤单，就从他身体里拿了一根肋骨，造了夏娃。这个故事，你应该听过吧？"她无所谓地问着，也无所谓地说着，"我造林泉的时候，也差不多。只不过，我不是拿了肋骨，而是拿了我的一半。"

"什么一半？"

"所有的一半。一半的皮肤，一半的骨头，一半的血液，一半的脑子，一半的能力。"

所以林泉才会说，很多东西，都是子鸢赐给我的。

迷惑众人的能力，是子鸢赐给他的；长生不老的能力，是子鸢赐给他的；自我修补的能力，也是子鸢赐给他的。

"如此说来，你不是造完之后，才渐渐爱上他，而是从一开始，就对他倾注了你所有的爱？"

"是的，我认为是的。如果你也认为，那就一定是。但他不觉得，他始终都不觉得我爱着他。他觉得那最多只是控制，而他一直以来只是我打发无聊的玩具。我关心着他，他无动于衷；我担心着他，他感觉不到。我们一起生活在一个谁也不知道的地方，过着只属于我们两个人的小日子。我觉得很幸福，从未有过的幸福。我可以拥有任何东西，不过是动动心的事，但我不想要，我什么都不想要。我只要他。全世界我都不屑一顾，我只要他，只要有了他，我大可以放弃我曾经和现在以及未来即将拥有的一切，我甚至可以放弃我自己。"

冷炎没有说话，只是钢琴声渐变哀婉。

"陆修，如果你也可以这样生活，你一定觉得很幸福吧？你一定希望可以永远这样下去吧？"

"确实是很诱人的待遇，但也许并不会。"我想了想，犹豫地答，"这是不真实的，你没有说出全部的真相。你对他的控制，对他的驱使呢？你对他的占有，对他的摆布呢？在你的势力范围内，他恐怕没有任何自由吧？没错，你可以给他最好的一切，你也确实这样做了，这一切也足以让人羡慕，但你有没有哪怕想过一次，你给的这些东西，到底是不是他想要的？或者说，到底是不是他需要的？他没有人身自由，时刻不能摆脱你的眼睛。他要随时随地跟着你，就像影子跟着自己的主人。你是他的唯一，他全部的世界，而他不过是你的千分之一，万分之一。你的世界里可以有他，也可以没有他。有或者没有，全看你自己的心情。你没法像他对你一样对他。你虽然造了他，爱着他，却希望他永远是个什么都不懂，最好也没有个人意识的宠物，这样才能招之即来，挥之即去。他的一切都要围着你转。因为你是当之无愧的主宰，随心所欲的暴君。他作为独立存在的个体，既没法控制自己的精神，也没法控制自己的身体，他的肤色、性格、身体……都是你给的，只是千不该万不该，他不该长出自己的思维。也正是因为你造了他，你也理所应当地认为，你有对他的绝对支配权。他能决定什么呢？甚至连为你侍寝的时候，一夜快乐多少次，也完全取决于你吧？"

"你知道的还真多。"子鸢轻轻地笑着，像秋日的风掠过刚出窑的火热的瓷器，"或者说，你记得的还真多，从这个角度来说，也许我真的低估了你。不过，现在，我倒是对你越来越感兴趣了——你还记得后来的事吗？"

"你，就是那两条白蛇。你，就是安安、丁香、阿水……你是欲望之源，诱惑之根，而林泉做的，虽然有些鲁莽，每一个决定，却是无比正确。"我没有正面回答她，却晦涩地说出了那段灰暗的过往。

第十章
| 全部的真相 |

也许你会觉得诧异和迷惑，我到底是不是林泉本身？如果是，为什么我的记忆会显得如此混乱？如果不是，我又为什么会知道这么多？

这也是让我感到诧异和迷惑的事情。

所以，这个问题，我暂时也无法清晰地作出回答。

我只是能看到全部的过往，我看见一个高高在上的女人难以忍受内心终年的寒冷，拼命想找人暖一暖，碍于身份和地位的限制，又无论如何不能那么做。

于是她注定是孤独而高贵的。

或者说，高贵，从来也就等于孤独。

但她不甘心。她开始造林泉。她宁愿背叛所有，也要造出这样一个人。她在林泉身上倾注了全部的心血。她期望他能成为一个完人，至少是一个强大的，没有任何缺点的人。

怎么可能不是这样呢？她自己就是这样的。

而林泉，在最初的时日里，表现得也确实令她无比满意。他健康、强壮、聪明、优雅、勇敢……他集合了世界上所有美好的词语。

这是她送给他的礼物，也是她为他定下的禁锢。

和正常人不一样，因为是被造出来的，林泉没有成长的过程，他一经存在，便是青年人的身体和想法，并且将永远保持这个状态。这是子鸢对他的设定，也是她最喜欢的类型。

因为希望他可以永远陪伴自己，她还特意赋予他修补器官的能力。

坏了吗？换掉就好了。

然而，她万万没有想到，林泉虽然表现得完美无缺，其实已经逐渐地变质，这里的变质是个中性词，因为它无所谓好，也无所谓坏，就像放置久了的果汁十有八九都会发酵成酒。

不能说酒不好，只能说，子鸢是不喜欢的。

幸运的是，拜她所赐，林泉是个聪明的存在。他明白子鸢的脾气和想法，所以从来不会表现出自己的倾向，他知道自己应该表现成什么样子，并且依然尽心尽力地那样做。

他对子鸢始终存在感激。他不可能忘恩负义，他明白子鸢对自己的感情，也期望用顺从和忠诚回报子鸢。他的一切都是子鸢给的，无论什么时候，只要子鸢想收回，甚至想让他彻底消失，他都不会觉得有哪里不妥。

虽然他已经不可避免地长出自己的想法，却依然没有决定要遵从自己的内心。

他觉得那是对子鸢的背叛。

他厌恶背叛。

"确实是这样的。只可惜他始终太过大意，一直以为我一点都没有觉察到。"子鸢的声音里有着一点寒凉，那来自心底的沮丧，"其实，我早就意识到了，他虽然在拼命掩饰，但作为他的创造者，我怎么可能不知道？我只是不想表现出来，我一直奢望他回心转意。也许，他只是一时兴起，年轻人，总是会有一段叛逆的时期，过去就好了。他不是真想这样做的。他会一直维持原样，我们的生活会一直很好地运转下去。"

"你在骗自己。"我不自觉地冷笑。

"是，我知道我在骗自己，但在那种情况下，除了这样，我还能做什么才能让自己好受一点？我希望时间可以冲淡这一切。对于普通人来说，没有时间可以等，但在我和林泉的世界里，最不缺的就是时间。"

"你终于输了。"

"对，我输了。输得一败涂地。那是一个有着清风和鸟鸣的清晨，我躺在床上，慵懒地睁开眼睛，发现本来应该躺在我身边的林泉不知何时消失了。一刹那，我终于明白昨晚的激情和热情都是怎么回事。那是他向我最后的告别。他真的走了，头也不回地走了。他什么都没带走，甚至连衣服也没有穿，所有属于我的东西，他一样也没有带走。"

"你忘得可真彻底，他带走了那把刀。"我望向漫天金光，虽然雨越下越大，它依然安稳地浮在半空中，就像全世界最安全的茧。

只是这茧该被打破了。

既然林泉已经被彻底治愈，这藏了五光十色的茧，也终于该被打破了。

"那把用来杀你的刀。"我虔诚地抬头，目不转睛地盯着那团香蕉一样的金光，一字一句地揭露最后的真相。

"一个晚上，我拿着一把刀，死命地把两条正在交欢的蛇砍成了好几十段。"

那根本不是蛇，而是子鸢。

林泉就是香蕉形的星星，子鸢则是天空。

香蕉形的星星把天空刺得遍体鳞伤……

"到处都是血。白色的、红色的，混在一起，溅到我的身上、脸上，让我兴奋也让我绝望。本来，我以为杀了它们，我就可以变得开心起来，但看着满地一段又一段的蛇尸，我只觉得恶心。为自己感到恶心，也为这段感情感到恶心。我连东西都没有收拾，只是带着那把刀，趁着夜色，头也不回地走了。"

白色的，是子鸢苍白的皮肤；红色的，是子鸢一厢情愿的血液。

林泉确实是把子鸢砍成了几十段。

也许，也不只是几十段。

"本来，他是要杀死我的。他下了那样的狠手，当然是要置我于死地的。但他的思维真的让人啼笑皆非。他难道不知道，被我造出来的他，都不可能生老病死，而我自己，又怎么可能这么轻易地被杀死？"子鸢玩笑般的回忆着，像讲着一只终于被自己逼疯而反咬自己的小狗。

不知天高地厚的小狗。

"所以，整个过程，你一直都知道？"我突然觉得毛骨悚然，是真的毛骨悚然。也只有她想的，她做的，才能被称为真正的毛骨悚然。

"当然了。"她的声音甜美而鲜艳，像开在雪山上的罂粟，"我虽然闭着眼睛，呼吸均匀地睡在那里，像任何一个事后疲倦的女人，但我能看见他一步一步地走近我，也能感觉到凌厉的刀光，刀锋破空的声音，我也能听见，对了，还有他脸上的泪水。你能想象吗？他竟然满脸都是泪水，他快步地冲过来，抢起那把长刀，疯了一样地砍着我，像剁一堆最让他恶心的烂肉，但他同时还在哭，无声地哭。我知道，如果他放开嗓子，那哭声绝对感天动地，惨绝人寰，但他并没有。

他一边砍着我，一边拼命控制着自己，憋到满脸通红、浑身颤抖，也不愿发出一点声音，我知道，他不是害怕被我听到，也不是害怕被任何人听到，他只是不想丧失他的理智。他表现得像个疯子，却又不能真的变成疯子，那会让他觉得羞耻。这种羞耻足以彻底毁灭他。"

"有一点，也许你说错了。他是知道自己没法杀死你的。连你都觉得，他无论何时都不会丧失理智，他又怎么可能真的不知天高地厚？在感情上，他是万万不愿看到这样的事情发生的，只可惜他已经控制不住自己的感情。在你无处不在的监视和控制下，他已经疯了。这种疯狂的情绪让他觉得，只要杀了你，或者说，只要做出杀你的姿态，一切就可以解决。"

然而终归是解决不了的。

看着遍地子鸢的碎片，林泉没有觉得解脱和轻松，只觉得抑制不住地恶心。

"我不确定我是不是爱她，我想到了一个无比绝妙的办法——像对那两条白蛇一样，只是，这次不是蛇在交欢，而是我们在交欢。就在我们都到达愉悦的顶点的那一瞬间，我又抽出了那把刀，我早就准备好了那把刀。我开心地用它结束了她的生命。当然，也是有一点遗憾的，但是我清楚，她这样活着，本来就生不如死，我也不愿她死在我的手上，但我不得不那么做。"

这是林泉对阿水的叙述，也是林泉对子鸢的叙述。

阿水和子鸢相似的地方，也正是在这一点。

那把刀，那把悬在半空的刀，有半只胳膊那么长，像是砍刀，刀身却秀气得很。它悬在酒瓶上，摇摇晃晃的，从刀柄向下，不断地滴着什么，像是黏稠香甜的香蕉汁，但又应该不是。因为它似乎拥有神奇的魔力，只要一滴到爬山虎上，爬山虎就会快乐地摇动叶子。

那不是香蕉汁，而是林泉的体液。

或者说，是血。

林泉，这个道德感无比高尚的存在，他始终为自己的罪过感到忏悔，却又为自己的行为觉得荣耀。他知道自己一定要那么做，却又希望这件事永远不要发生。

那个黑暗的黎明，林泉杀了子鸢，或者说，他自以为杀了子鸢以后，正像子鸢说的那样，他抛弃了她，也抛弃了一切属于她的东西，只带着那把促成了这一切的刀，头也不回地离开。

然而却没有自由，也没有未来。

离开了子鸢的领地，他只是一个迷茫而罪恶的逃犯。他漫无目的地逃着，不知道自己正在做什么，也不知道自己应该去哪里。其实，本来也没什么地方可去。

他走进森林，走过草原，走上田野……他走过很多地方，但他始终躲着人。除了子鸢，他没有见过任何这样两条腿的生物。因为子鸢，他也不喜欢这些两条腿的生物。

他不想伤害他们，也不想被他们伤害。

他甚至不知道自己是在前进，还是一直在原地打转。从书中，他知道人们生活在地球上，而地球是圆的，所以他宽慰自己，其实不论走到哪里，只要一直向前走，都可以回到原点的。

于是他一直走。

他拥有用不完的体力，也有着永远不用吃喝的肠胃。但他的脑子很混乱。在漫长的行走中，他非但没有想明白一些问题，本就复杂的思维却变得愈加混乱。他甚至无法回想起自己到底干过什么，也不知道自己正在干什么，更不清楚自己即将要干什么。他感觉空虚，却又觉得异常欣喜。同时，一种深深的罪恶感和耻辱感正在慢慢地发酵，在他看不到的内心最深处的地方。

很多的情绪，前所未有的情绪铺天盖地地冲向他，不管走到哪里都逃不掉。它们轻而易举地形成了一个恐怖的海洋，悄无声息地吞没他。他不知道应该怎么办。他甚至开始怀疑自己其实不应该那样对子鸢。子鸢真的被杀死了吗？或者她还侥幸活着？如果她还活着，会怎么看待这一切？他提心吊胆地想着，并且不敢往下想。

很多年以来，他都这样痛苦地存在着，漫无目的地走着，像一点微不足道的灰尘。

直到遇见一株爬山虎。

第十一章
| 讲故事的人 |

在那些混乱而绝望的日子里，林泉最终不再行走。他看不到任何价值和意义，也不知道自己为什么要做这种毫无价值的运动。

如同追日的夸父，他轰然倒下来，像一具巨大的尸体，又像一尊巨大的希望。他倒在一望无垠的土地上，那土地上沾满夕阳。他无比渴望地贴到上面，正如大多数灰尘惯常所做的那样。

清晨的土地上，夜晚的土地上，春天的土地上，冬天的土地上……他一动不动地躺在那里，却始终睁着眼睛，意识清醒。阳光照在他身上，露水打在他身上，树叶落在他身上，冰雪盖在他身上……无所谓了，全都无所谓了。

他来自天地，最终也该归于天地。

然后他看见爬山虎。

那年冬天很冷，虽然他感觉不到冷，但是看路人穿的衣服，应该是很冷的。当然，人们是看不到他的，因为他已经被冰雪完全覆盖，几乎与大地融为一体。可是他能看到人们。

他好奇地看着他们，从秋天看到冬天，又从冬天看到春天。

　　严寒最终被温暖打败，土地逐渐变得松软起来，像一床被阳光亲吻过的毯子。风越来越暖，空气越来越湿润，昆虫们从冬梦中苏醒，慵懒地爬在他的四周，野草们感知到自然的脉搏，一点一点地顶出地面。

　　然后他听见轻微的一声裂变。

　　那来自他眼睛旁边的一块石头。石头不大，只比拳头稍大一点，因为风吹雨打的关系，已经风化得很严重，也许再过几年，最多几十年，它就会彻底消失了。它的颜色也是白的，像早被他遗忘的子鸢的皮肤。它的中间有一道深深的凹槽，像一道天然的孕育生命的裂缝。

　　那也的确是生命。

　　从那以后，林泉每天都能听见裂缝中传来细微的声音，那声音一点一点地响着，渐渐汇聚成一汪绿色，幻化成两片鲜绿油亮的叶子，慢慢地伸展，长高，最终随着春日慵懒的微风，快乐地摇曳在他的眼前。

　　也就是在那一瞬间，他重新想起子鸢。努力和土地融合的这么多年里，他每时每刻都在说服自己忘记子鸢，也忘记那可怕而不堪的一切，他也几乎真的做到了。可是，就在爬山虎出现在他眼前的那一瞬间，所有的一切都回来了。

　　像一块天外陨石，猛然坠落，砸得他猝不及防。

　　却又不太一样。

　　似乎被过滤了什么，在所有关于子鸢的记忆里，只有温暖和美好，就像泛黄却让人怀念的老照片。那些矛盾、冲突、控制、隐忍，都像碎沙一样消失在风中，模糊在他的记忆里。

　　他知道它们还在，也知道它们确实发生过，所以他肯定不会再回去，可是，回不回去，早就不重要了。

　　前嫌，就算没被冰释，总也和眼前的一切无关。

他忽然咧嘴笑了起来，他笑着从土地上一跃而起，如终于出海的蛟龙，他抖掉身上的尘土和落叶，同时也抖掉疑虑和悲伤。

带着那株代表着希望和未来的爬山虎，他继续向前走去。

他独自行走在茂密的草坡上，天空中没有月亮，四周黑漆漆的，却一点都不让人觉得害怕。风在吹，花在开，田野一望无际。他不算强壮，却有着结实的肌肉和健康的肤色，看起来又活泼又快乐。他的脸上也确实是带着笑的，为泥土而笑，为昆虫而笑，也为阳光和风而笑。

他甚至开始愿意见人。

他走出森林，走过草原，走上田野……他走进街道，走进人群，走进城市。他知道在子鸢的世界之外，到处都是这样的两条腿生物。他虽没见过他们，却已经足够了解。

他甚至开始有些喜欢他们。他知道，在漫长的行走之后，他已经不会再伤害他们，而他们，虽然千奇百怪，各有不同，却也不会真的伤害他。

他披上人的外衣，尽量让自己像人一样生活，像人一样吃饭、睡觉、赚钱。

赚钱……真是件困难的事呢。

一开始，他并不知道钱的价值。

刚走入这座城市的时候，他很狼狈。虽然穿得算不上破烂，却也寒酸得很，最多只能算是干净朴素。在远离人群的漫长岁月里，他的外表并没有什么变化。他的浑身依然是干净的，头发和指甲也没有长长。当然，他也还保持着之前的容貌，一点都没有变老。这是自然的，像他这样被造出来的人，就算落在尘世里，不小心滚脏了，只要自己想干净，终归是很容易的。

就连长期的跋涉也没有对他造成任何影响，他甚至连疲惫都不觉得。看着生机勃勃的爬山虎，他像任何一个活力满满的年轻人一样走进这座城市。也许，他和他们唯一的不同，就是他已不再好奇任何事。

尽管这个世界对他们来说，都是陌生而危险的。

他安静地走着，好像这里和森林草原田野没有任何区别；他自得地走着，好像全世界只有他一个人。

然后就又有了一个人。

一个女人。

后来，他知道她叫安安，是个很有钱的女人，但是，当时他并不知道。他之所以对她感兴趣，只是因为她有着酷似子鸢的身材和气质。

子鸢，让他熟悉又陌生，让他怀念而不敢触碰。

再也回不去了。

什么都再也回不去了。

也正如此，安安才显得更加可贵。

他们最初相见的时候，安安就坐在一家旅馆的前台后面，什么也没干，就是百无聊赖地坐着。这家旅馆是她家的产业，不过，这么小的规模，当然只是众多产业中微不足道的一块，所以，平时，她是连去也不屑于去的，那天，似乎有一种神奇的感应，她竟然鬼使神差地去了。

不仅去了，还给前台放了假，自己坐上了那个位置。

林泉知道旅馆是什么地方。他之前从来没见过它，但是子鸢告诉过他。子鸢什么都告诉他，似乎早就料到会有这一天。这些他并不知道，他也许从来都不注意这些。

不过，他很清楚自己其实是不需要住旅馆的。天地之大，总会有他一个容身之处。到底是不是睡在屋檐下，对他来说并没有什么区别。

但是，如果她在那里，当然也就有了这个必要。

安安坐在那里，就像林泉的太阳。

"我可以住在这里吗？"他走过去，走向自己的太阳，带着满身的疲倦和少许的期待。

"当然可以，只要你有足够的钱。"安安收回四处乱晃的目光，上上下下打量着他，随意地说着。不用看，她也知道眼前这个人应该并没有钱，所以也不想表现太多。

"我没有钱。"果然。

"那你有能换钱的东西吗？"安安的目光又像蛇一样在林泉身上游移，这让林泉激动，也让林泉恶心。

"也没有。"他甚至想转身走了，但眼前的女人就是有着像子鸢一样的魅力。哪怕恶心，也要让人不由自主地靠近。

"真的没有？"安安斜斜地歪过头，随便地看了一眼别在林泉腰间的刀，顺便还往旁边瞄了几眼。

"你不会喜欢它的。"林泉又怎么会不知道安安在想什么，他忽然想起这样一件事，这件事让他感到兴奋，"你说能换钱的东西，故事算吗？"

"你会讲故事？"安安一下来了兴趣。

"算是会一点。"林泉微微地笑了。这笑容在安安眼里甚至显得有点羞涩，"只要你喜欢，我应该是会的。"

安安的确是喜欢的。林泉正是她喜欢的类型。高大，清瘦，像一面坚定的旗帜，让人清醒，也给人方向。他的脸英气逼人，让人找不出任何瑕疵，就像是被精心造出来的一样。是的，安安这样对自己说，也许，他真的就是被造出来的呢。他不是一直都在讲一个人造人的故事嘛……

确实无比真实。安安总觉得林泉的故事无比真实，尽管那每一个故事都光怪陆离，荒诞不经，可是看他说起这些的样子，就像在说自己的故事一样。

"你确实可以用故事换钱。"在听了无数个故事后，安安满足地对林泉说，"你可以做个作家，像你一样，作家都没有钱，所以他们都是拿故事换钱。"

"好的，那我就做个作家。虽然我不是很需要钱，但是在这个世界里，好像完全没有钱是活不下去的。"林泉这样笑着同意。

忽然心口一疼。

只是没有告诉安安。

第十二章
| 病无所医 |

他知道，就算告诉安安，其实也没什么用。他不相信安安是故意的，虽然安安也那么想征服自己，控制自己，可是，在这一点上，她是绝对不会这样做的。

事实也确实是这样。

安安，这个爱听故事的女人，真的没有想太多。她只是出于好心，把自己知道的事情讲给林泉听，而林泉的确听了。

然后他开始觉得自己病了。

说不清是从哪一天开始的，也说不清到底是哪里生了病。浑身的病痛忽然间就来了，就像世界上最绵长的酷刑，无所谓来处，也无所谓去处。无所谓白天，也无所谓黑夜。

他的感官还是好的，其他器官也没有毛病，但是，随着他讲的故事越来越多，他也病得越来越严重。

不是运动过度后的健康的酸疼，也不是简单的浑身没力气。一点都不酸，只是热，却又和欲望引发的燥热完全不同。全身二百多块骨头一起出问题的感觉，好像每块骨头都在悄无声息地发炎，肆无忌惮地滚烫，膨胀，只要再过一秒，就要撑破肌肉和皮肤，暴露在冰冷的空气中。关节和关节的连接处则像极了生锈多年的机器，只要稍微用力动一下，就会发出吱嘎的响声，连带着抽筋般的感觉，再动几下，恐怕就会当场折了。

每天都是这样。

还有脑子。

他的脑子变得愈加混乱。他逐渐分不清现实和虚幻，其实这两者对他来说也没什么区别，因此也没必要分清。就像子鸢说的，他知道自己正在被这个世界污染，但是他又深深地迷恋这种污染。到了这种地步，其实早已和欲望无关。

污染，或者说浸染，是一个生命必须要经历的东西。快乐、痛苦、激动、平静、悲伤、喜悦……人的感情，人的世界。

林泉渴望的东西。

他甚至忘了，自己原本不是人的。

他喜欢。他喜欢得要死。他喜欢这个世界，也喜欢这个物种。他的病痛正是来源于这些喜欢，没有人比他自己更清楚，他越喜欢他们，病痛就愈加折磨他，他越靠近他们，就会被烧灼得更加严重。

然而又有什么关系？

他的精力被消耗，但他更为亢奋；他的身体被损害，但他更为满足。

他想要更多，更多，永远是更多，哪怕无法呼吸，哪怕无法承受，他也要更多。他希望看到极限。他希望赏赐人们，也希望悲悯人们。他们的确是值得被这样对待的。

安安、丁香、阿水，千千万万个女人或者男人，都是值得被这样对待的。

都是值得被爱的。

他爱这个世界，他爱这个物种，他疯狂地爱，也疯狂地消耗。

又有什么关系？

哪怕只剩一抹虚空，哪怕最后一块筋骨肉血都已耗干。

又有什么关系？

璀璨的街灯下，他独自行走在空旷的大街上，天空中没有月亮，却也不需要月亮。危机四伏，而他天生热爱冒险。他衣衫不整，摇摇晃晃，满身酒气。他疯狂地笑着，畅快地笑着，他的衣服上满是酒渍，散发着浓烈的来自不同女人的香气，他的脖子上有吻痕，也有唇印，像坚韧又热烈的火苗，开遍身体，升华灵魂。

"够了吗？"一直沉默的子鸢终于又开始说话，在几乎能淹没这个世界的大雨中，她的光芒越来越黯淡，可是她的声音越来越清晰。

"回忆够了吗？"她这样平静地问我。

"其实，这一切的病痛，他早就知道是你给他的，因为他离人越近，也就离你越远，而你深深地厌恶这一点。也许他也知道，从他离开你的世界开始，你就时刻密切地监视着他的一举一动。他去哪里，你都知道；他做什么，你也知道。他是不可能觉察不到这一点的，因为，他每一次病情严重的时候，都是在讲完一个故事之后。"

"我们的故事，他为什么要讲给别人听？为了换钱吗？多么卑微的理由。确实，如果安安说的是对的，如果作家真的都是一群卖故事换钱的人。那他们也就真的都是一群卑微的小丑，扭曲的怪物。"子鸢的目光中充满不屑。

"就算他是小丑，是怪物，也是最特别的一个，因为他知道你想让他屈服，而他永不屈服。这是很简单的一点，只可惜已经很少有人做得到了。你知道他已经在怀念你，你也知道他越来越唾弃这个世界，因为这个世界足够恶心，而你足够吸引他回归，但他不会走回头路，他最终也没有走。因为他要自由。在你的世界里，永远不会有自由。而他的自由，哪怕在你眼里是卑微的，甚至是下贱的，只要是他自己做到的，也就足够光辉。"

我快乐地笑着，快乐地和子鸢交谈。我像林泉一样快乐，很奇怪，这个病弱而阴郁的作家，竟然会让我感到时时刻刻的快乐。

"你们果然是一样的。"子鸢的光芒越来越微弱，最终到几乎要消失的程度。然而我依然看不到她的脸，因为我突然什么都看不到了。

她是不想被我看见的吧。也许在很久之前，她已经被我看见过。也许在很久以前，这样的对话早就发生过。

不是那张脸。那不是她的脸，只是一些散碎的集合。那个开着救护车来的女人，根本不是她。她最擅长制造幻象，随便捏一个人物出来，对她来说不过是眨眨眼的事。

然而，是不是幻象，又有什么关系？

我们始终都是病着的，林泉病着，我也病着。每一个人，每一个修补师，我们都在病着。

"是，我们是一样的。所以你治不好他，就像冷炎治不好我一样。我们都是属于这个世界的。我们从幽冥降临，却代表最纯净的阳光。我们行走在梦里，却给人最深的慰藉。我们为了修补这些人不顾一切，我们也真的在这样做，我们献出自己拥有的或者未曾拥有的一切，哪怕是自己的生命也没什么关系。这就是病，一种深刻的病，必死的病，却也是一种高尚的病，光明的病。那些人，那些不管在做着什么的人，每一个都值得珍惜，值得去爱，值得修补，我们要写出他们的故事，我们要经历他们的人生，我们要抚平他们的创伤，我们要参与他们的生命。"

"他不是修补师。虽然他适合做修补师，但他从来都不是。他不可能是。"子鸢幽幽地叹了口气，"真是失算。"

"我知道那个爬山虎是你给他的，如果没有它，他一定早就归于尘土。所以，也许你早就料到了这一切。我也知道其实根本没有安安、丁香或者阿水。一切都是你故意让他看的。哪怕这最后的结局，也是你早就安排好的。否则冷炎和我，又怎么会做出如此的事？我知道我不需要和你解释什么，你什么都知道，也什么都明白，但我还是要诚恳地告诉你，这个熙熙攘攘的人间，真的不是想来就来，想走就走，一旦他真的来到这里，你就没法把他再带回去了。因为他会不可避免地染上一种病。这种病，是永远没办法被治好的。在这种病的控制下，他会恨这个世界，他会发自内心地恶心这个物种，他会沉耽欲望，空虚绝望，但是，当一切的灰暗都随风消散，他最终会无可救药地爱上这里，因为这种病菌无处不在，这种被称作是爱的病，早已深入到每一个人的骨髓中，每一个修补师的骨髓中，无法拔除，无药可医。"

"如果真的是这样，就让我永远陪着他吧……"耳边忽然响起巨大的翅膀扇动声，我虽然没有睁开眼睛，却看见了一只巨大的猫头鹰。

黑色的猫头鹰。

两只黑色的圆眼睛，一张小巧的尖嘴，浑身如黑夜一般的羽毛。

它在笑。

或者说，她在笑。

她笑着飞上天空，像一个从来没有存在过的幽灵。她飞在闪电交织的夜空中，渐渐消失在滂沱的大雨中。

他们真的在一起了。

不管她是什么身份，也不管他是什么状态，总算是在一起了。

在一起，多么美好的事。

真正的美好。

真正地在一起。

·死·
向死而生

第一章
| 橄榄与蘑菇 |

很多时候，我都觉得鹦鹉和猫头鹰都是幻象。毕竟，自从林泉和子鸢消失后，它们就也莫名其妙地消失了。

同时消失的还有冷炎。

那个终于有点人气的冷炎，那个笑得灿烂的冷炎。

当然，作为领路人，那个叫冷炎的人类还住在这里。每天，他也能很好地打理宅子，妥善地处理一日三餐，像以前一样做一些小甜点，但这所有的一切，让人觉得不过是一定的程序，冰冷而厌烦。看着这样的他，我不知道应该说什么，我甚至根本不想看见他。我希望他能干脆消失，因为这不是他。

这明明不是他，他知道，我也知道。

但他又明明是这样。

他明明很好，一切明明很正常，只是有些东西，已经在不知不觉间死得干干脆脆、彻彻底底。

再也不存在了。

我不知道这和子鸢有没有关系。也许当知道子鸢要来的时候，他就早料到了这一点，或者说，早在把鹦鹉和猫头鹰带回来的时候，他就早料到了这一点，所以，他才始终都没有给它们取名字，所以，在那之前，他才会给我一点难得的真实，小小的狂欢。

子鸢、冷炎、陆修……纠纠缠缠，生生死死。

如此，看着一切如故的冷炎，忙里忙外，安静沉默，虽然还在眼前，看得见，摸得着，却像整整隔了一个世界。或者说，根本不在一个时空。

他甚至不再叫我陆一休，为了避免尴尬，我也不再叫他黑猫警长，平时，我们能不说话，也就不说话。

其实也没什么好说的。

当然也没有任何身体接触。

本来就该是这样的吧……他本来就是这么沉默寡言，不苟言笑。之前的几个月，不过都是一场梦罢了。

只能是一场梦罢了。

无论白天晚上，我们也不再睡在一起。我还睡在原来的床上，而他白天只是照常地忙里忙外，维持宅子的正常运转，一到晚上就不见人。也许他觉得我不知道，也不关心，但是，每天晚上，我都知道他形容枯槁地坐在外面，眼里深不见底，就像成遗梦一样，也像子鸢一样。

他越来越喜欢窗外。

窗外那一大片牵牛花。

到处都是的牵牛花。

和冷炎差不多，所有的蔷薇也枯萎了。这是我后来才发现的事。这真的是很难被发现的事。随着子鸢和林泉的到来，院子里，还有房间里所有的蔷薇都逐渐地枯萎。

所有的枯萎，在他们离开后，非但没有得到一点好转，反而达到了一种奇异的巅峰。

不是肉眼可见的枯萎，而是一种深刻而绝望的枯萎。它们没有变色，也没有凋落，它们还保持着原来的样子，安静地待在那里，但是已经没有一点水分，也没有一点生命。

却还顽强地赖在那里。

名存实亡。

牵牛花却如奔腾在世界尽头的瀑布般蔓延，带着前仆后继的疯狂和绝美。也许它们早就藏在下面，藏在蔷薇的下面，也藏在泥土的下面。据说植物的种子是可以沉睡千年的，它们也许也已经睡了千年，也许不止千年。

不然，它们又怎么会在一夜之间冒出来，悄悄爬满了所有的墙面呢？

只是爬满，对，只是爬满，不是霸占，它们虽然开着花朵，却不嚣张，也不霸道，它们带着相当的克制，安安静静地开着花。它们并不娇艳，含水量也不多，它们只是山中随处可见的野路子，花朵不大，没有多少颜色。它们通体白色，只有花心中间带着几丝淡淡的粉，外加一点几乎可以忽略的黄。

只在清晨绽放，阳光一出来，也就渐渐萎了，气温高一点，更是如此。所以，这样的天气里，便也只有凌晨才看得到。

凌晨，当然是有凌晨的。

冷炎不睡，我又何必睡？

钢琴已经落灰了。最后的那晚，激越而哀婉的一曲后，他便再也不碰钢琴。我虽然有些想法，但也只是想想。和酒柜一样，这些东西本来就是给他准备的。他要是不动，它们对我来说，也就和空气没什么区别。

冷炎喜欢上了三味线。

每天晚上，无论有没有月光，无论是不是下雨，他都会静静地坐在窗外，把一个破破烂烂的三味线抱在胸前，酷似江户时代的流浪艺人，寂寞地坐在由牵牛花编织的世界里，弹着那些古老而重复的曲子。

还有橄榄。

他最近爱吃橄榄，几乎是当饭吃的那种。他说橄榄入口苦涩，回味甘甜，就像那人人惧怕的死亡。

死亡，无论是领路人还是修补师，都是不可能死亡的。既然如此，又何必聊起这些虚无缥缈的话题呢？我觉得他真是啰唆，明明有大好的日子不过，明明有无数的美好不去享受，非要讲一些艰深晦涩的隐喻，展现一些平淡疯狂的故事……何必呢……如果他不是领路人，我不是修补师，这些既没法让人感兴趣，又麻烦冗长的故事，也就连我都不愿听吧。

雨还是在下，如倾毁的天河，哪怕隔着玻璃，也能感到森森的寒气。分明是夏天的雨，应该带着热烈直爽的气息，却悄无声息地沾染了黑夜的阴邪。冷炎那一身单薄的衣服已经被打湿了，前三秒的时候就已经湿透了。如果是以前，我会去给他送伞，虽然他不会因为淋雨而生病，却真的很讨厌下雨。然而现在我不会，我不会去打扰他，我知道他不喜欢。

雨，我，他到底更不想见哪一个呢……

他背对着窗户，我看不见他的脸，然而，即使看不见，我也知道，那上面一定是没什么表情的。

如千年依然的大漠。

风沙卷过，寂寥嫣然。

一扇透明的玻璃，两个混沌的世界。他坐在花间看着雨，我坐在窗前看着他。像是明灭不定的提线木偶，又像是早就被设计好的剪影，或者说，幽灵？我看着他，却好像又没有看着他，耳间，心中，世界……天上地下，只剩下铮铮作响的三味线，如同一触即发的山洪，又如地底最深处被烈焰焚烧着的铁骨。

"你这里有橄榄？"

身后忽然传来一个低沉内敛的声音。那来自一个男孩。虽然他长得高高大大，嘴边也已然冒出浓密的胡楂，但那一双眼睛里的光芒还是很年轻的。所以只能说是男孩，不是男人。他并不活泼，和跳脱也沾不上边，只是看着我，一张脸安静地笑着。

他穿着斜襟的白色上衣，七分袖，外面套着黑色的无袖长袍。下面是肥大的蓝布裤子，裤腿用紫色的布条扎起来。他的衣裤上面没有任何装饰和花纹。他的脚上没有穿鞋。他的头发过肩，是黑中发褐的颜色，编成了好看的样式。他的手中拿着一支画笔，身后铺了一幅宽宽的卷轴。

蘑菇，那上面全是蘑菇。

金针菇、香菇、平菇、海鲜菇、草菇、杏鲍菇……各种知名的不知名的鲜艳的品种，一丛丛，一簇簇，这里一点，那里一点。

中间是大片大片的空白。

再转头时，窗外的冷炎已然消失，只剩一片漫无边际的黑暗，凄婉的三味线仍在，还掺入了高入云霄的尺八，也许还有琵琶？听不出来。

"你这里有橄榄？"男孩走近几步，又一次问道。

这次我注意到他的脚。他走路的时候很特别，让人没法不注意。他的脚是拖在地上的，不像正常人一样是抬起来的。所以，与其说是走，不如说是蹭。

也许，是被什么牢牢地绊住了？沉重的镣铐？但我明明看不见。

我不知道应该怎么回答他，我记得房间里没有橄榄。冷炎最近虽然爱吃橄榄，却从不摆在明面上，吃的时候，只是把手伸到衣兜里去拿。也不知道是什么缘故，他衣兜里的橄榄永远都拿不完，似乎在谁都看不见的深处，长着一棵盛产而健康的橄榄树一样。

永远都不会死。

当男孩问出这句话的时候，一颗又一颗的橄榄突然从牵牛花的花心中长出来。牵牛花的花心本来是很小的，也许比针尖大不了多少，随着男孩的话语声，它悄悄地膨胀。一开始，只有小小的一点绿，像是被刺破的绿色的血珠，后来越来越大，越来越大。

成百上千颗油亮翠绿的橄榄被成百上千朵牵牛花孕育出来，成长，成熟，最终盖过牵牛花的花朵，扑通扑通地落到地上。

"对，我这里有橄榄。"看着铺了满地的橄榄，我终于抬起头，笑着回应他，"你需要吗？我可以送给你一些。"

"如果真是那样，那就太好了。"男孩拘谨而有礼地向我鞠躬，然后轻微皱了皱眉，"只可惜，我没什么可以报答你的。我只会画画，并且只会画蘑菇。所以，你愿不愿意要一只蘑菇？"

"什么样的蘑菇？"

"什么样的都行。"男孩咧嘴笑了，似乎终于放松了一点。接着，他矮下身子，并拢双膝，规规矩矩地跪坐下来，"只要你能说出来的都行。"

我会说什么样的呢？真是连我自己都不知道的事。这男孩身上有一种特别的气质。他不像生活在尘世间的人。他年轻、干净，可是终究太过年轻、太过干净，不带任何一点烟火气，也不带一点活气。

　　他似乎只活在他自己的世界里，而他自己也足以支撑这个世界。他身上有年代的味道，并且是在遥远的国度。

　　然而，这种感觉却不会让人不舒服，反而会有点欣赏。

　　像欣赏沙漠中的一粒橄榄。

　　"我更愿意给你自由。"想了又想，我也像他一样席地而坐，随手拿起一粒橄榄，却只是用手指不断地摩擦着，始终没有入口，"我希望你可以拥有自由，不过，我也知道你的想法，而你也不必羞于表达它。你想画的，正是我想要的——一株活着的死蘑菇。"

第二章
| 活着的死蘑菇 |

　　一夜雨水，天也亮得晚，不过，地球既然在转，一切就都要继续下去，就算亮得晚，慢一点，也总会亮起来的。

　　当天亮得不能再亮的时候，戴一朝来找我。

　　"你这里有橄榄？"一进咨询室，他就相当自来熟地问着，一双眼睛紧紧地瞄着桌上的几个橄榄。

　　那目光堪称热切。

　　我不知道应该怎么回答他。这橄榄……本来就在那里的。

　　原本，我还以为昨晚只是做了个梦，或者是又陷入了乱七八糟的幻境，然而，迷迷糊糊地睁开眼睛，才发现地上真的铺着很多橄榄，所有的平面上，也都被稀稀落落地摆了几个。

　　摆着也便摆着，又不碍事。我只是略微地看了一眼，就照常起床洗漱。

　　刚把自己收拾干净，戴一朝就来了。据说是朋友介绍来的，早就听过我的大名，不过，因为一直忙，也就没顾得上来，最近闲下来，状态也更差了，就来找我看看。

"你这样子，确定真的是状态差吗？"我看着健康阳光的他，有点奇怪地问。

他看起来活力四射，穿得也很时尚，无论从哪个角度来看，都是个很有意思的年轻人。我从没见过这么不像病人的病人。而他竟然信誓旦旦地声称自己被诊断出了很多毛病。

他只是冲我笑了笑，什么都没说。

"你也是个画家？"我注意到他头发有点长，比一般的男孩都要长，并且没有被扎起来，只是相当随意地披着。想起昨晚的遭遇，我有点忐忑地问他。

"对，我是个画家，还是个爱吃橄榄的画家。"面对我的疑问，他相当爽快地答着，重复问了一遍，"你这里有橄榄？"

我盯着他的脸。他的脸和昨晚那个男孩一模一样。他的下巴上也有青青的胡楂，他的眼睛里闪着快乐的光，一张脸看上去祥和而平静。

我应该怎么回答他呢？这里有橄榄？确实是的，好像还是从牵牛花里长出来的。然而牵牛花里怎么可能长出橄榄？因此，它们到底是不是橄榄？很难确定。

如果我自己都没法确定，又该怎么回答他？

"既然你是画家，都喜欢画些什么？"我想了想，尽力地岔开话题。

"蘑菇。大大小小的蘑菇，各种颜色的蘑菇。说出来有点汗颜。一个画家肯定会画很多东西，但我不是，我只会画蘑菇。"听到我的问题，他的目光有一瞬间的涣散，就像猛然被打散的蛋黄，没过多久，竟又聚拢到一起，散发出更加夺目的光芒，"你喜欢蘑菇吗？如果你也喜欢，我可以送你一个。"

"还好吧。如果你真的送我，我会觉得很高兴的。"我随口应着，递给他一个橄榄，鬼使神差地问，"你为什么爱吃橄榄？"

"入口苦涩，回味甘甜。当然是这样的。"戴一朝接过去橄榄，小小地咬了一口，略微皱起眉，嘴角却勾起了一抹邪魅的笑，"你不觉得这很像死亡吗？"

橄榄迸发出的汁液是绿色的，在我的眼里，他现在整个人也是绿色的。

绿色代表生命，而他代表死亡。

所以绿色代表死亡。

"死亡？你不是没有自杀倾向吗？应该也没有自杀过吧？难道，你生过重病，或者出过车祸，有过其他类似的濒死体验？"

"没有没有，你想多了。我从出生到现在，健康平安得很。从小到大，连感冒都没得过几次，更别说是严重到要死的意外了。不过，你有可能误会我的意思了——真正的死亡，不只是身体上的结束吧？"

"难道，你是想说，有些人活着，却已经死了，有些人死了，却一直活着？"看着一本正经啃橄榄的戴一朝，我不禁失笑，"这样老旧的言论，听上去可不像是你的风格。"

"我们只见了一面，你就觉得自己了解我的风格？"戴一朝友善地笑，继而爽快地承认了我的判断，"不过确实是这样。我要说的不只是这些，如果真的只有这些，也就未免太过肤浅。只是，如果真的把全部的事情讲出来，又未免太过漫长。涉及家族的一些故事，总是这样漫长的，更何况，还是那么复杂而神秘的家族。我的家族。"

外面的雨小了些。气压很低，让人莫名地烦闷，烦闷中又飘荡着死一般的寂静。我忽然觉得戴一朝像一条鱼，一条被困在透明玻璃缸里的鱼。里面已经一滴水都没有了，他还是赖在里面，嘴巴一张一合。

有声音，也有故事。

只是特别模糊。

像隔了两个世界。

"你可以叫我们蘑菇家族。姓氏什么的，还是不要随便说了吧。其实，就连这个故事，也不一定是真实存在的。我虽然讲给你听，但是，十有八九，你是不会信的，所以，那些具体的东西，都不要随便说了吧。"他迷茫而悲伤地讲着，进来这么久，他终于表现出了一点神经质的倾向。

然而，很明显，他还是在控制自己，并且做得很好。

"好，我记下了，蘑菇家族。其他的，你不说，我不问。"我配合地说着。

"对，就是蘑菇家族。我们都是活着的死蘑菇。我也是一个活着的死蘑菇。"他语速很快地说着，声音里平白透出一种压抑和紧张，却稍微舒展了身子，相当放松地靠到椅背上，"蘑菇是用孢子繁殖的，我们家人也是。他们不像正常人那样繁育，只是自然而然地出现，自然而然地消失。我知道这听起来很匪夷所思，但我就是这么被告知的。性别，我们没有性别，我所有的家族成员都没有性别，所以也就无所谓欲望。我们的产生，是通过一种独特而隐秘的方式。不，不是克隆，不是那么低级的东西。我们都是完全不同的个体。除了产生的方式，我们的发育、成长……都和正常人没有任何区别。你一定要相信我，一定要相信我。"

"我相信你。"

"如果只是这样，其实也没什么。问题是，我们的生命周期比常人短得多。才存在没多久，就要忙着消失了。多么遗憾的事情。比如我。也许，在你看来，我现在还很年轻，但是，我已经要准备死去了。

我必须要准备死去了。"

"准备？为什么要准备？难道你们的死亡不是因为身体的自然衰败？我觉得你很健康，完全没有必要想这些。"

"你真的见过蘑菇吗？"戴一朝先是眯着眼问我，倏而又瞪大眼睛，但是瞳孔缩得很小，像正午艳阳下慵懒的猫，"不，你一定没见过。如果见过的话，你就不会问我这些问题了。蘑菇的延续只能是这样的。只有当老蘑菇变得干瘪、腐烂，新蘑菇才会在老蘑菇的尸骸上渐渐长出来。如果老蘑菇一直活下去，新蘑菇又怎么可能出现呢？老而不死是为贼，这句话你一定听过。我们家族非常崇尚这句话。而我，我已经很老了，或者说，在家族历史上，我已经算是活得长的。很多人在比我小得多的时候，就主动放弃了生命，为下一代献身。所以，我也早就应该去死，并且不应该有任何怨言。"

"可是你不愿意。"

"是的，我不愿意。我怎么可能愿意？我不怕死，但我不愿意因为这样的原因去死。这本来就是个魔咒。这样邪恶的东西，本来就不该存在下去，这样黑暗的家族，本来就不该延续下去。新生命……如果新生命是这样产生的，又为什么要产生？每一个人都是这么产生的，每一个人也都是这么消亡的。多么令人绝望的事情，但是他们不觉得，我所有的家族成员都不觉得，他们都觉得把家族延续下去才是最重要的，下一代是最重要的，血统是最重要的。说出来，你也许会觉得可笑，血统……连血都没有的生物，竟然把血统看成天大的事情。"

"你觉得这很罪恶吗？"

"我不知道这是不是罪恶的，我只知道，我想了很久，依然无法说服自己像他们那样做。我厌恶这个家族，却又什么都扭转不了。现在，我连自己都扭转不了。我快要没有时间了。马上就没有时间了。如果到了一定时候，还没有主动死亡，死亡就会以更加可怕的方式降临下来。我不知道自己能拖到什么时候，也不知道即将发生什么。我马上就要支持不住了。"

"你们家族只有你自己了吗？"我的脑子里忽然冒出一个邪恶的想法。

"我知道你在想什么。没用的。我还有个妹妹，和我差不多大。她负责监视我，只要我不死，她也不会死。她的存在，就是为了见证我的死亡。但她又不会主动杀死我，因为她不可能为我的生命负责。她只会站在背后，像雾一样盯着我，盯着我死，盯到我死。"

"你确定，她真的是监视你的？既然你们是家族里最后两个成员？"不知道为什么，我忽然想起自己和冷炎。

"其实我也不清楚。但是，如果她不是来监视我的，又是干什么的？今天晚上，她会来找你的。也许，你可以听听她的想法。"

第三章
| 戴一朝失踪了 |

戴一朝一边说着,一边一个接一个地吃着橄榄。他好像真的特别喜欢吃这种一般人都很难接受的东西,一旦入口,连果核都会生吞进去。

不知道为什么,咨询室里的橄榄比其他地方的多很多,只是三三两两,分别放在不同的位置。戴一朝很有耐心。他不停地在咨询室里走着,看看这里,瞧瞧那里,似乎不找出所有的橄榄就誓不罢休。而我不动声色地坐着,看他像一只跳跶的绿猴子一样,一会儿站到窗台上,一会儿踮脚够向柜子,然后一脸满足地捉到那些橄榄,又一脸满足地扔到嘴里。

绿猴子……

我瞟了一眼他毛茸茸的头顶,那里有一点凹陷,湿漉漉的,似乎有液体渗出来,透明的,很清澈。

"你们家人应该都很爱吃黄瓜吧?"我忽然问道。

"没错,只有我爱吃橄榄。因为这个,他们还觉得我是怪物。其实也无所谓了。毕竟,不因为这个,他们也觉得我是怪物。"他的嘴里塞满了橄榄,含混不清地答着。

从我递给他第一颗橄榄开始，他就在不停地吃着，吃完桌上的，又去找别处的。他就这样不停地吃着，但是这里的橄榄似乎永远都吃不完。

我甚至怀疑，天花板上是不是长了一棵谁都看不见的橄榄树，盛产而健康，并且，正是因为知道他要来，才急匆匆地长出来的。

永远都不会死。

随着一刻不停地咀嚼和吞咽，戴一朝的肚子越来越鼓。真是肉眼可见的，一点一点鼓起来。吃了这么多，他应该是要吐出来了吧。如果正常人在这么短时间内吃掉这么多东西，一定早就吐出来了。

他却没有。

其实他身材不错，高高大大的，线条硬朗，肌肉紧实。哪怕是男人，猛然看到他，也未免会产生一点非分之想。但是，现在，他的肚子，特别煞风景，就像一个充了气的皮球一样，变得越来越大，越来越大。

其实，他也应该是不喜欢的吧。他吃橄榄的时候，脸上一点都没表现出冷炎的那种享受，只是扭曲着表情，酷似一截梗阻了许久的大肠，或者是巴哥和沙皮的混合体。那种表情，真的让人联想不到喜欢。

明明不喜欢，为什么还要拼命吃呢……

"因为我知道，它们是从牵牛花里长出来的。"似乎看出了我的疑问，他轻轻地冷笑了两声，"他们都怕牵牛花，我的那些所谓的家人们都怕牵牛花，但是我不怕。我能控制住自己，我在任何时候都能控制住自己，我不怕。"

本来，最近总是有一些邪恶的想法。比如，在听到他这么说的时候，我突然想把他抓到我的房间里去，让他看看那满墙怒放的牵牛花，检验一下他到底是怕还是不怕，想了又想，终归压制住了。

不知道从什么时候开始，天又暗下来，直到伸手不见五指的程度。如此看来，在这种季节里，光明真的是特别难得的事情。铺天盖地的乌云悄无声息地涌上来，让人看不到希望，却又让人轻松而解脱。

这么差的光线，我应该起身去开灯的，然而，这个叫戴一朝的人实在特别。

我不想动。

我只想看他动。

天彻底黑下来之后，我看见角落处闪起两点绿光，像幽幽的鬼火，又像坟茔前的萤火虫，它们时而交合，时而分开，外面似乎还罩着一层纸一样的东西，像灯笼一样飘在半空，一会儿向上，一会儿向下，朦朦胧胧，看不清。

水，又有水了。

咕嘟咕嘟的声音，像很多水一起被灌进一个深不见底的洞里。然后就响起三味线。熟悉而陌生。虽然弹的是冷炎的调子，手法却大不相同，冷炎那种，最多算是哀婉，现在这个，却是冷冽而残酷，带着金铁之气和杀伐之声。

挽歌。

末路的挽歌。

一个人死了，其实并不算死。一个家族死了，才是真正的消亡吧……或者说，一个种族的死？

戴一朝，他会死吗？谁都会死。不管是不是属于他的家族，任何人，都会死。他怎么那么害怕死亡？或者说，他怎么这么相信自己？他不愿奉献出自己,但能想出更好的办法吗？他总觉得什么都能控制，总觉得连生死都可以被篡改……

而他也真的篡改了。

只是，这种代价，他付得起吗？

一道闪电划过，从天上一直深入到地下。亮白的世界中，一株墨绿的藤蔓就像长了眼睛一样，顺着走廊悄悄地爬过来，一动一动地缠上门把手，顺着钩子爬到墙上，像一只绿色的恶魔，头上开满了白中透粉的花。

戴一朝，不知道什么时候，已经不在了。

闪电的时间总是很短，强烈的光亮后，整个咨询室里又陷入了一片死寂，接着就是隆隆的雷声。我坐在原处，依然没有任何反应，就连眼睛也懒得眨一眨。

似乎长到了椅子上。

我知道牵牛花的藤蔓正在渐渐爬过来，我知道它的目标一直是我。我看不到它，却感觉得到它。虽然我的感觉向来不是很敏锐，却感觉到它。就算我感觉不到我自己，也能感觉到它。

它紧紧地缠到我的腿上，先是左腿，再是右腿，然后一路向上，爬上我的腰腹、前胸、脖子，一路晕染出好看的花色。它好像是有感情的，或者，它本来是没有感情的，只是被某些感情传染了。不管怎么说，它现在都死命地勒着我，像勒一个最后的猎物，又像是在给我一个决绝而执拗的拥抱。

布料被撕裂的声音，接着便是皮肉，有血悄悄地流出来，让它满足，也让我疯狂。

微弱的火光烧起来，地面上像洒了丰厚的白磷，亮起纯粹的火光。它们很不稳定，像燃烧在酒精上一样，飘飘荡荡的，也正像差不多已经形销骨立的冷炎。

我终于又看见冷炎的脸。

真正的冷炎的脸。

一时间，我竟然不知道该说什么，其实，现在的我们，有一点像久别重逢，至少，我心中的感觉是这样的，但也不算是。不管怎么样，我终归是不太擅长说话的。我总是不知道应该说什么。因为这个，这段时间，我也一直在质疑自己当初的决定——我这样的人，为什么要选择做心理咨询师或者灵魂修补师？我不喜欢见人，也不喜欢和人交流，现在是这样的，当时也一定是这样的，既然如此，当初我又怎么会做出这样的决定？

我看着冷炎，我看着他，我想站起来，我想走过去，我想仔细地看看他。我已经很久都没有这样做了。自从处理完林泉和子鸢的事情以后，他就很少让我再看他的脸。我迫切地想要靠近他，却发现自己已经站不起来。

牵牛花的藤蔓已经把我缠满，它们在阻止我，迎接我。

也许，我根本不需要站起来。我知道他会走过来的。他一定会这么做的。我知道他还是之前的冷炎，什么都没有变。

虽然他的脸上多了几条伤痕，滴滴答答地往下流着血，可是嘴边那两条小胡子依然修理得整齐而漂亮。虽然他的眼睛凹陷下去，周围还添了深深的阴影，藏在里面的神采依然坚定而温暖。

他什么都没有说。

他走了。

巨大的失落感瞬间包围了我，像一个没有翅膀的人飘在半空，徒劳地追赶一只四处逃窜的纸鸽子。我想要喊他，我已经张开嘴，做出了最可贵的形状，但我终究又把它闭上了。为什么要喊呢，真是很没必要的事。这个像谜一样的人。我们一直是最好的伙伴，最好的朋友，他是我的领路人，我是他的修补师。我们一起做过那么多事，见过那么多人，解决过那么多危险，经历过那么多生死……我终究从来都没有了解过他。

我也从来没有想过要去那么做。

距离是安全的，靠近是危险的。一个人，或者说，一个修补师，能遇到像他这样的领路人，已是万幸，其他的，也就不遑多论。

他是不是什么都知道？胡狸的事，成遗梦的事，林泉的事……戴一朝的事。他好像和冥主走得很近，但那脸上的伤痕，若不是冥主，谁又能伤得了他？

脸上尚且如此，身上呢？

看得见的地方尚且如此，看不见的地方呢？

我不愿再去想这些令人伤心的话题，但我又一直在想。天是黑的，也许永远都不会亮起来了，我也不愿去顾及。时间……对于戴一朝是很重要的，对于现在的我来说，又到底有多少价值？

我已经可以动了。随着冷炎的离去，牵牛花藤蔓也悄悄地隐退在黑暗里，但我完全不想动。

忽然理解了林泉当时躺在土地上的感觉。

只是没有我的爬山虎。

勉强来说，戴一颜，也就算是吧。

正如戴一朝说的，天一黑，戴一颜就按时来了。看到她的第一感觉，坦白说，我是很不舒服的。甚至当她还走在走廊里的时候，我就敏锐地感觉到了她的存在，一下就相信了戴一朝的话——她的确是被家族派来监视他的。

她虽然长着和她哥哥相似的脸，上面却没有一点愉悦和欢乐。不仅是脸，她浑身都散发着一种强大的阴郁的气息，一种冰冷而致命的魔力。她会让人感到深深的压抑，让人觉得自己被不可避免地吸入其中，无法挣扎，也喘不过气。

她并不邪恶，只是寒冷。寒冷而绝望。像高纬度吹着十二月的风，带着岁末的肃杀和满目的荒凉。或者说，你甚至都不用看她，只要稍微挨近她一点，你曾经的、现在的、未来的……所有的温度和欢乐就都会在一瞬间流失，无论如何，再也找不回来。

我努力想着一些令人愉悦的事情，我努力想着冷炎，可是一点用都没有。

明明只是一个年轻女孩，为什么会给我这种感觉？她穿得并不奇怪。虽然有点特别，但是也足够普通，准确来说，是戴一朝的翻版，或者说，他们两个穿得本来就是兄妹装，这没什么大不了的。她的举止……我还没来得及观察她的举止。她只是随便地敲门，随便地走进来，就已经带给我如此强烈的感觉。

也许，这是因为她的头发。

她没有头发。

确切地说，她没有毛发。

头发、眉毛、睫毛……所有应该被毛发覆盖的地方，都是光溜溜的。不仅如此，那些皮肤也不是正常的颜色，而是隐隐地泛着莹莹的绿色。

橄榄的颜色。

只有那些地方是这样，其他地方的皮肤都很正常。

作为姑娘，她的骨架宽大得惊人，肩宽和身高也几乎已经超过了大部分成年男人。因为酷似她哥哥，她的脸有点宽，实在称不上秀美，不过倒是透着一股洒脱的英气。

"你有没有见到我哥哥？他叫戴一朝。"暖黄的灯光下，她穿着一双黑色的军靴，无比坚定地走进来，站到桌前问我。

我怎么知道？这句话，我几乎脱口而出，却又没有真的说出来。戴一朝消失在绿色的闪电中，我却一点都不怀疑他走到了这宅子的其他地方。不可能。他不会喜欢这里。到处都长满了牵牛花，他不会喜欢这里。

如果不是这样，他又去了哪里？

难道真的凭空消失了？

我怎么知道？

第四章
| 奇怪的戴一颜 |

　　我没有理会戴一颜。我知道自己根本不用说什么。虽然戴一朝说我可以问她一些事情，但我很清楚，有些事情，就算我不问，她也一定会说的。

　　一朝天子一朝臣。脑子里忽然冒出这样一句话。我微微仰着头，目不转睛地看着戴一颜。

　　还好，她不爱吃橄榄。

　　这也许是因为她本来就像一颗橄榄。

　　她的衣服和裤子都是橄榄一样的绿色，上面缀着暗黄色的铜扣，肩章、领花、袖扣，该有的一样不少。看着这样的装束，会让人很容易联想到士兵的制服。

　　白天的时候，戴一朝也是这么穿的。只是，这种衣服穿在他身上，和穿在戴一颜身上完全不同。戴一朝，这个游移在光怪陆离的艺术里的浪子，无论穿什么，都会像什么都没有穿一样，只会让人觉得不羁和放荡。而戴一颜穿上这身衣服，自然而然就给人一种爬过尸山血海的苍凉。

她是很挺拔的，她的身材很好，她的军靴闪闪发光，她的目光阴沉而坚毅。晚风掠过只有一层薄纱的窗帘，无数妖异的形状显现出来。然而，所有的妖异，都比不上她一丝一毫。

她的嘴唇是没有血色的，可是它一张一合，终于开始讲一些什么。

"陆医生，"她郑重地叫我，脸上是一副讲和的姿态，"我知道你不会把戴一朝藏起来。那样窝囊而胆小的人，你一定不会喜欢他。这世界上没谁会喜欢他。既然不会喜欢他，也就更不会帮他逃避责任。所以，我只希望你能告诉我他的去向。他不能消失。他是我们家族最后一个男性成员。财产、宅邸……所有的一切，都是属于他的。他是家族的主人。"

"你们家族，就是这样对待自己的主人的？"想起戴一朝不安的样子，我觉得有点可笑，"他不是马上就要准备死去了吗？到时候，那所谓的钱和房子，对他来说，又有什么用？"

"有得必有失。每一代主人都是这样的。就算不是主人，普通成员，也都是这样的。"戴一颜一点都没觉得有什么不对，反而是一副大义凛然的样子，"陆医生，看来我看错你了。真没想到，你竟然会同情这样一个人。我也没想到，他竟然和你说了这么多。我还以为，他一直羞于承认自己的身份，从来都不会和外人说起太多家族里的事。"

"你真的不知道他不想死吗？"很奇怪，我竟然有点抑制不住自己的恼火。看着这样一本正经的戴一颜，最初的些许惊艳已经完全转化成了若有似无的厌恶。真是违背生物本性的规定。到了一定的时间，就要为了自己的家族和下一代，莫名其妙地结束自己的生命，如果不这样做，还会受到更加可怕的诅咒……按照我的性格，本来是不可能说得这么直接的。多么失礼，但是，看着这样的她，我真的已经懒得维持表面的平和。

"我知道。我早就知道。"戴一颜的语气依然云淡风轻，脸上也还是没什么表情，她冰冷的样子，就像一架被安置在千年冰山里，依靠冷气发动，并且永远也停不下来的机器，"我还知道，他一直想跳出这个规则，为此还把自己弄得一团糟，却始终也没想到任何可以破解的办法。我也希望他能成功，但他没有，于是又能怎么办？"

确实，如果还有一点办法，戴一朝是不会来找我的。

他来找我，名义上是心理咨询，实际上，就是想向我求助。

我也已经觉察到，这就是我需要修补的第四个人。

这一次，我该如何修补？

我感到一个幽灵一样的东西飘荡在空气里，看不见形状，只能知道它是绿色的。它无法被看见，也无法被触摸，它浑身都是那种最令人恐惧的绿，像腐烂到无可救药的橄榄。

却不令我恐惧。

它所代表的死亡，我早已经历过千万次。想问戴一颜的话，我也已经清晰地问出来。现在，我只想清楚地告诉戴一朝，其实死亡也没有你想象的那么可怕，如果真的没法阻止，那就坦然地面对，然后享受。

只可惜我已经找不到戴一朝。

他曾经在这里，但我不知道他现在在不在这里。

我忽然注意到戴一颜的佛珠。一开始，我还觉得是因为光线的问题，看错了。因为她刚刚走进来的时候，身上明显是没有这串佛珠的。现在却有。看那珠子的形状，应该是稍微经过打磨的橄榄核，不是正圆，却比正圆还要动人心魄。也许已经经历了很多岁月，几乎变成了深黑色，每一个珠子上面，都刻着一尊精美的小佛像。每一尊佛像都不一样。

然而，每一尊佛像都是没有脸的。

这串佛珠看上去神圣而破旧，也许已经要散架了，虽然一百零八颗一颗不多，一颗不少，看起来规规矩矩，但每一颗珠子上都有一道深深的裂纹，似乎只要稍一用力，它们就会集体从中间齐齐地断开。

"没想过要修吗？"我问戴一颜。

"没法修，也没必要修。有些东西，结束了就是结束了，不必强求。"她的声音还是冷冷的，却发出了一个有些意外的邀请，"我刚进来的时候，看见外面有很多牵牛花，你愿意和我一起去看看吗？"

我站起身，跟她走出去。天色已经很暗了。走廊上没有开灯。本来，我还以为她要去院子里，没想到她刚出门，就拐向了完全相反的方向。

足以包裹住任何东西的青涩气息扑面而来。借着微弱的光线，我看见牵牛花已经爬满了所有的墙壁。按理说，它们和爬山虎不同，应该很难凭空攀缘在墙壁上，但它们就是做到了。

这世上又有什么事是必然的呢？

最近这段时间，我一直在看牵牛花。有冷炎的，没冷炎；晴天的，下雨的……我前所未有地熟悉它们，也不知不觉地把它们当成了我生活的一部分，生命的一部分，但我从来没见过这么茂盛而热烈的牵牛花。它们每个都比平常大了至少几十倍，就像老式留声机的喇叭一样，大得让人吃惊。

确实是发声器官。

它们从墙壁上，从天花板上，从各种各样的地方伸出来，像一个又一个的发声器官，悠扬而尖锐地放着一些怪异而穷途末路的曲子。

三味线。

又是三味线。

第三种手法。

和冷炎惯用的不同，和白天听到的也不同。这一次，说不上是一种什么感觉，一种挑逗，又是一种探索。每一只牵牛花里都像藏了一只小小的三味线，这么多三味线放在一起，一起热热闹闹地发着声。

让人想起血肉模糊的战场和喷薄而出的欲望。

我看着这些牵牛花，而戴一颜难得地转头看我。她的眼神很奇怪，让我觉得有点不安。那是一种混合了崇敬和嘲笑的表情，我忽然觉得，平时对戴一朝，她就惯常使用这种眼神。

我却不喜欢。

戴一朝，应该也是不喜欢的。

"你要去哪里？"看到她走近卧室，几乎已经要踏进去，我的心跳骤然加快，明知故问。

我想起了成遗梦。

但她不是成遗梦。

成遗梦已经死了。

谁说她又是活着的呢……

过去的事情，始终无须多想，重要的是解决眼前的问题。我紧走两步跟上她，礼貌地为她开门。本来，我是有点抵触这么做的，然而最终也就做了。

外面的雨还在淅淅沥沥地下着。她小心地走进去，似乎害怕脚步声会吵醒了正在熟睡的牵牛花。最初，我还以为她会四处走走看看，因为卧室很大，而牵牛花大多攀附在墙上，她要看牵牛花，也就自然要走走。

却没想到，她哪里都没有去，只是径直走到窗前，坐在那里，一双眼睛淡然地望向外面。

像我惯常做的那样。

如同准时敲响的钟摆，冷炎依然背对着窗户，静静地坐在那里，抱着一只破破烂烂的三味线，酷似江户时代的流浪艺人，寂寞地坐在由牵牛花编织的世界里，弹着古老而重复的曲子。

他那一身单薄的衣服已经被打湿了，最近他的衣服总是湿的。也不知道他伤得严不严重，不管严不严重，淋雨总是不太好的吧？

我还是看不见他的脸，然而，即使看不见，我也知道，那上面一定是没什么表情的。

如千年依然的大漠。

风沙卷过，寂寥嫣然。

一扇透明的玻璃，两个混沌的世界。

他坐在花间看雨，戴一颜坐在窗前看他，我站在旁边看戴一颜。所有的一切，都像是明灭不定的提线木偶，又像是早就被设计好的剪影，或者说，幽灵？

眼前逐渐模糊，耳间，心中，世界……天上地下，只剩铮铮作响的三味线，如同一触即发的山洪，又如地底最深处被烈焰焚烧着的铁骨。

"你又来了？"身后又响起那个男孩的声音，带着藏不住的喜悦，"我就知道你会来的，看，你的蘑菇已经要画好了。"

我回过身，顺着他手指的方向看去，那幅长长的卷轴依然铺在地上，所有的留白已经被填满了——所有白色的地方，都被晕染了大片的绿色。

卷轴的尽头，是一只巨大的蘑菇。

活着的死蘑菇。

它的伞柄是橄榄状的，或者说，那根本就是一只橄榄。那绿色的，椭圆形的伞柄，酷似一只没有瞳仁的眼睛，空洞而热切地看着我。它的末端很尖，像刀尖一样刺到纸里，朝上的那一头则狠狠地刺到菌伞里，伤口周边是菊花的形状，有着无数微小细碎的锯齿。看得出来，画得相当精细。

而菌伞，那奇怪的菌伞，看起来就像是被完整剖开的橄榄，又像是无数个橄榄组成的横截面。

这哪里是蘑菇，分明就是橄榄。

但它明明是蘑菇的形状。

本来，我是要向男孩道谢的，然而，还没等我说话，这蘑菇竟然歪歪扭扭地从纸上浮了起来，像一个淘气的孩子扎了个猛子，终于浮出水面。

前一秒，这蘑菇还在纸上，后一秒，它就抬起腿，摇摇晃晃地跑了。

在我惊讶的目光下，它先是沿着墙壁跑了一圈儿，然后一下子蹦到窗外，隐匿在了无边无际的黑暗里。

"雨要停了，它一定是想回家了。你愿意和我一起去看看吗？"男孩望了望外面，故意压低声音，笑着仰头问我。

第五章
| 蘑菇巢穴 |

　　一只蘑菇的家会在哪里呢？它本来不是应该在画上的吗？如果它是真的蘑菇，一定生活在森林里吧？

　　我看向眼前的这个男孩，而他也在认真地看我。我还没有问过他的名字，他也没有说。不过，既然已经见过戴一朝和戴一颜，他的名字，问与不问，也就没什么区别。

　　他的脸有点圆，眉毛又黑又浓，眼睛很大，鼻子挺直，嘴角上翘，看上去友善，甚至有一点可爱。他的发质很好，像柔顺的水草。他并不强壮，却也不是没有力气的。

　　最重要的是，他很开心。不知道为什么，今晚的他比昨晚还要开心。他开心地对我说着什么，源源不断。每一句都不重样。

　　我却没有注意听。我知道他的话对我来说并没有什么价值。该说的，戴一朝和戴一颜都已经说过了。

　　可是声音还在，讲故事的声音，尽管特别模糊。

　　我忽然觉得他像一条鱼，一条被困在透明玻璃缸里的鱼。里面已经一滴水都没有了，他还是赖在里面，嘴巴一张一合。

"你一定很担心死亡吧？"眼前终于现出一片金黄，我终于决定把话说得清楚一点，"或者说，厌恶？虽然你画了一只活着的死蘑菇，但你心里应该特别厌恶它吧？任何形式的死亡,都会让你感到特别厌恶吧？"

我们已经不在卧室里。当他开口说第一句话的时候，周围的一切便如被风吹散的沙子一样，一点一点地风化，最终消散殆尽。当他说完最后一个字的时候，举目四顾，我们已经身处一片无边无际的沙漠。

金黄的沙子起起伏伏，中间没有任何动物或者植物，一片死寂。

不远处却有一处宅子。

黑白配色，二层小楼，木地板，纸门窗。

"其实，也不算是吧……"他犹疑地说着，"因为我的家族，我虽然厌恶活着的死蘑菇，却从来是不怕死的。虽然我还没有真正死过，但我对它真的没有什么感觉。我可以随时死去，什么时候都可以。活着还是死去，对我来说，早就没有什么区别了。"

"你现在是戴一朝，还是戴一颜？"我转过头,盯着他看，"或者，是你本来的样子，戴朝颜？"

没错，这世上根本就没有戴一朝。

也根本没有戴一颜。

他。

都是他。

戴一朝和戴一颜，不过是他的两个不同的方面。

或者说，不同的倾向。

这世上从来就只有戴朝颜。

第一次看见他，第一次看见戴一朝，第一次看见戴一颜，我就知道了。

"我什么都是，可又什么都不是。我这样的人，是与不是，又有什么分别呢？我们本来就是没有性别的。我们家族都是没有性别的，所以，我既可以是戴一朝，也可以是戴一颜。"他一边说着，一边踩着温润的沙子，向前走了两步，坐到门前突出的木地板上，"不过，既然已经到了这里，就不要多说什么了吧。我说过要带你来看蘑菇，我们还是安静地看蘑菇吧。看到眼前这所宅子了吗？这里就是蘑菇住的地方。"

蘑菇住的地方……

什么蘑菇会住在沙漠里？

蘑菇家族？

似乎又不是。

沙地上没有留下蘑菇的脚印，我知道这样说很奇怪，蘑菇怎么会有脚印呢？但是跑在我们前面的那个歪歪扭扭的蘑菇，应该是有脚印的。它之所以没有留下脚印，是因为沙子一直在流动，所以，也许已经被覆盖了。

沙子一直在动，就像不停翻涌的海浪，只是，无论海浪摇晃成什么样子，那黑白的小楼终归停留在浪尖上，纹丝不动，固执地存在着。

天上是黑的，没有太阳，也没有月亮。

几乎没有光线，除了眼前这所发光的宅子。

它真的在发光，橄榄一样的绿光，黯淡的绿光。

整片沙漠中，一片黑暗，只有它在发光。

光明。

幽冥中的光明。

它本不该是这样的。这样一所宅子，绝对不可能发出这样的光。

这宅子就像戴一颜的化身一样，一成不变，死气沉沉，并且可以轻易吸干所有的健康和快乐。

我好像看见往昔的戴朝颜。他住在一个房间里，虚弱地躺在床上，他虽然还没死，却是异常虚弱的。他几乎从不睡觉，因为他睡不着。他什么也不干，因为也不需要干。

这样的存在，承载着这样生命的存在，是绝对不会发光的。

这光芒只会来源于一个地方。

一个人。

我弯起嘴角，微微地笑起来。洞察了这一点，我忽然感到无比的愉悦和满足。

"我早就该想到的，你惧怕的根本不是死亡，就像林泉惧怕的不是疾病一样。"我看着他平和而泛绿的脸，一步一步逼近他，"既然如此，你何必要造出戴一朝那样的人物呢？"

林泉不在乎疾病，只在乎记忆。

戴朝颜不惧怕死亡，只惧怕孤独。

他没有问我林泉是谁。他确实也不怎么关心，但是他回答了我的问题。

"当然是因为孤独。一个人存在这么长时间，真是太孤独了。如果不创造两个人出来玩玩，未免就更孤独。"他幽幽地叹了口气，"更何况，戴一朝虽然和我不同——他不想死，而我对死没什么感觉，但是，在不想延续家族方面，我们是完全一样的。"

"如果你真的不怕死，为什么不想延续家族？"我忽然觉得这和戴一朝对我说的理论是矛盾的。当时，他明明对我说——他是因为不想这样去死，所以才不想延续家族的。

"也是因为孤独。"戴朝颜简短地回答，然后耐心地向我解释，"就像戴一颜说的那样，我觉得死亡是一件很美好的事。我是很厌恶活着的死蘑菇，但这厌恶里又藏着那么一点喜欢。我怎么会不喜欢呢？我早就知道会是这样的，大家都是这样的。我是一个活着的死蘑菇，大家都是活着的死蘑菇。从一开始,结局就已经注定了。我又何必不喜欢？出身于热爱死亡的家族，我又怎么可能背弃这一点？我愿意坦然去迎接这一天，我也准备了很久，然而，一个人，真的很孤独。我已经饱尝这种孤独，我不想让任何人，我的任何后代，再经历这种孤独。"

　　"你们根本不是家族？"我忽然有点明白，"或者说，虽然是名义上的家族，但是你们每代只有一个人？"

　　"是的。在这里，一个生命的死亡，只会促使一个生命的诞生。一个，什么都是一个。同时存在的只是一个人。之前的那些人，我不知道他们都是怎么坚持过来的，反正，到了我这里，无论如何也不想再延续。"

　　"可是你解决不了。戴一颜说过，你尝试过去解决，却始终解决不了。"

　　"没错，她说得很对，不过，她不知道的是，我从一开始，就知道是解决不了的。我的尝试，真的只是一种不抱任何希望的尝试。家族是多么庞大，我是多么渺小，只凭我一个人的力量，怎么可能真的做到？但是，总还是要试一试的。就算只做出一种姿态，也是好的。虽然结局无法被改变，过程却是可以选择的。在能选择的时候，做一点什么，总是好的。"

　　"所以，你依然准备去死？只是不想让后代降生？"我完全明白了他的意思，"你之所以来找我，就是想让我帮你终结这一切？或者说，说得再直接一点，就是在你的后代降生后，由我去杀死他？"

"是这样的，确实是这样的。"戴朝颜站起来，带我走上小楼。

木地板的弹性很好，踩上去很舒服，一点都不觉得坚硬。一楼几乎没什么空间，一进门就是一道又窄又陡的楼梯，只能同时放上一只脚，几乎直上直下，与其说是楼梯，不如说是一架蹩脚的绳梯，往上走的时候，必须手脚并用。只是不知道用的是什么木头，材质坚固得很，从下到上，几十级走过来，竟然没有听见一点吱吱嘎嘎的响声。

走完楼梯，就能看见一道长长的走廊，因为空气中弥漫着厚重的绿色烟雾，尽头是怎么样的，看不清。只能隐约地看见两边挂着的画像。

一排一排，都是人物像，看样子，一定是戴朝颜的祖先。

只是他们都没有脸。

本该长着脸的地方，边缘是锯齿状的，看起来就像是被完整剖开的橄榄，又像是无数个橄榄组成的横截面。

他们的脖子也都是橄榄状的，或者说，那根本就是橄榄——绿色，椭圆形，酷似没有瞳仁的眼睛。

它的末端很尖，像刀尖一样刺到画框的边缘，朝上的那一头则狠狠地刺到脸的下面，伤口周边是菊花的形状，有着无数微小细碎的锯齿。

它们是有身子的。

这是全身像。

每一个，都像戴一颜佛珠上的佛像一样。

一个，两个……一百零七个。

走到尽头的时候，我不由得看向戴朝颜。

一百零八个。

确实，它的脖子上也戴着和戴一颜一样的佛珠，或者说，这佛珠本来就是他的。戴一颜的，本来也就是他的。

稍微经过打磨的橄榄核，不是正圆，却比正圆还要动人心魄。在岁月的浸润下，几乎变成了深黑色，每一个珠子上面都刻着一尊精美的小佛像。

每一尊佛像都不一样。

每一尊佛像都是没有脸的。

神圣而破旧，一百零八颗，一颗不多，一颗不少，看起来规规矩矩，但每一颗珠子上都有一道深深的裂纹，似乎只要稍一用力，它们就会集体从中间齐齐地断开。

直到这时，我才注意到，最后一颗珠子上，还是干干净净的。

没有佛像。

"没错。我就是第一百零八个。有些东西，的确到了该结束的时候。"他微微低下头，把脖子上的佛珠摘下来，递给我，"你能和我在这里住一段时间吗？别担心，用不了多久，也不需要你做什么，只是待在这里就好。"

第六章
| 又见冷炎 |

真的什么都不用做吗？我在心里冷笑。本来，我是一个相当温和的人，不会有太大的情绪波动，也不会太过激烈地对任何人，但是，看着戴朝颜伪善的嘴脸，我真的有点控制不住自己。

"你的什么都不用做，指的是在我杀死你的后代之前，什么都不用做，是吗？"站在绿色的迷雾中，我终于忍不住问他，"你真的觉得你什么都能控制，包括你自己的生命，也包括别人的生命，是吗？"

"如果一个人连自己都控制不了，该是多么羞耻的事。"戴朝颜瞟了我一眼，意味深长地说着。

真是耳熟，他是从哪里知道的。一时间，我竟有些惘然。

"你确实可以控制你自己，但你无法决定别人的生死。你的祖先决定了你——你注定孤独地降生，孤独地长大，孤独地死去，所以你觉得活着就是忍受孤独，就是被无休止地折磨，你不想让你的后代也遭受这些，所以你不想让他降生。但你有什么权力替他做决定？你凭什么认为，你认为的孤独，也是他认为的孤独？你这么做，和你的祖先又有什么区别？他们铸造了你必死的命运，而你掐掉了后代出生的希望……你们有什么区别？"

"我这是为他好。"戴朝颜固执地说。

"你的祖先，也一定觉得这是为你好。"我针锋相对地说着，忽然，一阵狂喜涌上我的心头，我忽然发现了问题的本质。我一把抓住他的肩膀，居高临下地看着他，一字一句地问，"你曾经对我说过——你们家族的人到了一定的时候都要准备去死，如果不主动去死，死亡就会以更加惨烈的方式降临。你是从哪里知道的？你刚才不是说，你们家族每代只会有一个人？你见过你的上一代吗？你是从哪里知道他们的事的？"

"没有见过。"戴朝颜无所谓地答着，"可是这有什么关系？每个人活着的时候，都把自己经历过的一切详细记录在了一本书里。我翻看过每一页，里面的每一个人都是这么说的。这是根本不需要质疑的事。"

"是这本书吗？"走廊尽头的一个房间里传来冷炎那慵懒而随意的声音，连带着蹿出五彩缤纷的火光。

无边的惊恐涌上戴朝颜的双眼，他大叫一声，旋风般的冲过去。本来，我以为他会像我一样，在经历了这么多事情后，在忍受了长期的孤独后，早已没有了任何起伏或者悲喜，他也确实是这样表现的。无论是戴一朝，戴一颜，还是他本体，在面对我的时候，都没有什么出格或者失态的样子。

然而，在听到冷炎的声音，看到五彩的火光的时候，他的表现真的让我吃惊。

还有冷炎，那骚性无比的冷炎，终于又带了一脸满不在乎的笑，穿着流光溢彩的黑袍，倚在一张类似于贵妃榻的东西上，一双眼睛飘忽不定。

一会儿看看我，一会儿看看戴朝颜。

他的里面肯定是什么都没有穿的，袍子下面露了很多皮肤，隐约能看到一双腿妖娆地蜷着，映衬出他全身完美的曲线。他的胸口和他的脸一样，上面有着新鲜的伤痕，只是更多，纵横地交错着，红得鲜艳。

他的身旁立着那只三味线。地上满是盛放的牵牛花，没有一点藤蔓和枝叶，都是干干净净的花朵。

戴朝颜站在门口，没有进去。不过，看他的表情，一定是想立刻冲进去的。不仅冲进去，还想干脆把冷炎碎尸万段那种。

因为地上烧着一本书。

或者说，是一本类似于书的家谱。

真是很好看的书，而且特别大。我还从未亲眼见过这么大的书。一米多长，将近一半的宽度，真皮的封面，深棕色，上面压着各种各样奇怪的花纹，也许是文字。封面上十字交叉，缠着两条橄榄绿色的皮带，像一个代表生命的十字架。

那火比书还要好看。

看来冷炎最近休养得不错，这火焰简直比我在葬婴塔前看到的还要热烈，颜色饱和度也很高，艳丽得几乎晃眼。

绚烂的火焰彻底包围了那本书，也让戴朝颜变得狰狞而咬牙切齿。

"你怎么敢……"他红着眼睛瞪向冷炎，一双手紧紧地捏着拳，从牙缝里蹦出这么几个字，"你怎么敢？"

"我有什么不敢的？"冷炎一脸无所谓，"你不是说你……牛花吗？来啊，快进来。我亲爱的小河童，好好看看这些花川……

"都是为了他？"想起最近的冷炎，如同阳春里和……橄榄、尚未封冻的寒冰猛然融化得如高山上的雪水，纯净而牵牛花、三味线……都是为了他？"

我没有再问下去。

因为戴朝颜的一双手已然爬上我的肩膀，死死地扼住了我的咽喉。

"快灭火！"他一边使出吃奶的力气，一边恶狠狠地瞪着冷炎。

真是奶凶奶凶的。

窒息其实是有快感的，很久都没有享受到了。虽然我更希望对方是冷炎，不过戴朝颜也算还好，至少在颜值上过得去。只可惜，还没等我好好享受一下，就听见里面的冷炎轻轻地叹了口气，幽幽地来了一句。

"别装了，陆一休，我是不会去救你的。我刚从冥主那里回来，你懂的。"

不会救我……刚从冥主那里回来……好吧，那就不苛求他，还是自救好了。

幽怨地看着冷炎，我失落地抬起胳膊，轻松掰开戴朝颜的双手，顺手一拳打上他的后脑勺。

晕了。

"其实，准确来说，他应该也不是标准的河童吧？"看着冷炎把戴朝颜拖到一个早就准备好的笼子里，我一边为这孩子以后的命运担心，一边问着。

那笼子整个就是用牵牛花的藤蔓编成的，有些上面还带着稀稀落落的花朵，看起来倒是有几分美感。

算是远亲。他们虽然也爱吃黄瓜，头顶有个凹陷，害怕牵牛花，却不需要生活在靠水的地方。当然了，他们长得也比河童好看多了。

　　随着冷炎的语声，一株墨绿的藤蔓就像长了眼睛一样，顺着走廊悄悄地爬过来，一路爬到笼子里，像一只绿色的恶魔，头上开满了白中透粉的花。

　　它紧紧地缠上戴朝颜的腿，先是左腿，再是右腿，然后一路向上，爬上腰腹、前胸、脖子，晕染出好看的花色。

　　勒得死死的。

　　只是没有布料被撕裂的声音，更没有皮肉和血。

　　"你这算是……区别对待吗？"想起当初冷炎对我的待遇，我苦笑着问。

　　"你们两个本来就不一样，没什么可比性。"指使我把笼子搬到贵妃榻旁边，冷炎重新卧到上面，轻轻踹了踹笼子，对紧闭着眼睛的戴朝颜说，"行了，你也别装了。恶人都被我当了，还是睁开眼睛吧。"

　　听到冷炎这么说，戴朝颜马上就睁开了眼睛，只是语气里还是藏着一点惆怅。

　　"虽然它留着也没什么用，但是，我万万没想到，你真的把它烧了……"

　　"还不是你说的？那上面说，到了一定的时候，就要准备去死。现在好了，没有它了，你也不用纠结这个问题了。"

　　"你们觉得，这真的就能拦住我吗？"戴朝颜怏怏地问着。

　　"你要真想死，谁都拦不住你。不过，你要是真死了，我们绝对不可能满足你的愿望，帮你终结下一代，所以，你最好想清楚，如果愿意像你的祖先们那样死去，谁都不拦你。我可以给你一段时间。三天，五天？一个月？时间你定，到时候给我们一个结果。"

　　"想清楚……也许，我根本就想不清楚。哪怕给我千百年，我也想不清楚，我根本不知道我想要什么。陆修说的没错，我一直在控制自己，并且也真的做到了。这让我活得很规律，很有条理，但是，久而久之，我也因此而失去了自己的想法。所以，我是很羡慕你的。你可以想不弹钢琴就不弹钢琴，想种牵牛花就种牵牛花。我也很羡慕陆修。他想坐在那里看你多久，就可以看多久。两个人，多好啊……总比一个人要好。你们虽然隔着一层玻璃，也不怎么说话，实际却从来都没有分开过。正因为这个，我做戴一颜的时候，才会提出要去那里看你。顺便提一句，你的三味线弹得很好，如果可以，我愿意试试尺八。"

"如此说来，你是渴望失控的感觉了？"冷炎翻身坐起来，邪邪地笑着，"如果真是这样，我现在就可以满足你。"

第七章
| 一点真相 |

"你一定听过这样一句话——上帝的归上帝，恺撒的归恺撒。"
等到戴朝颜终于幸福地晕过去后，冷炎撩起袍子，随便擦了擦手上的
血迹，笑着对我说，"我们也可以学习一下。从现在开始，到他终于
做出决定之前，冷炎的归冷炎，陆修的归陆修。"

"你的意思是——白天，他的身体归你，晚上，我再去修补他的
灵魂？"我微微地皱起眉，"这样真的好吗？当初不是说，一切都要
由我独立完成？"

"独立完成？"冷炎突然狠狠地扯下身上的袍子，眯着眼问我，"看
我这个样子，你真不明白是怎么回事？"

面前是一具伤痕累累的身体，或者说，遍体鳞伤。

真的是密密麻麻的伤。

本来，他的皮肤虽不算白皙，却也足够光滑，现在，从脖子往下，
所有的皮肤上纵横交错着各种各样的伤痕。点状的，线状的，还有一
些不规则的几何图形。它们霸道地侵占他的身体，有些甚至狰狞地翻
过来，露出里面鲜红欲滴的血肉。

青色、紫色、黑色、黄色……红色。

最大的那处在心口，血液干涸后的暗红色，似乎一整块皮都被撕了下来，几乎可以看见上面细小的毛孔。基于冷炎作为领路人，具有超强的愈合能力，透明的嫩肉已经新长出来，透过嫩肉，可以清楚地看到下面雪白的骨头。

再下面就是剧烈跳动的心脏。

彩色的心脏。

我不由自主地吸了吸鼻子。刚才，我一直以为是屋子里点了熏香。一般这种屋子里都习惯点熏香，直到这时，我才明白，原来那浓郁的沉香气息，来自于冷炎那血肉模糊的身体。

沉香血。

我怎么会忘了呢?

也许，我是太久没有流血了吧……

"是她干的?"我盯着冷炎的眼睛，那里面寒气逼人，深不见底。我忽然明白为什么我这么长时间以来都没有情绪的起伏，因为和冷炎住在一起的这段日子里，我的确过得太过舒服。以前，我还要考虑为自己做做推广，毕竟，如果一直窝在宅子里，肯定不会有病人上门，也就不会有收入，没法维持我作为人的生活。自从冷炎来了以后，病人的事情从来都不用我考虑，生活上的问题，也一点也不用我关心。每天，我什么都不用做，一切便都运行得妥妥帖帖。

现在，不一样了。

竟然有人伤害冷炎。

竟然有人把冷炎伤害成这个样子。

脑子轰然一声，一片空白，所有的血液先冲进去，又被愤怒像海绵一样吸干，失重的感觉，有点头晕。心跳骤然变得剧烈，连呼吸都没法控制，感受着四肢冰冷的温度，我的手竟然控制不住地发抖。

"是不是她干的？"我从牙缝里一字一句地挤出来这几个字。

"你应该还记得，我说让你最后修八个生魂，之后就给你自由。现在，你已经快完成了一半。既然如此，有些事，也应该告诉你了。"他没有直接回答我的问题，却开始回顾那些看似平静的过往，"你一直都不觉得奇怪吗？你知道，我也知道，从来没有一个灵魂修补师可以背离契约，否则冥界的平衡就会被打破。而她，那无所不能的冥主，又怎么会允许这件事发生？"

"一开始，我是不相信的。但你说我们不一样。你是我的领路人，你知道我是多么热爱自由，所以愿意让我试一试。我见你说得那么轻松……"我忽然明白他想说什么，如果那确实是真的，可真是一个令人感到恐怖的事实。

"她根本不知道？这一切，本来就是你的意思？"

"是的。她不知道。不过，这世上有什么事又真能一直瞒住她？胡狸那件事之后，没多久，还没等成遗梦出现，她就知道了。所以，那段时间，我是真的经常被冥主召见。至于召去干什么，不用我说，你应该也能想得到，不然，我也不会回去累得连话都不跟你说，直接倒头就睡。"

"那时候就开始了？"

"准确来说，也不算是。那时候，她还给我留着面子，只是用点软的，好说好商量地劝我终止计划。说到这个，她真的很有耐心，一直到你修完成遗梦，也没做一点出格的事，至少从来没对我动过手，直到林泉的出现，才终于激怒了她。"

林泉的子鸢，分明就是冥主的化身。

"是我激怒了她吧？"想起自己当初的所作所为，如果我是她，也会恼羞成怒吧……"不过，既然这件事不是她同意的，八个生魂肯定也不是她挑的，而是你挑的。既然你知道林泉会激怒她，又为什么要挑林泉？难道说，你不知道林泉会激怒她？"

"我知道。我明知道林泉会激怒她，却还是这样做了。也许你也已经注意到，这些人，大多数都不完全是人。林泉也是。他是一部分的你。这八个人里面，都有一部分的你。只是林泉占的比例太大，让冥主不得不亲自出手。毕竟，这戳到了她的痛处。陆修，降生到人间之前的那些事，你真的都忘了吗？你是怎么做上修补师的，怎么选我做领路人的，你都忘了吗？"

脑海中悠悠地浮起几个碎片，却像错位的拼图，虽然拼命地往一起靠，却无论如何都凑不到一起。我应该是记得一些事的。只不过，很多事，记着也就还不如忘掉，所以我这样回复冷炎。

"不记得了。确实都不记得了。"

"也好……那就不提也罢。其实也和我们接下来要做的事情没什么关系。现在你知道了，这几个人都是我安排的。所以，每个人身上会发生什么，我自然也都清楚。你一直的感觉是对的。我什么都知道，确实是这样。所以我才会一直表现得那么随意。一切都在我的掌握之中，又有什么好紧张的呢……危险是有的，但那不过是一点小小的刺激，无伤大雅。只可惜，所有的操控，到林泉那里，已经是她对我最后的容忍。她带林泉来我们那里，就是给我一个小小的预警。那天晚上，你睡着以后，我去地下室，也正是去见她。所以你去的时候，才会看见那样的我。我们在那里谈了一些东西。具体是什么东西，太复杂了，也就不多说了。你只需要知道，最后，她总算同意这一切继续下去，如果你真的可以顺利修完这八个生魂。自由，一定是你的。"

"只是需要付出一些不可告人的代价，是吧？"我上下打量着冷炎，说不清心里是一种什么感觉。其实我很想走过去，摸一摸他的伤口。然而只是触摸，无法抚平，也就还不如不做。

所以我终究没做。

面对我的反问，冷炎也没有理会，只是继续往下说着。

"所以，我说得够清楚了吗？独立修补……全由我做主的时候，你独立修补肯定没什么问题。我虽然会给你设立障碍，却绝对不至于到伤根动命的程度。她加入以后，就不好说了。你是我冷炎的修补师，我只有你一个修补师，而她……自从那件事之后，你也就对她一文不值。像你这样的修补师，她有千千万万个。所以，在这种情况下，我能做什么的时候，当然要尽量做一点。"

那件事？

我和冥主会有什么事？

我看向冷炎，而冷炎目光闪烁，我知道他不愿说。那必将是更大的禁忌。于是我也就不问。

"好。我懂了。"我只是简短地说着。

本来，我还疑惑冷炎为什么要对戴朝颜下这么重的手。对于任何需要修补的生魂，冷炎向来都是温柔相待，像对待一只刚破壳的生命，对待戴朝颜……看他刚才凶狠的样子，几乎已经是赤裸裸的虐待。虽然这是戴朝颜主动要求的，做到如此地步，也未免有点令人毛骨悚然。

然而，在听到隐藏在背后的一切的时候，也就顿时释然了。

一个人，将两个生命放到一个环境里，让他们按照设定的程序走下去，又在很长一段时间里，对他们不管不问，任其发展。后来，他们长出了自己的思想，渐渐脱离轨迹，并且自以为可以掌控自己的命运……这时候，她又突然出现，虽然不得不认同他们的改变，却又霸道而刁钻地扔进来别的东西，强迫并且威胁他们必须接受。

被这么算计……我要是冷炎，也就不只是把戴朝颜打晕过去了。

虽然客观看来，这件事和戴朝颜也并没什么关系。

背后的人，是冥主。

一直都是她。

"冷炎的归冷炎，陆修的归陆修。"我这样对冷炎说。

至于打晕……也算是戴朝颜自己的要求。正所谓一个愿打一个愿挨，也就没什么好说。接下来的日子里，几乎每天都是这样。冷炎虽然拖着伤痕累累的身体，活力依然满到爆棚，每次处理戴朝颜的时候，就像是打了鸡血一样兴奋。

我们也没有把戴朝颜带回去，而是干脆住了下来。

因为场面过于惨不忍睹，他们俩在一起的时候，我是从不出面的。二楼的房间很多，我住在冷炎的隔壁。只可惜隔音效果不太好，尽管墙很厚，还是可以听见隐约传来的戴朝颜的惨叫声。

从早到晚。

我当初说的有点失误。我和冷炎的交替，不是白天和晚上的区别。这片沙漠里，是从来都不分昼夜的。无论什么时候，都是一团无边无际的黑暗。所以，所谓的白天，指的是戴朝颜清醒的时候，而晚上，也就是他主意识昏迷的时候。

虽然愤怒于冥主的横插一脚，修补灵魂这种事，毕竟还是要做的。

不过，对戴朝颜的过往，我知道得越多，也就越觉得，如果真把他修好，也就是让他陷入更深的折磨。

戴朝颜昏迷的时候，身体会被冷炎塞回到用牵牛花藤蔓编成的笼子里，灵魂则会来找我。

一天又一天过去，他变得越来越虚弱，眼睛里的活力却越来越多。他虽然像一缕蛛网一样四处飘荡，心里却变得前所未有的快乐。

生命是多么顽强的东西，哪怕知道前方等着死亡，快乐也是无法被阻挡的。

一个人的时候，我也从不下楼。我很讨厌那个窄窄的楼梯。大部分时间里，我都只是坐在自己的房间里，随便看看窗外的风景，虽然外面也只是一片黄沙，没什么太好的风景可看。

偶尔，我也会玩玩冷炎的三味线，只是不怎么感兴趣。

其实，客观说来，在这里的日子，过得和在家没什么两样，除了等待一个永远需要等待的人，修补一个执意去死的灵魂。

在冷炎的操控下，戴朝颜不再像以前那么悲伤而绝望。当然，在和他不熟的时候，任何人都看不出他的悲伤和绝望，只可惜，尽管和他不熟，他却毫无保留地向我们展示了一切。

他不再悲伤，但阴郁依旧。

阴郁就像一株生命力旺盛的藤蔓植物，也许就是牵牛花。它伸到他的血管里，长到他的心里，和他根深蒂固地融为一体。

很难说是阴郁侵占了他，还是他就是阴郁本身。

像之前遇到的很多人一样，他也开始给我讲故事。不可否认的是，他确实比大多数人都会讲故事。这是很奇怪的事，因为一般的故事里总需要有很多人物。毕竟故事是关于人的故事。他的故事里却是没有什么人的，因为他本身就没有接触过多少人。

但也足够动人。

这是一个关于孤独的故事。

这个故事，从蘑菇之家开始。

第八章
| 蘑菇之家 |

"还没有正式向你介绍呢……这里叫蘑菇之家。名义上是家，其实不过是个住的地方。无所谓了，反正名字只是名字。大家都这么叫，我也就这样说给你听。这几天，你应该也看到了，这里上上下下，每一个东西，每一个角落，都是用木头做的。不是一般的木头，而是有生命的木头。它们像任何动物一样，会生长，会衰老……而随着它们的生长，衰老，这里也在不停地生长，衰老。千百年来，正是它们滋养了这个家族，也正是它们造就了我的孤独。"一天晚上，戴朝颜飘在空中，居高临下地看着我，语气温情而狂热地说着，"孤独……陆修，你感到过孤独吗？"

我什么都没有说，我只是跪坐在地上，稍微仰了头看他，像看一个透明的会说话的气球。我不知道应该怎么回答他。孤独，这是我从来都没考虑过的问题，就像衰老一样。我其实很少去思考问题。我更习惯于当问题来临的时候，想办法去解决。

所以，他的问题，就像成遗梦的问题一样，让我无法回答。

当然，在没有冷炎的日子里，我一直都是一个人生活的，但一个人生活不代表孤独。虽然有时候，我也会有一点特别的感觉，但我不确定这种感觉到底算不算孤独。我不想显露这种疑惑，毕竟，现在需要被修补的是戴朝颜，不是我。

更何况，我很清楚，戴朝颜这么问，其实也不是想知道一个答案。

"也许，你们都觉得，既然我从来没见过死亡，也就没有资格谈起死亡，更不可能真的喜欢它、迷恋它。是的，按照逻辑来说，确实是这样的。我从来都不知道死亡是什么样子，我没见过任何死人。不过，这并不妨碍我喜欢它。很多人素未谋面，也会互相喜欢的。我和死亡，正是这样的关系。"

"是因为对比吧？"我逐渐明白他的意思，"你虽然没有接触过死亡，但是，对它的孪生兄弟，孤独，应该是很了解的吧？"

"是的，我了解孤独。我了解它。我对它的了解，甚至远超过对我自己的了解。它是我的伙伴，我的情人，我的朋友，我的父母……我的神明。它像我的影子一样，随时随地跟在我的身后，无论如何都甩不掉。大部分时间里，我也不愿去甩，如果连孤独都离我而去，岂非会更加孤独？到时候，就真的没办法再活下去……而和它在一起的每分每秒，我都觉得自己像一只死蘑菇。确实，我还活着，但我已经死了。或者说，这种活着和死了没什么两样。我是一只死蘑菇，活着的死蘑菇。"果然，他继续说了下去，也稍微降下来一点，跪坐到榻榻米上。

"关于我们家族的起源，都在那本书里，我先祖的全部历史，也都在那本书里，可惜，让冷炎就那样毁了。我很生气，坦白说，看到它被烧成灰烬的时候，我真的很生气。我甚至想干脆杀了冷炎，但是，当时那种感觉，又不仅仅是生气。我知道这很奇怪，但我确实还有一点喜悦。我很高兴。能看到这个家族的终结，哪怕只是历史上的终结，我也很高兴。哪怕我知道我不应该有这种高兴的情绪，依然抑制不住这种高兴。他做了我一直想做的事。我早就想那样做了，只是一直有所顾忌。所以，从这一点来说，我是感谢冷炎的。不过，话说回来，那本书有没有被毁，其实都不重要。所有的一切，早就都印在了我的脑子里，如果你想知道，我随时可以讲给你听，不过，我觉得你并不是很感兴趣。你似乎对我有一点偏见，对我的家族也是。虽然你没有说出来，但我已经清晰地感觉到了。你觉得，像我们这样的人，根本不应该存在，对吧？"

"你误会了。"既然他已经把话说到这种地步，我也就不得不开口，"我没有那个意思。这世界不是谁的世界，谁都有权力选择自己的存在方式。只能说，我不是很能理解你们的方式，但这并不代表我不想让你们存在。你们是一个不畏惧死亡的家族，不仅不畏惧，还有点热爱。关于死亡，每个人都有不同的理解，你们这样理解，我那样理解，没有什么不对。这世上本来就没有什么对，也没有什么不对。"

"也好吧。你有这种态度，也好。既然如此，也就不用说再多的背景，只讲我的故事就好——我出生的时候，我的上一代已经死了。不能说是父亲，也不能说是母亲，因为我们雌雄同体，并且只能自己和自己生育。总之，生我的那个人，死了。因为下一代的出生，也就意味着上一代的死亡。"

"如此说来，你应该见过死亡。"我想起他刚才说的话。

"没有。我们的死亡是一种彻底的消亡。不会像正常人一样留下尸体。我们什么都不会留下。生命结束的时候，我们的身体会悄无声息地消散到空气中，所有的私人物品也会同时消失。关于我们的一切，都会消失得彻彻底底。我们这个人，就像从来都没有在世界上存在过一样，包括留存在别人脑子里的记忆，也会一并抹去，不复存在。所以，我出生的时候，并没有亲眼见过我的上一代。只是在那本书上，我才得以知道一点关于他的事情。"

"你们刚出生的时候，应该只是婴儿吧？难道，你们一出生就可以自己照顾自己？"我问。

"是的。我们虽然是婴孩的形状，却有一定的思维和行动能力，照顾自己并不困难。直到上学之前，我都是一个人生活在这里。这是个神奇的宅子，只要具备本家族的血统，生活中，想要什么东西，动脑想一想，它就会出现在你想让它出现的地方。所以，在这里生活，其实不是一件困难的事情。"

"如果真的是这样，确实不难。只是，你们还需要上学？"我有点意外。本来，我以为，他们从出生到死亡，一直都是生活在这里，过着与世隔绝的生活。

"当然是需要上学的。早就说过了。我们除了产生方式和正常人不一样，其他的事情，没有什么不同。我们也要上学，也要工作……如果愿意，甚至也可以爱上某个人，只是碍于身体上的问题，一般都不能走到谈婚论嫁的地步，更没法修成正果，白头偕老。我的大部分家庭成员，也正是因为考虑到这一点，才拼命控制住自己，哪怕再喜欢，也不会放纵自己去爱上某个人。毕竟，对于我们来说，如果真的开始，十有八九都是误人误己，徒增烦恼。"

真是让人同情的家族呢……我不禁暗自感叹。

"说得远了。还是说回上学的事吧。"他勉强地笑了笑，拉回飘忽的思绪，继续说着，"其实，对于我们来说，上学不是为了学到知识，而是为了看看外面的世界。不过，对于我来说，看了也还不如不看。"

"为什么？"

"因为孤独。"他闭上眼睛，不自觉地打了个寒战，"真是孤独。到了上学的年纪，像先祖们一样，我离开这里，用我的特殊能力伪造了身份，进入了一所学校。本来，我以为这样就能摆脱孤独，事实却和我开了一个大玩笑。在你们的社群中，我依然感到深深的孤独，甚至，比在这里的时候还要孤独得多。我的同龄人都疏远我。这是为什么呢？很长一段时间里，我都想不出原因。我没有显得和大家不一样。我也是个普普通通的孩子，为什么大家都不愿意和我在一起？或者说，也不是不愿意和我在一起。他们偶尔也和我一起玩，却始终都不会把我当成固定的玩伴，只是在找不到人玩的时候，才勉强用我打发一下时间。一开始，我觉得疑惑，更觉得伤心，后来，我想了很久，终于发现了一点事情——原来，他们都有固定的玩伴，固定的圈子。他们的圈子，早在上学之前，就已经被铸造得很稳固。有些圈子的形成，是因为两家住得不远，所以从小就在一起玩；有些圈子的形成，是因为双方父母在一起工作，互相早就认识。而我，我有什么呢？我虽然告别了蘑菇之家，来到了熙熙攘攘的人群中，却还是独自住在那里，也没有父母和任何社会关系。我想摆脱孤独，拼命地想。但是，我该怎么做，才能打入他们的圈子呢？真是让人头疼的事情。"

"圈子……无论什么行业的圈子，无论是孩子还是成人的圈子，本来就是这样难以被打破的。"

"确实，但这难不住我。我想到了一个好办法。确实很有效果。用了这个办法，大家越来越愿意亲近我了。"戴朝颜笑了起来，笑容中却是满满的嘲讽，"这个好办法，就是用成绩说话。我虽然有着孩子的外表，认知能力却几乎接近成人。用你们的话说，应该算是，早慧？老师们确实是这么说我的。我毫不费力就可以拿到让人羡慕的成绩。这让我很受大人的喜欢。老师、家长……都喜欢我。学习好的孩子，谁又会不喜欢呢？更何况这个孩子还没有任何不好的品性，平时从来不吵不闹，甚至连大声说话都不会，只是安静地待在这里，从不会给任何人惹麻烦。而一个被大人喜欢的好榜样，只要是稍微聪明一点的孩子，又怎么会不来表示对他的亲近呢？哪怕是为了讨好大人，这样做也是很值得的呀！"

第九章
| 无解的孤独 |

"可是，这样交来的朋友，应该是不会长久的吧？"我越来越同情戴朝颜。

"长久……哪有什么长久。本来就没有什么长久。我只是要一点热闹。我当然知道，他们接近我，只不过是因为我这里有他们想要的东西。我也并不想掩饰这一点。想要，是吗？没关系，拿我想要的来换。人和人在一起，不过就是各取所需，互相交换。作为学生，他们需要我的智力；作为孤独，我需要他们的热闹。这很公平，真的很公平。那时候，我是这样认为的，现在，我也是这样认为的。我借他们作业抄，给他们讲题，甚至帮他们在考场上作弊……都觉得没什么大不了。想得到一件东西，就一定要拿一些东西去交换。想得到的东西越重要，用来交换的东西也就越重要。这是连孩子都明白的道理。我也一直践行得很好。只是，随着我渐渐地长大，这些手段，我玩起来，也就越来越觉得无趣。"

"你又开始感到孤独了，是吗？"

"是的。孤独，这个让我想要生也想要死的婊子，它又像很多年前一样，扭着令人作呕的身子，搔首弄姿地找上门来，来势汹汹地缠上了我。比以前任何一次都要厉害。然而，就像吸毒一样，我已经找不到更好的替代品。我觉得这样的热闹是无趣的，是无聊的，却又找不到新的。我欠了孤独的债，债主正在疯狂地围捕我，追杀我。我知道，一旦落到它的手里，我就算完了。彻底完了。然而，这笔债我要怎么还？想了又想，这一次，我打算出卖一下更深的东西，展露一点真才实学。"

"你选择了乐器？尺八？"我看到他的目光落到三味线上，又想起他对冷炎说过的话。

"是的。当时学校里有几个人特别痴迷尺八。而我……只要愿意，精通什么东西，总不是难事。不到一周，我就成功地被他们注意上，然后就是迷上。其实，一直到现在，我也不知道他们到底是真喜欢这种乐器，还是觉得学习太过枯燥，只是想打发一下无聊的时间。不过，到底是因为什么，其实也没那么重要。至少，这一点是很清楚的——他们确实很喜欢我的音乐。从他们的眼睛里，我能看得出来。那时候，每天晚上放学以后，我们都要聚在一起，坐在固定的地方。我吹着曲子，而他们静静地听着。那些曲子，其实都是我随便编的，不过，随意吹来，倒也真的好听。也正是在他们身上，我才稍微感受到了一点温暖。除了温暖，还有一点别的。我说不出来是什么，也许，那就是真正的少年心性，肝胆相照吧。这种东西，正是孤独所深恶痛绝的。所以，那段日子，过得真是不错。"

"然而，你们终于分开了吧？"我猜测着，心中满是遗憾。

"是的。分开。毕业了，怎么可能不分开呢？就算不是因为毕业，也总是要分开的。他们中的大多数都很明晰这一点。大家虽然现在坐在一起，但本质上，依然不过是生命里的过客，相伴走过一段短短的路程，之后就会分道扬镳。在你们的世界里，这是很正常的事。毕竟，大家都有各自的追求，尺八……谁又会把尺八当成自己的全部呢？更不会把剩下的生命都用到它身上。然而我不知道。很愚蠢吧？连我都没有意识到原来我竟变得如此愚蠢。本来，我不是这么愚蠢的，只可惜和他们待的时间太久。他们像一些弱酸的溶液，虽然悄无声息，却把我的伪装剥得彻彻底底。我这么一个随时随地对任何人保持高度警惕的人，在他们的世界里，我竟然不知不觉地放松了所有的警惕，而这一切也就在这个时候轰然结束。我很难接受。我觉得，我们本来可以一直这样下去的，然而就这么戛然而止。大家各自奔向各自的方向，各自拥抱各自的未来，只留我站在原地，极目四顾，茫然无措，连他们的背影都望不到。"

"真的就这样结束了吗？"我不相信，既然真的如此美好，一定还有一些东西，是可以剩下来的。

"是的，结束了。不过，还是有一点东西留了下来。他们中的一个人对我说，如果还有谁能够坚持下来，一定就是我。他的语气很坚定，而我也就真的信了。虽然我只是沉浸在孤独中，甚至忘了问原因。"

"因为你够简单直接。一旦认定什么，真的会一往无前，不顾一切。"

"你竟然也这么说。"戴朝颜笑着看我。他竟然笑了。最近几天，无论是面对冷炎，还是面对我，他都从来没有露出过一丝笑容。

就在听到我这么说的时候，他竟然开心地笑起来。

"后来，我又遇见那个人，那一次，终于来得及提起当年的事。他也是这么说的。只可惜物是人非，像我一样，他也很难再活下去。不仅如此，甚至比我还要糟糕许多。从那以后，我们就再也没联系。现在……已经先我而去了也说不定。接下来的日子……真的是无比黑暗。自从他们离开之后，我的日子就变得黑暗起来。我也回顾过几次。只是，我吃惊地发现，我的感受竟然和现实是完全相反的。也许一切只是我过于敏感，现实没有我感到的那么糟糕。确实，在别人看来，我的日子过得很好，我的学习成绩数一数二，我的尺八也越来越精湛。凭借这些，我的身边很快又围拢了一群人。我很高兴，我的确是想开展新生活的。过去的已经过去，未来还有无限可能。当时，我确实是这么想的，只可惜，没过多久，我就发现了丑陋的真相。"

"怎么了？"

"我的尺八吹得越来越好，喜欢我的人也越来越多。我本来觉得，他们是真的喜欢，没想到，这种喜欢，才是真正的打发时间。我的东西，在他们那里，不过是一种随意的消遣。或者说，连消遣都算不上。如果有别的消遣，他们才不会来找我。如果有正事要做，他们才不会来找我；如果心情很好，他们也不会来找我。只要在闲得几乎发霉，并且心情特别不好的时候，他们才会过来听听我的曲子。即便如此，也真的只是听听，大部分人，只是听几句就走，从来没有一个人肯坐下来，好好地听完一曲。一开始，我试图原谅他们，因为我知道他们听不懂。然而，这样的人，真的值得原谅吗？如果听不懂，为什么还要凑过来听？如果只是听听也就算了，为什么还要一脸崇拜地对我说喜欢？他们根本不知道我吹的是什么，他们甚至根本不知道那东西叫尺八！喜欢，这就是他们对我表达的喜欢。他们也确实觉得，那样就算是喜欢。那样就已经算是喜欢了。"

"大家都很忙，并且会越来越忙……"我无力解释，连我自己都觉得无力。

"是的，大家都在忙，只有我在闲着；大家都在走，只有我在停着。"戴朝颜还在笑，几乎要嘲讽死了的笑。

他先是微微地笑着，然后开始张嘴，发出哈哈的笑声，最终演变成仰天大笑。

"哈哈……陆修，你一定想不到。那段时间，一边吹着曲子，我心里一边想着什么。哈哈……五陵年少争缠头，一曲红绡不知数！那个叫孤独的婊子，又要命地缠上了我。它不纠缠到死，是一定不会罢休的。而我为了让人喜欢我，到底都付出了什么？我为了摆脱孤独，到底都做了什么？我什么都做不了，因为他们不是真正的喜欢，也自然无所谓真正的温暖。我还像之前一样吹着尺八，甚至还吹得更好一些，但是，面对孤独的围捕，我却再也没有任何办法。我行走在人群中，拼命想抓住什么，可无论怎么去抓，到手的也只是虚空。我承接着他们的喜欢，可这喜欢还不如讨厌来得真实。它们存在的时间，也还不如一个肥皂泡来得持久。"

"这就是孤独的感觉，对吧？"

"是的，孤独……排山倒海的孤独，无处不在的孤独。它们一点一点渗入我的毛孔，也一点一点从我的骨髓里散发出来。它们里应外合，它们内外夹击。也正是在那个时候，我才终于发现，原来它从来就没有离开我。从我出生开始，到我来到这纷扰复杂的人群中。一路上，无论遇到什么人，它都从来没有离开过。它虽然沉睡了一段时间，但它从未曾完全离开。它和我是共生的，只要我活着，它就永远都不会死，就算我死了，它也还会活着，在我后代的身上活着。陆修，你不是要修补我吗？几天前，你终于明白了我不是畏惧死亡，而是厌恶孤独，并且，我所做的一切，只是不想让我的后代再经历这种孤独。现在，你终于了解了一点。你说，这种彻骨的孤独，应该怎么去修补？"

第十章
| 危险的休眠 |

我从未想到戴朝颜会说这么多话。他不像是个多话的人，也和多愁善感没什么关系。他就像一座死火山一样。或者说，不是死火山，而是一个披着死火山外衣的休眠火山。

本来，我以为他是安静的，安全的，没想到，一切只是我的判断失误。

他只不过是休眠了。

危险的休眠。

极致的克制，才会导致恐怖的毁灭。

他的表情很奇怪，他的语气也很奇怪。他看着我，就像在看一只值得同情的蚂蚁。他把这只蚂蚁从土地上拉离，毫不留情地扔进滚烫的沸水，然后一脸满足地看着它在里面拼死挣扎。

他是希望看到蚂蚁在拼死挣扎的。

而这蚂蚁甚至还不知道自己接触的是什么。

这让我有点不安，又让我觉得安心。我开始打量他，更加仔细地打量他。可是，他的脸色没有一点变化。他的呼吸频率也没有一点变化。他安然自若地看着我，比任何时候都要沉静，他甚至是要笑的，无论如何读控制不住的那种笑。

"啊，对了，也许，你还不够了解，但是，我相信，很快你就会了解了，在接下来的日子里，你一定会了解的……很可能，了解得比我还要多一点呢……一定会比我还要多一点的。"他忽然像想起了什么似的，意味深长地对我说。

然后我就闻到了一种若有似无的沉香味道。

怎么可能？

怎么可能呢？

我顾不得再看戴朝颜，只是跌跌撞撞地爬起来，一张脸冲向门外，张口想喊冷炎的名字，但是，我终归什么也喊不出来。我是厌恶喧闹的，哪怕是最后的喧闹，哪怕是弥留的喧闹。我知道，事情一定是这样子的，否则，戴朝颜就不会做出这样的姿态来了。他做出这样的姿态，就是给我看的。他一定是早就打算好的。可是，冷炎，那个全世界最好的领路人，那个该死的黑猫警长，怎么会这么轻易就中了圈套？

因为跑得太急，我的额角狠狠地撞到了门框上，轻微见了血，却感觉不到疼。一点都不疼，只是心里像被挖空了一块，虚得难受。

我三两步跨到隔壁门口，一双眼球骨碌碌地转着，到处寻找冷炎的踪迹。他在哪里呢？他怎么能这么就消失了呢？他怎么能就这么死了呢？

他怎么会死呢？

我希望他能像以前那样，嘴角带笑地看着我；一双眼睛里满是轻松和戏谑，我希望他能像以前一样站起来，张开双臂，给我一个温暖而坚实的拥抱；我希望他能像以前一样，慵懒地拖长了声音，抑扬顿挫地叫我陆一休。

然而没有了。

什么都没有了。

没有黑猫警长了。

也没有陆一休了。

房间里，窗子开得前所未有的大。他是不喜欢风的，如果他还在，一定不会允许这样的事情发生。可是他不在了，再也不在了。

大风从黄沙上掠过，机械地灌满整个房间，带着强迫而令人厌恶的气息。只有一点是好的——那么大的风，竟然没有带起一点沙子，反而是难得的清澈干净。冷。很冷。我感到彻骨的寒冷，就像冷炎在最后的时刻感受到的那样。我再次看向四周，但是没有血。地上，墙上，哪怕是空气中，一滴血都没有。

我看不见任何的红色，只能闻到浓重的沉香的味道。

沉香血。

哪怕是冷炎的沉香血，也像其他人一样是红色的。

这里没有红色。

可是我看不见冷炎。冷炎不在。他的身体不在。他的灵魂……也不知道游荡到哪里去了。还在吗？我不敢确定。一定是不在的。但是我不敢确定。我不会相信这是真的。这一定不是真的。这怎么可能是真的呢？

冷炎，怎么会死呢？

说来惭愧，身为修补师，多年以来，我见过那么多的死亡，也见过那么多的灵魂，活的、死的，黑的、白的，透明的、污浊的……真是荒唐，我从没想过冷炎的灵魂该是什么样子。我总是默认他不会死。他永远都不会死。

领路人和修补师不会死。这是冥主亲口说过的。我绝望地想，可是，冥主说过的，又有哪一句是确定的真话？

如果不是死，眼前的这一切，又算是什么？

死亡……只能是死亡。

真正的死亡。

一颗彩色的心脏，它待在冷炎该待的地方，却前所未有的安静。别的什么也没有，就只有一颗彩色的心脏。当然，它不再跳动，早就是不再跳动的。当戴朝颜把它从冷炎的身体里拿出来的时候，它就已经停止了跳动。

它上面有这样几种颜色的血管。红橙黄绿青蓝紫……最中央是耀眼的白。原来，这就是领路人的心脏，像修补师的内魂。

真漂亮。

我感到很累。站在冷炎的房间里，我浑身的力气在一瞬间被抽空。我无法支撑自己的关节，我想跪下去。我应该是跪下去的，但我不想。哪怕是最后的告别，也不应该被如此的软弱污染。

我应该怎么做呢……我什么都不知道，也什么都不愿去想。

"每个人都会死的。这是你之前对我说过的话吧？"戴朝颜鬼鬼祟祟地凑过来，一脸激动和兴奋。

他还是像个绿猴子一样，只不过是疯了的绿猴子。

我想让他变成死猴子。

可是他还在说话，源源不断地说着。

"现在，你总算知道孤独的感觉了吧？陆修，你早就应该意识到——连我都意识到了。你们的关系这么好。你们好得就像一个灵魂住在了两个身体里。你所有的欢乐和喜悦，自然也都来自于这个叫冷炎的领路人。当他不在的时候，当他真的永远消失的时候，你就知道什么是孤独了。你就终于像我一样孤独了。真好……这个邪恶的世界上，孤独的人又多了一个，真好。"

我听着他的话，我每一个字都能听清，也都能听懂，但我不知道他在说什么，我不想知道他在说什么。

"你不是一直希望我活下去吗？"戴朝颜死死地盯着我，高高扬起那两条黏糊糊的、丑陋的眉毛，尖声叫着问我，"现在，你还想活下去吗？如果让你也变得像我一样孤独，你还愿意活下去吗？孤独和死亡，到底哪个才让人更难忍受一点，到底是什么，才能让人陷入深不见底的绝望？"

孤独，死亡，绝望……

我还想活下去吗？

我还愿意活下去吗？

我忽然想起盛装的冷炎。连我自己都没有想到，在最后的时刻，我竟然想的是这个，然而我还是在想，拼命地想。冷炎，他总是很讲究自己的穿着，所以无论穿什么也都算是盛装。他的身材很好，穿什么都很好。当然，不穿的时候，也很好。他总是好的。他是很好的冷炎。

一个又一个的冷炎从脑海里掠过，像一个短暂而灿烂的默片。没有颜色，他本来是没有颜色的。也许他本来是不存在的。他现在就不存在了。

最耀眼的，是地下室里的冷炎。他在黑夜之中面见冥主，子鸢，那冥主的化身。他们到底谈了什么？冷炎到底出卖了什么？这些事，我真的永远都不知道了。

我又想起那鲜艳欲滴的红宝石。那柔顺的衬衫上，无处不在的红宝石。

怎么可能是真的红宝石？

冥主怎么会真的给他装饰红宝石？

那是血。

冷炎的血。

沉香血。

半凝固的血。

鲜美的半凝固的血。

他为我流血，也为我付出生命，乃至一切。为了我，他是什么都可以付出的。而我当然也可以这么做。领路人和修补师，本来就是应该这样做的。我不知道别的领路人和修补师是什么样子，但是我们，的确是可以这样做的。

我想起第一次见他时的样子，我想起我们一起飞翔在天空中，我想起很多……也不是很多。和我们经历过的所有事情相比，当然不是很多。只是，本来，我以为这些早就被我忘记了。和冷炎在一起的时候，我总是容易遗忘，或者说，从来就没有记得过什么。大部分时间，几乎就是睡一觉醒来，就已经忘记了昨天发生的事情。然后一切继续。

不继续，又能怎么样？

反正每天都是同样的舒适和幸福。

于是每天都无所谓。

然而什么都没了。

真的都没了。

在来不及记住，也来不及遗忘的时候。

我是想杀了戴朝颜的。我当然乐于这样做。他竟然选择用这样的方式对我。我当然也就要用相同的方式对他。只可惜他没有冷炎，他没有一个冷炎。真是很遗憾的事情，不过，那就拿他自己补偿也罢。我差一点就出手了。虽然我知道，他既然能杀了冷炎，就一定有着可怕的实力，但我不在乎。在能做一点什么的时候，总是要做一点的。

他是什么样，我是不在乎的，我是什么样，我也是不在乎的。

冷炎。

是我在乎的。

我应该杀了戴朝颜，我一定要杀了他。不为复仇，当然不是为了复仇，我知道，冷炎也一定是不想让我为他复仇的，所以我不为复仇。

我只为，这样的人，真的不应该存在这世界上。

有些人，哪怕只存活一分一秒，也真的是脏了这个世界。

天色变得愈加黑暗，而我也愈加黑暗。旁边戴朝颜的样子，我已经看不清，却也无须看清。哪怕是失去了两只眼睛，我也能毫不费力地杀了他。也许，不止杀了他，也可以做一点别的什么。

我知道我什么都做得出来。冷炎在的时候，我就什么都做得出来，现在冷炎不在了，我更能做得出来。

可是我不能做。

我不能做。

我是修补师。

修补师？去他妈的修补师，既然冷炎都不在了，我还做修补师干什么？有什么可以修补的吗？这世上真的有人值得被修补吗？都是自作自受。什么样的作为，就应该匹配什么样的结果。如果无法继续下去，干脆就灰飞烟灭吧。这是他们应得的。

我确实要再修八个生魂，为了我纯粹的自由。可是，这自由，如果没了冷炎，要它又有何用？

本来就是不愿做的。

我忽然看到时间洪流里的自己。没错，我本来就是不愿做的。我早就微笑着拥抱死亡，比戴朝颜还要更厉害一点，比他们家族的所有人都要更厉害一点。这也是被我遗忘的事情，现在我终于想起来了。因此，如果说死亡，我比戴朝颜更了解一些，我比这世上的大多数人都要更了解一些。

我喜欢它，我绞尽脑汁地去死。我什么都没有，为什么还要顾忌死亡？就算有，也是无所谓的。我也不想有。我从来都不想有。生命终归是太过轻薄的东西，有人说生命不可承受之重，却不知道生命本来就什么都承载不了。

什么都不是自己的。

什么都没有。

虽然我轻而易举地就能得到一些东西……虽然我谈笑之间就可以得到所有东西，但我什么都不想有。

死亡，只有甜美的死亡，才是永恒的，才是属于我的。

才是属于所有人的。

我怎么又会喜欢做修补师？

冷炎，冷炎，冷炎。

因为他是领路人，所以我才是修补师。

原来真的是这样的。

而眼前的问题，眼前的问题……戴朝颜还在，他杀了冷炎，所以，我要杀了戴朝颜吗？不，我不杀他。像当初冥主对我做的那样。她没有杀我，所以我也不杀他。如此看来，头上有个冥主，真的是很值得庆幸的事情——她是一个很好的榜样呢，如果有机会，我一定要做面锦旗送给她。这个邪恶的标兵。

确实，如果真的求仁得仁，岂非太过痛快？死亡，虽然不是真正的解脱，但是，至少可以逃离这一世的红尘，稍微地喘息一下。

其实，这点喘息的时间，也是奢侈而难得的。

我不给他。

我要他活着。

无论如何，都要让他活下去。

第十一章
| 生生死死 |

"来，戴朝颜。"虽然也只是见过几次面，但是，在看到冷炎的心脏以后，我第一次如此郑重地叫着他的名字。

温和而轻柔。

我站在冷炎的心脏面前，却一眼都不看它，只是像往常一样微微地笑着，笑着看向戴朝颜。

笑得比平时还要开心一点，笑得比任何时候都要开心一点。

是啊，的确是应该开心的。何必要感到悲伤呢？死亡本来就是一件值得开心的事情。当然，能活着的时候，肯定是要好好活着的，但是，如果不小心死了，也就没必要哭闹什么，每个人都要经历这个过程，每个人都应该享受这个过程。

冷炎不是人。

却也应该是这样。

至于这心脏……它活着的时候，当然是珍贵万分的，然而，它现在死了，便也不过是一点血肉。

没有生命的血肉，是无论如何都不值得去珍惜的。

戴朝颜似乎并不懂得这一点。他不懂得的东西太多。他只知道表达自己的孤独，但他的孤独其实一文不值。甚至可以说，这其中的大部分事情，也都是他咎由自取，自怜自伤。人说无知者无畏，果然是这样的。

　　无知者无心。

　　冷炎这样做，也许是想送给他一颗心吧。

　　可是戴朝颜什么都不知道，听见我叫他，他竟然惊恐地瞪大了眼睛，似乎只要下一秒，他的眼球就可以呼之欲出，扑通扑通地掉下来，就像那些生于牵牛花的橄榄。

　　橄榄……入口苦涩，回味甘甜。

　　戴朝颜，他真的懂吗？

　　他好像看到了世界上最可怕的事情。他看着我，就像看着一个刚从地狱里爬出来的恶鬼，或者用他们家族的方式表达，就像看着一只傲然挺立的牵牛花。

　　一位牵牛花的神明。

　　他们是害怕牵牛花的。我忽然想到这一点。河童是害怕牵牛花的，河童的亲族，当然也应该是这样的。既然如此，他们又怎么可能发自内心地热爱死亡？应该是厌恶才对吧？当戴朝颜还是戴一朝的时候，展现出来的一切，才是他心中真正的想法吧？

　　牵牛花，朝颜。朝颜本来就是牵牛花的名字，只可惜戴朝颜辱没了这个名字。牵牛花是娇弱的，也是神圣的。在生命的长度方面，它们就像蜉蝣一样，只是比蜉蝣更加安静。植物总是比动物更加安静的。牵牛花也不会例外。

　　它们早上盛开,午后就会凋谢。它们的美丽和短暂甚至更甚于樱花。

这样一个害怕牵牛花的家族，又怎么可能是热爱死亡的？

"你的先祖们，从来都不是自愿死去的吧？"看着戴朝颜一边盯着我，一边弯着腿、弓着腰，一步一步地向后退，像一只巨大的让人恶心的蟾蜍，我甚至懒得逼近，连多看他一眼我都不愿意，我只是随手一挥，不带一丝怒气，却将门封得严严实实，"而你，也不会自愿死去吧？你不喜欢生命，因为生命让你感到孤独，但你也不喜欢死亡吧？你简直要怕死了。你是如此惧怕死亡。真可惜，这是为什么呢？死亡是多么美好的事情，你为什么要这么害怕它呢？"

戴朝颜什么都没有说。我知道他什么都说不出来。他也许根本不知道我在说什么，也根本不想去理解。但他是恐惧的。他恐惧死亡，也恐惧我。在他的眼里，我现在就相当于死亡。

他终于略微动了动嘴唇，或者，也不是他自愿想动的，而是他在不自觉地颤抖。自从听到我向他说第一句话的时候，他就开始不自觉地颤抖。现在抖得更加厉害了。这是很正常的，他要吓死了，震惊混合着恐惧，简直就要吓死了他。

他一定没想到我会是这个样子的。其实我也没想到我会是这个样子的。如果冷炎还在，他一定也没想到我会是这个样子的。

不会有人想到的。

我知道冷炎死了，死得很彻底，一开始，我是很愤怒的，我甚至想要杀死戴朝颜，然而这些感觉只是一瞬间就过去了。

如同旷野里呼啸而过的风。

现在，我还很正常。我前所未有的正常。我也很开心。我为什么会感受不到开心呢？当然是值得开心的。

我歌颂死亡，我欢送冷炎。

"放心，我不会弄死你的。"我看向戴朝颜，飘忽地看着他，"你这样的人，死了当真是可惜的。你应该一直活下去。正是你这样的人，才应该一直活下去。"

当听到"活下去"的时候，戴朝颜如同死灰一样的脸色竟然在一瞬间迸发出光辉，两道呆滞的目光里也迸发出火星一样的喜悦，也许连他自己都没意识到。那么叫嚷着要死要活的人，真到了这一步，会如此贪恋红尘，展现出这样的丑陋。

真是扭曲，不知道什么时候，死亡竟然成了一种高贵的选择呢……

"你很想活下去，是吗？"我认真地问他，"你最好仔细想一想，如果你真的想死，我现在就可以满足你。并且，我不只会弄死你，还会连你的后代，包括这里，一起彻底销毁。我改变主意了。以前，我希望你可以活下去，因为觉得你还不需要死亡。你应该活下去。但是，在听了你的故事以后，在看到你做出的事情以后，我改变主意了。如果你真的想死，我现在就可以满足你。不仅是你，你们整个家族，也都会消失得彻彻底底。现在，告诉我，你真的想活下去吗？你不是厌恶死了那无比纠缠的孤独吗？你不是为了逃避那孤独，宁愿去死吗？你不是为了自己的后代远离孤独，宁愿剥夺他们的生命吗？现在，你真的还是这样想的吗？如果是的，如果你真的厌恶孤独胜过厌恶死亡，那么，就靠过来，和我一起开心地迎接即将到来的命运吧……"

"孤独，孤独……"戴朝颜机械地说着，像一台已经彻底损坏的机器。但又不太像。不太像损坏，而是一种悄无声息的重建。

关于生的重建。

不知不觉，他已经退到了门边，但他的动作还没有停止。他试着扒了扒门，但他是打不开的，然而他还没有善罢甘休。他的后背还是死死地靠着门，不停地在上面摩擦着，简直要把整扇门都碾碎的程度。

他想逃出去，他想尽量离我远一点。他害怕，我知道，他一定从来都没有这样害怕过。然而他却自以为自己什么都见过。

真是荒唐，他在害怕什么？他不是叫嚣着要去死吗？那就去吧。如果真的要死，死亡也便是值得保留的。

既然如此，现在真到了那一步，又为什么表现得像个缩头乌龟？

乌龟……也是水陆两栖生物，而他们是河童的近亲……也许，也是乌龟的近亲吧？我忽然觉得自己不应该苛求太多。像乌龟，其实也没什么不好……我忽然笑起来，像发现了一个巨大的笑话。

我笑着走过去，而戴朝颜吓得浑身都在发抖，他的牙齿都在咯咯地打战。我听得很清楚，真是一口好牙，我轻飘地瞥了他一眼，然后继续笑着路过他，笑着回到隔壁的房间。

我不知道他是怎么想的，但是我知道我修好了他。或者说，也不是我修好了他，而是冷炎修好了他，我只不过是起了一个助推器的作用。

是冷炎吗？真的是冷炎吗？他用生命的代价，修好了这样一只缩头乌龟？

多么荒唐而荒诞的事实，又是多么出其不意的方法。

我钻到他最真实的内心里，把他翻得像一朵腐烂的多瓣花。可是这腐烂终于停止，新的东西在悄悄地长出来。我已经看到了。我真的看到了。我为此感到高兴。因为我修好了他，无论是谁修的，他终归是好了。

我却还没有走。我不想走。我只是在这里待着。除了在这里待着，我不知道应该去哪里。我不想再回到那个有冷炎气息的地方，那会让我感到伤心。

是的，我是会感到伤心的。而心这种东西，只要伤了，就是很难再恢复的。因此，为了补一补，我打算把那个彩色的心脏吃下去。

那是冷炎留给我的东西，唯一的东西。

我应该想办法处理一下。

我把它拿到了自己的房间里。它上面带着浓重的沉香血的味道，尝了尝，倒也不是特别难吃。只是戴朝颜又被我吓得要死，因为我穿着最正式的衣服，用最严肃的姿势，端端正正地坐在那里，像对待一份来之不易的珍馐。

闪亮的刀叉，一片，又一片。

并且郑重地邀请他。

他却不愿意。他猛烈地摇着头，几乎要把脑袋从脖子上扭下来。

没过多久，竟然直接晕了过去。

也不知道到底是吓晕的，还是被自己晃晕的。无所谓了，反正他总是这么容易晕。

不过，既然他晕了，我就可以把冷炎切出来了。

"好啦，出来吧，别藏在里面做拇指姑娘了。再多藏一会儿，也许就变不回去正常的大小了。"我一边说着，一边像挖一只缩在壳里的蜗牛一样，毫不怜惜地用刀叉追着冷炎。

万万没想到，这不要脸的东西竟然敏捷地躲了过去，不仅如此，还一路奔腾跳跃，从左心房跑到右心房，从左心室跑到右心室。

还真是自己的心，足够熟悉。

"冷炎，我再给你最后一次机会，你要是再不出来，我就把这颗破心塞到一个绝对让你后悔的地方。戴朝颜就在那里，你要是愿意尝尝他的味道，我肯定是不介意的。"放下刀叉，我拿起这颗彩色的心脏，作势走向戴朝颜，非常有礼貌地对冷炎说。

"我……什么都没穿。"冷炎细小了很多倍的声音从里面传来，闷闷的。

"天……真没想到你这样的衣冠禽兽竟然也会害羞，"我坐下来，随手撕了两片纸巾，扔过去，"没别的了，凑合披着出来吧。"

"我现在都这样了，你就给我这个？"听语气相当不满。

"再磨蹭连这个都没有，去卫生间给你捡几张用过的，行不行？"

里面终于没声音了。

当他终于钻出来的时候，倒真是有点惊艳。一瞬间，我忽然冒出这样一个想法——真的，让他去做警察真的可惜了。也许他当初选这个职业，只是想为自己增加一点男子气概。

他更应该去做裁缝。

很多时候，我都怀疑他是不是群星落处女座了。比如说现在，就连这几张脏兮兮的纸巾，都能被他玩出这种花样。就这么几分钟的时间，不仅给自己做了一套规规矩矩的西服，三件套，还弄了一个白花花的小领结。

不忍直视。

"你确定，我们真的可以走了？"托着只有拇指大小的冷炎，我小心地问他，"戴朝颜真的被修好了？"

"他的反应，你也看到了，哪是一个想死的人？或者说，他一开始也并不想死，他只是没法摆脱孤独，并且也不想让自己的后代像自己一样孤独，但是，这种孤独，其实也并不算什么。当他面对死亡的时候，他还记得那所谓的孤独吗？由此看来，他的求生欲还是很强的。"

"本来，他没有这么强的求生欲吧……"我明知故问地盯着冷炎，

"是不是你做了什么手脚？"

"哎呀，无所谓了。手脚嘛。哪次都是会做的。有什么话，还是回去再说吧。再不走，他可要醒过来了。话说回来，走了这么长时间，都不知道家里的牵牛花长成什么样了。"冷炎顾左右而言他。

家里……心中一暖。

"不过，我一直好奇一件事——你是怎么知道我没有真死的？我觉得我装得还是挺像的。"没等我说什么，冷炎又贼兮兮地问。

"你装得确实挺像的，只可惜再像也是装的。别的，不想再多说了。我们怎么回去？"

"蝴蝶。"他扭头看了一眼，示意我，"把窗户打开。"

其实，早在戴朝颜晕过去的时候，窗外就聚集了几只蝴蝶。不过，当时只是稀稀落落，我也没有太注意，一直只顾着和冷炎说话。

再一回头，已经是密密麻麻的一大片，几乎有上万只。它们的色彩非常艳丽，每一只都是五彩的颜色，至于大小，有成人手掌那么大。

刚打开窗户，它们就一窝蜂地冲过来。谢天谢地，没有让人讨厌的磷粉，所以也不怎么迷眼。它们一层一层地围上来，把我和冷炎包在中间，像一团彩色的旋风。

它们围在一起转着圈，越来越快，越来越快……等蝴蝶终于消散的时候，我终于又闻到熟悉的牵牛花的清香。

又回来了。

能回来，真好。

第十二章
| 自己和自己在一起 |

关于戴朝颜的事，直到现在，我也没有问冷炎具体的细节。毕竟，大概的轮廓，我是可以猜出来的——在他和戴朝颜相处的过程中，戴朝颜一定显露出了这样一种邪恶的倾向——你们之所以劝我活着，就是因为站着说话不腰疼，如果体会到了我的这种孤独，如果你们失去了彼此，也不会想多活一天。

于是冷炎就想制造出一个孤独的我。

一个比戴朝颜还要孤独的我。

为戴朝颜现身说法。

当然，这个思路，他是没有告诉戴朝颜的，他只不过故意激怒戴朝颜，然后又任凭他杀了自己。

或者说，是戴朝颜自以为杀了冷炎，然后得意地去找我。

"但是，你怎么能确定，我知道你死在他手里以后，不会先杀了他，然后自杀？"一个晴朗而凉爽的午后，我一边侍弄着牵牛花，一边问冷炎，"你是在怀疑我们的感情吗？"

"我们的感情，当然是不需要怀疑的。正是因为不需要怀疑，我才会放心大胆地这么做。"窗子里面，冷炎身上系着雪白的围裙，在厨房里有条不紊地忙活着，"就在有一次收拾戴朝颜的时候，我忽然想起你说过这样一句话，哦，也不是你说的，是你在心里想的，只可惜，我不小心听到了。大概是在成遗梦的时候？或者是胡狸的时候？记不清了。你说，如果我们想真正地在一起，陆修只能是陆修，冷炎只能是冷炎。我们只能是自己最原本的样子。"

"这又怎么了？"

"没怎么，只是让我可以确定，你不是为我活着的。你不会因为我死了，就也去死，而会选择继续活下去，替我更好地活下去。虽然这样在戴朝颜看来，是特别孤独的事情。他一直都是这么认为的——如果我死了，你也会因为忍受不了孤独，最终死去。但我知道，你是不会这么做的，你也确实没有那么做。不仅如此，还顺便试出了戴朝颜对红尘的贪恋。真是意外的惊喜。"

"我们本来就是站在一起的。领路人和修补师，本来就是站在一起的。无所谓谁依附谁，无所谓谁操控谁。无所谓谁死了，谁活不下去……本来就是这样的。"

是的，两个独立的、快乐的人，本来就是这样的。

纠缠，疯狂，歇斯底里……未免太不理性，而修补师，最需要的就是理性。

也许，这也是我最适合做修补师的地方吧。

其实，适不适合，又有什么关系。既然已经做了，当然就要努力把它做好，浪费时间去想适不适合，真是事倍功半。

而死亡……那挥之不去的死亡，也确实已经远离戴朝颜。趁冷炎睡着的时候，我偷偷回去看过。虽然戴朝颜还是独自生活在蘑菇之家，却再也不像一个活着的死蘑菇。

他每天生活得很规律，早睡早起，运动，吃饭……闲来无事的时候，偶尔也会吹吹尺八。

一个人吃饭，也要对自己好一点。

一个人睡觉，也要对自己好一点。

一个人活着，也要对自己好一点。

没有人知道他住在那里，没有人记得他，甚至没有人知道他的存在，一切都和以前没什么区别，然而，他总算学会了对自己好一点。

这就是冷炎做的手脚吧。

怎么做的，真是不清楚。

人，或者说，不管是不是人，只要活着，终归是要对自己好一点的。虽然在很多时候，活着确实和死了没什么区别，但只要生命还在继续，就最好不要主动去掐断它。

当最后一天到来的时候，你自然会享受到它的美好。

你没有别人，谁都没有别人。能陪伴你的，永远只有自己。你可以找一个旅伴，更好地走这段生命之路，然而，最好还是不要把希望寄托在别人身上，也不要对任何人产生深刻的依赖。

是自己的毒药，也是别人的负担。

爱，是爱。

不是毒药。

也不是负担。

我听见戴朝颜在心里清楚地这样说。

我回来的时候，冷炎还在沉沉地睡着。不知道他还要在这里待多久，也许一直待下去也说不定。无所谓了，反正他是我的领路人，我是他的修补师。

只是，想要得到那可贵的自由，还需要修好四个生魂。

未来的路，会是什么样呢?

其实也无所谓。

活着，就好好地活；死了，就好好地死。

不死不活的时候，就好好想一想，到底想要一个什么样的结果。

十有八九。

向死而生。

添加
"灵魂伴读师"
带你揭开
梦行者背后的秘密

获取说明详见本书封二